François-Xavier Dillard

Né à Paris en 1971, François-Xavier Dillard est directeur commercial dans un grand groupe énergétique français. Il est l'auteur d'*Un vrai jeu d'enfant* (Fleuve Éditions, 2012) et de *Fais-le pour maman*, sélectionné pour le Prix Polar de Cognac (Fleuve Éditions, 2014). En 2016, *Austerlitz 10.5*, coécrit avec Anne-Laure Béatrix, est publié chez Belfond. En 2017, *Fais-le pour maman* obtient le Prix Pocket des Nouvelles Voix du Polar. La même année sort *Ne dis rien à papa* puis, en 2018, *Réveille-toi !* François-Xavier Dillard a participé au recueil de nouvelles *Écouter le noir* (publié en 2019 chez Belfond). *Prendre un enfant par la main* paraît en 2020 chez le même éditeur. Il est suivi de *L'enfant dormira bientôt*, publié chez Plon en 2021.

PRENDRE UN ENFANT PAR LA MAIN

ÉGALEMENT CHEZ POCKET

FAIS-LE POUR MAMAN
NE DIS RIEN À PAPA
RÉVEILLE-TOI !
UN VRAI JEU D'ENFANT
PRENDRE UN ENFANT PAR LA MAIN

FRANÇOIS-XAVIER DILLARD

PRENDRE UN ENFANT PAR LA MAIN

belfond

MIXTE
Papier issu de sources responsables
FSC® C003309

L'éditeur de cet ouvrage s'engage dans une démarche de certification FSC® qui contribue à la préservation des forêts pour les générations futures.

Pour en savoir plus :
www.editis.com/engagement-rse/

ISBN : 978-2-266-31590-6
Dépôt légal : septembre 2021

À mes parents, avec toute ma tendresse
À mon frère et mes sœurs, avec toute mon affection
À mon épouse et mes enfants, avec tout mon amour

« Les parents d'un enfant mort ne savent pas ce que leur douleur fait à celui qui est vivant. »

Annie ERNAUX

I

CLÉMENTINE

Chapitre 1

Le voilier, un First 50 Beneteau flambant neuf, file quinze nœuds sur l'immense étendue de mer d'un bleu profond. Les deux enfants sont assis sur des serviettes, sur la plage avant du bateau.

— Uno ! Et *bim*, dans ta face, Clémentine !

La jeune fille de dix ans regarde Gaspard, son petit frère, qui vient de balancer son avant-dernière carte avec un air de conquistador. Elle lui sourit puis pose à son tour une carte sur la serviette de bain.

— Tiens, prends ce joli + 4, ça va te détendre, mon petit bonhomme.

Le garçon tire la langue puis pioche quatre cartes avec, cette fois-ci, la mine piteuse d'un condamné à mort.

— De toute façon, j'arrête de jouer, avec le vent, c'est juste pas possible. Et puis tu triches, c'est sûr. Ça fait trois parties que tu gagnes…

— C'est peut-être parce que tu es nul. Tu as envisagé cette possibilité ?

Heureusement, leur mère intervient avant que la discussion ne dégénère vraiment. Elle est sortie du carré, une casserole à la main. Ses longs cheveux blonds sont maintenus par un foulard vert qu'elle a noué en turban. Un vert profond qui rappelle celui de ses yeux. Clémentine a de la chance, elle a exactement le même regard que sa mère. Marc contemple la longue et fine silhouette de Sarah. Il ne peut s'empêcher, chaque fois, d'être subjugué par la beauté de son épouse. Comme s'il la voyait pour la première fois.

— Marc, viens, aide-moi un peu. Tu peux préparer la sauce pour la salade, s'il te plaît ? Clémentine et Gaspard, vous mettez le couvert !

Marc scrute l'horizon et déclare d'un ton grave :

— Et si je quitte la barre, madame, qui donc mènera ce navire à bon port ?

Gaspard saisit la deuxième barre à roue et adresse à son père un clin d'œil appuyé.

— OK, capitaine, vous pouvez y aller, je reprends le commandement.

— Tout est bon pour ne pas mettre le couvert, moussaillon. Tu sais qu'il y a un très bon pilote automatique sur ce bateau ?

Son père soulève l'enfant dans les airs et l'emporte, hilare, dans le carré. Avant de s'asseoir, Marc va consulter l'ordinateur de bord et les messages qu'il a reçus. Lorsqu'il revient à table, Sarah sent immédiatement que quelque chose ne va pas. Les deux enfants se sont précipités sur la salade. Entre deux bouchées, Gaspard lui demande s'il y a encore des bananes.

— Mange déjà ce que tu as dans ton assiette, espèce d'affreux glouton.

Puis elle se tourne vers son mari et lui adresse un sourire. Un sourire qu'il ne lui rend pas.

— Ça va ? Qu'est-ce qui se passe ?

Marc ne répond pas tout de suite, il a sorti son smartphone et pianote nerveusement sur l'écran de l'appareil. Au bout de quelques secondes qui semblent des minutes à Sarah, il redresse la tête et lui prend la main.

— Rien… C'est juste que… l'avis de tempête est confirmé.

Sarah ne veut pas inquiéter les enfants et elle reste silencieuse. Mais une colère sourde monte peu à peu en elle. Elle se souvient parfaitement des recommandations du type de la capitainerie, au port de Calvi. Plus que des recommandations, cela ressemblait bien à un avertissement. « Si j'étais vous, franchement, je ne traverserais pas, monsieur. Si ça se confirme, ça va être dur, ça va taper dans tous les sens. La mer, entre nous et le continent, elle peut être terrible. »

Une fois de plus, Marc n'en avait fait qu'à sa tête. Il avait prétexté une audience au tribunal pour un de ses plus gros clients, audience à laquelle il devait absolument être présent, avait affirmé que le bateau était solide, neuf, lui avait rappelé qu'il naviguait depuis l'âge de douze ans avec son père. Il l'avait finalement prise dans ses bras et en la regardant droit dans les yeux lui avait dit : « Fais-moi confiance, chérie, ça va aller. » Pourtant, cette confiance, Sarah est en train de la perdre tout à fait lorsqu'elle regarde son mari, le visage tendu, accroché à son téléphone. Il n'a même pas touché à son assiette. Il se lève et repart sur le pont, avant de revenir quelques secondes plus tard.

— Bon, nous allons avoir du gros temps, les enfants. Lorsque je vous le dirai, il faudra que vous restiez dans la cabine. Et vous mettrez vos gilets, bien sûr. C'est valable pour toi aussi, chérie. Enfin, toi, je voudrais que tu sois avec moi, on ne sera pas trop de deux. Je remonte sur le pont… Sarah, tu me rejoins dès que vous avez fini… ?

À table, tout le monde est silencieux, même Gaspard a arrêté de manger. Il observe sa sœur. Clémentine, elle, regarde sa mère.

— Maman, ça va ? C'est pas grave, hein ? Papa dit que le bateau est solide et c'est un très bon capitaine.

— Oui, oui, mon chéri, bien sûr, ce n'est pas grave… Mais il va falloir obéir, faire tout ce que l'on vous dira. Clémentine, je compte sur toi pour surveiller ton frère.

Sarah remarque tout de suite l'air mécontent que vient de prendre son fils.

— Et je compte aussi sur toi, Gaspard, pour protéger ta sœur… Allez, débarrassez la table pendant que je vais voir papa.

Lorsqu'elle remonte dans le cockpit, Marc tient la barre fermement, les yeux fixés sur l'horizon. Un vent frais et puissant balaie le pont. Quand elle scrute le ciel à son tour, son souffle se bloque. De gigantesques cumulonimbus sont là, comme des géants sombres et menaçants. Elle sait que leurs énormes volutes noires peuvent abriter les pires tempêtes. Au premier éclair, elle ne peut retenir un cri. Et lorsque le tonnerre se met à gronder, c'est tout son corps qui tremble, comme si l'orage venait d'éclater dans sa propre poitrine.

Chapitre 2

En cette froide journée de novembre 1988, les deux Allemagnes ne sont pas encore réunies. Il faudra attendre un an de plus avant que le mur ne s'effondre et qu'il annonce la chute des régimes communistes à travers l'Europe de l'Est. Et, avec elle, la fin d'un rêve socialiste qui s'était vite transformé en cauchemar collectiviste pour la plupart de ses habitants. Au pied d'une des tours d'un grand ensemble de Marzahn, une femme tient par la main une petite fille qui doit avoir onze ou douze ans, peut-être plus. Mais la malnutrition dont souffrent les enfants de RDA peut tromper sur son âge. La mère tire sa fille, qui semble réticente. Elles doivent se rendre chez les grands-parents de la petite pour fêter son anniversaire. C'est à plus de cinquante kilomètres de chez elles et la perspective d'emprunter ces mauvaises routes, installées sans confort dans la Trabant familiale, n'enchante guère l'enfant. Cette voiture avait pourtant été la fierté de son père qui avait dû attendre douze ans avant de pouvoir s'asseoir à son volant et avait déboursé une somme astronomique représentant presque deux ans de salaire. Mais quoi de plus normal qu'une somme astronomique pour une voiture dont le nom signifie « satellite ». C'était en tout cas ce que répétait son père à longueur de journée, très fier de sa blague. Il avait gardé son sens de l'humour jusqu'au bout, avant d'être emporté par un cancer fulgurant en moins de trois semaines.

— Allez, Matild, arrête un peu de faire la tête et de traîner les pieds. On a au moins deux heures de route, alors si on pouvait ne pas perdre de temps en allant jusqu'à la voiture…

Matild prend un air renfrogné qui n'arrive pourtant pas à ternir la beauté de son visage aux pommettes hautes et aux yeux vert émeraude. Tout le portrait de sa mère, disait souvent son père. Mais la mère est lucide, elle sait qu'elle n'est pas aussi belle que sa fille et qu'elle ne l'a jamais été. Elle est persuadée que son enfant deviendra une des plus jolies jeunes femmes d'Allemagne. C'est certain.

Lorsqu'elles arrivent enfin sur le grand parking, la petite berline aux yeux ronds semble leur sourire de toute la largeur de sa calandre grillagée. Elle ne nous sourit pas, pense Matild, elle se fout de nous et se réjouit de nous bringuebaler comme des sacs de patates pendant deux heures. Sa mère ouvre la porte en plastique avant de s'asseoir et de tourner la clef de contact. Une épaisse fumée bleue jaillit alors du pot d'échappement et la voiture se met à avancer dans une pétarade infernale.

— Bien, et maintenant prions pour qu'il ne se mette pas à neiger, cette bagnole est une véritable savonnette.

Elle regarde sa fille qui, les yeux fixés sur la route, continue à faire la tête avec obstination.

— Allez, ma chérie, souris, je suis certaine que ta grand-mère a fait ton gâteau préféré. Et surtout, mets ta ceinture.

Matild attrape la boucle de métal et tente de l'introduire dans le fermoir. Elle essaie une fois, puis deux, puis trois… Rien n'y fait, cette foutue bagnole a décidé de l'enquiquiner jusqu'au bout. Elle coince alors la boucle dans le siège, comme si elle était attachée. Au moins sa mère ne la harcèlera pas pendant tout le trajet pour qu'elle s'échine à accrocher ce truc.

Dans le ciel, des nuages noirs s'amoncellent en une vaste et sinistre chape. À peine ont-elles tourné dans la rue principale que les premiers flocons commencent à tomber.

Chapitre 3

Les premières gouttes d'eau sont lourdes, énormes, massives. Elles viennent s'écraser sur la coque et le pont du bateau avec un bruit mat. Marc a pris des ris dans la grand-voile mais l'inquiétude se lit sur son visage. Il sait qu'un gros grain va leur tomber dessus. Soudain, c'est un mur d'eau qui s'abat sur le navire. Le vent a forci en quelques minutes pour n'être plus qu'un hurlement constant, une bourrasque immense et folle qui se joue du voilier et de ses occupants. Les vagues grossissent à vue d'œil et viennent frapper la coque avec une régularité d'horloge. Ce sont des tonnes d'eau glacée qui affluent sur la structure du First 50 et font trembler sa coque. C'est un bateau solide, suffisamment grand pour affronter la tempête mais au milieu de cette mer déchaînée, ce n'est plus qu'un jouet dont se rient les éléments. Marc et Sarah ont revêtu leur tenue de tempête. Leurs cirés sont rincés, fouettés par des déferlantes de plus en plus puissantes. Marc s'accroche à la barre pour tenter de maintenir un cap.

— Sarah, viens m'aider, je vais devoir affaler la grand-voile à la main, il y a un truc qui bloque.

On va se mettre à la cape. Mets-nous bout au vent le temps que j'aille voir.

Elle se souvient de ses cours de voile aux Glénans, des croisières-écoles qu'ils ont faites tous les deux. Elle n'a jamais aimé ça. Elle, son univers, c'est la montagne, le ski. Les montagnes, elles, bougent rarement, pas comme celles sur lesquelles ils naviguent en ce moment. Ces sommets liquides dont elle tente de dévaler les pentes scélérates, la peur au ventre et le souffle court.

— Je n'y arrive pas, Marc, je n'arrive pas à tenir le bateau, je ne contrôle rien avec ces putains de vagues !

Elle a hurlé de toutes ses forces mais il ne l'entend pas. Il se bat avec le vent et avec le matériel. Elle le voit, agrippé au bastingage, les mâchoires serrées. C'est un homme courageux et fort, un battant. C'est ce qui l'avait séduite lorsqu'ils s'étaient rencontrés à la fac de droit d'Assas. Un coup de foudre. Elle pensait que ça n'arrivait que dans les films, et pourtant. Toutes les dix secondes, des éclairs zèbrent le ciel autour d'eux, elle regarde le mât dont elle ne distingue pas le haut. Une extrême inquiétude lui ronge le cœur. Et si la foudre justement tombait sur eux ? Elle sait que c'est le pire scénario qui puisse arriver. Au milieu de cet enfer, il est encore possible que les choses deviennent pires.

— La barre, Sarah, la barre ! Putain, mets-nous sous le vent maintenant, j'ai réussi à affaler !

Marc se tient à quelques centimètres d'elle. Elle ne l'a même pas vu revenir. Il hurle ces quelques mots mais elle peine à l'entendre dans le bruit infernal de la tempête. Il l'aide à manipuler la grande roue qui tient lieu de gouvernail et, à deux, ils arrivent à positionner le bateau. Ils dérivent maintenant dans une position étrange et les vagues atteignent le navire avec un peu moins de violence. Mais Sarah a encore l'impression d'être plongée dans une lessiveuse manipulée par un fou.

— Va voir les enfants, va les rassurer… Et après, reviens, on ne sera pas trop de deux pour tenir ce cap.

La jeune femme s'accroche à tout ce qui lui tombe sous la main pour progresser vers le carré. Elle libère sa ligne de vie juste avant d'entrer dans le carré. Les deux enfants ont enfilé leurs gilets de sauvetage et sont sur la banquette avant. Clémentine tient la main de Gaspard. Le petit garçon a les larmes aux yeux mais il ne veut pas pleurer. Il n'oublie pas ce que lui a demandé sa maman, il doit « protéger sa sœur ». Et, quand on pleure, on ne peut pas vraiment être un héros. Clémentine regarde sa mère, elle essaie de déceler derrière le moindre coup d'œil, la plus petite respiration, une raison de se rassurer. Mais tout chez Sarah transpire l'inquiétude.

— Maman, ça va aller, n'est-ce pas ? On va s'en sortir ?

Sarah redoutait cette question. Elle maudit de nouveau Marc de les avoir entraînés dans cet enfer. Elle tente un sourire qui se transforme en une misérable grimace.

— Mais oui, ne t'inquiète pas, ma chérie, le bateau est insubmersible. Tu sais ce que ça veut dire, Gaspard, insubmersible ?

Le petit garçon regarde sa mère, réfléchit deux secondes, puis répond fièrement :

— Ben oui, ça veut dire qu'on peut pas couler, c'est comme insupportable, ça veut dire qu'on peut pas se supporter.

— Oui, c'est ça, mon chéri ! Bon, restez enfermés, je retourne aider papa. Vous ne bougez surtout pas.

Lorsqu'elle retourne vers le cockpit, la situation a encore empiré. Elle a l'impression que le vent a redoublé de force, que le premier round n'était qu'un entraînement. Et, malgré son équipement, elle commence à avoir froid, elle ne sent plus ses doigts quand elle resserre ses mains sur la barre. Elle regarde dans la direction de son mari, elle distingue à peine sa large stature. Elle a l'impression d'être plongée dans une nuit liquide et froide qui cherche à l'absorber totalement, à l'ingérer…

Elle ne sait plus depuis combien de temps elle est accrochée à la barre, combien de vagues sont venues percuter le bateau. Chaque fois, elle imagine qu'un animal marin gigantesque se jette contre la coque. Elle a peur de s'endormir tant la fatigue l'accable, malgré le bruit, la pluie et les éclairs, elle se sent capable de s'effondrer dans le néant. Elle regarde encore vers Marc. Lorsqu'un éclair plus puissant que les précédents vient illuminer la nuit pendant quelques secondes. Elle distingue parfaitement la main tendue de son mari et ses traits déformés par la peur. Il montre quelque chose, quelque chose qui arrive sur eux à une vitesse folle. Une masse sombre, une montagne d'eau. Juste avant que le bateau ne se renverse, Sarah hurle le nom de sa fille.

Chapitre 4

Marc et Sarah sont assis sur les chaises du premier rang. Ils ne se tiennent pas la main. Ils ne se regardent pas, leurs yeux sont emplis de larmes et leur cœur d'un chagrin incommensurable. L'odeur forte de l'encens a envahi la petite église, et le prêtre en amplifie encore l'âcre puissance lorsqu'il secoue l'encensoir autour du cercueil blanc. Dans l'assistance, une tristesse infinie se lit sur tous les visages. La tristesse de ceux qui sont venus à l'enterrement d'un innocent, d'un être qui avait encore tant à vivre. L'enterrement d'un enfant…

Au quatrième rang, deux hommes parlent discrètement. Ce sont des amis de Marc ; des amis de longue date.

— C'est affreux. Marc et Sarah sont anéantis.

— Oui, je sais… Affreux et incompréhensible. Les enfants étaient enfermés dans le carré. Et malgré le chavirage, l'eau n'est même pas entrée dans le navire…

Le prêtre est très jeune, on dirait presque un enfant de chœur dans sa tenue blanche. Mais c'est pourtant d'une voix ferme qu'il prend la parole après le chant du dernier adieu.

— Mes chers frères et sœurs, je voudrais maintenant vous inviter, nous inviter, à trouver la paix dans la foi en Notre Seigneur. Dans l'espérance de la résurrection et de la vie éternelle, dans l'assurance que la petite Clémentine se tiendra désormais auprès de Notre Seigneur pour les siècles et les…

Il n'a pas le temps de finir son oraison. Une sorte de rugissement qui se transforme bientôt en râle traverse l'église et semble paralyser l'assemblée. Sarah s'est levée sans que Marc puisse la retenir. Son visage est blême et sa bouche s'élargit encore sur un autre cri terrible. Elle repousse le prêtre et se jette sur le cercueil. Pendant quelques instants, son corps est agité de terribles sanglots. Soudain, elle redresse la tête, contemple les hommes et les femmes qui sont présents et se met à parler d'une voix rauque, une voix d'outre-tombe.

— N'approchez pas, restez où vous êtes, tous. Et puis, vous, dit-elle en s'adressant au curé, gardez votre espérance, gardez vos sermons. Ma fille n'est pas au ciel, elle n'est pas avec les anges…

Sarah s'accroche au cercueil et avec un mouvement de rage, elle le renverse sur le sol dans un fracas épouvantable. Un cri monte de l'assemblée. Du cercueil entrouvert s'échappe une poupée de chiffon, une vieille poupée très simple, juste habillée d'une robe à carreaux rouges. C'était la préférée de Clémentine, la seule qu'elle gardait encore pour s'endormir. Sarah se précipite pour la ramasser puis, se relevant, elle se met à hurler.

— Elle n'est même pas dans ce cercueil ! Personne ne sait où elle est, personne ne sait où est… son corps.

Sur ces derniers mots, sa voix s'est brisée en un sanglot déchirant. Marc, comme un robot, se lève et se dirige vers sa femme. Il tente de la prendre dans ses bras mais elle se libère puis le regarde. Fixement. Il y a dans ses yeux une haine immense, une haine que seul le désespoir d'une mère peut faire naître.

— Ne me touche pas, plus jamais, c'est ta faute, tout ça, ta faute !

Puis elle s'effondre sur le sol, la poupée serrée entre ses mains, les épaules agitées de terribles soubresauts.

Au premier rang, un petit visage s'est tourné vers la scène, il n'y a plus de larmes sur ses joues, seulement une peur indicible dans ses yeux, une peur abyssale et une intense culpabilité.

Chapitre 5

Depuis dix ans, j'ai deux mamans. Je sais, quand on dit ça maintenant, ce n'est plus tellement « malaisant ». Enfin, les gens font semblant que ça ne les gêne plus mais, en vrai, je vois bien que certains lèvent les yeux au ciel. Ils hésitent entre la pitié et le rejet. Moi, je m'en fous, j'ai l'habitude. Je ne dis pas que quand j'étais petite, à l'école primaire, ça n'a pas été compliqué. Les enfants ne font pas semblant, eux. Et ils répètent ce que disent leurs parents le soir au dîner. Ils se mettent à parler, à voix basse, de « la pauvre petite Gabrielle ». Surtout quand on est dans une école catho. Je n'y suis pas restée très longtemps, bien que mon père ait insisté pour qu'on continue « comme avant ».

Comme avant… Tu parles, rien n'a plus jamais été comme avant… Papa, je ne le vois plus très souvent, à part pour les vacances, enfin pas toutes. Normalement, je suis en garde alternée, mais mon père, lui, il alterne surtout entre « Je ne peux pas te prendre, ma chérie, je suis désolé » et « Ah, zut, je suis en voyage pour le travail, ça va pas être possible ». Mais comme maman et ma mère s'en foutent, la plupart du temps, je ne le vois pas. Il m'envoie des cadeaux, des trucs de plus en plus décalés avec ce que je suis, avec mon âge, mais ça me fait quand même plaisir. On se fait des Skype de temps en temps. La dernière fois, il y avait une nana qui s'est planquée au dernier moment, j'étais morte de rire. Comme si ça pouvait encore me faire quelque chose. J'étais trop petite pour me souvenir de lui quand ma mère lui a annoncé qu'elle le quittait pour une femme. J'aurais bien aimé voir sa tête. En même temps, je pense que ça l'a moins saoulé que si ça avait été pour un mec. Là, finalement, il n'y avait pas de problème d'ego. Sa femme était devenue homo, personne ne savait comment, mais pour lui une chose était certaine : ça ne pouvait pas être sa faute !

J'avais quatre ans quand c'est arrivé. La première fois que j'ai vu Leila, la nouvelle compagne de maman, je l'ai juste trouvée super belle. Avec sa peau cuivrée, ses longs cheveux noirs, ses yeux noisette et ses lèvres, surtout, son sourire. Je l'ai tout de suite adorée même si, à vrai dire, je ne comprenais pas très bien ce qu'elle venait faire dans notre vie. C'est ma mère, Hélène, qui m'a expliqué. Avec des mots très doux, avec beaucoup de patience et d'amour. Elle m'a dit que l'amour, justement, il se moquait du genre, de savoir si on était une fille ou un garçon. Je crois que c'est vrai. Perso, j'aime les garçons. Enfin, les garçons, pas tous, surtout un… Le problème, c'est qu'on est plusieurs à l'aimer, celui-là. Il s'appelle Ange. Vous y croyez, à ça ? Ange, nan, mais franchement ! Il est corse, il paraît que là-bas, c'est un prénom « normal ». Et il est ultrabeau. Comme un ange, quoi. Mais un de la Méditerranée, brun, la peau mate, les yeux sombres. Je le kiffe complètement, ce garçon. Et je crois bien que je le fais un peu vibrer aussi. Je le vois quand il me regarde en classe avec son sourire débile genre « Mate un peu comme je suis beau gosse ». Pour l'avoir, je sais qu'il va falloir se battre mais je suis prête. Et puis, j'ai un gros avantage sur la concurrence. Ange est mon voisin ! Enfin presque, ses parents habitent à côté de chez nous, leur maison est à trois cents mètres. Le vrai problème, c'est que maman m'a parlé d'un projet qui risque de me faire rater ma *target*.

Quand j'arrive dans la cuisine, je décide d'entrer dans le vif du sujet. Mais avec tact.

— Maman, Leila, c'est impossible que je déménage, impossible ! C'est une question de vie ou de mort... Vous voulez vraiment que je meure, c'est ça ?

Elles se regardent et éclatent de rire. C'est Hélène qui me répond en premier.

— On va emménager dans un des quartiers les plus sympas de Paris, on doit visiter un appart demain ! Je ne vois vraiment pas ce qu'il y a de dramatique. Et puis, on en a marre du RER, des grèves. Tu sais combien de temps on met pour aller bosser tous les jours ? Deux heures, ma chérie, deux heures. Alors, pense un peu à nous.

Attends, elles sont architectes, quoi. Elles pourraient même bosser de la maison. Tout ça parce qu'elles ne veulent pas quitter « le-super-cabinet-de-la-star-mondiale-de-l'architecture » qui les emploie. Et puis deux heures, mais c'est quoi, deux heures par rapport au sourire d'Ange ? C'est ça, le vrai drame. Si on part, je pense que je pourrais mourir d'amour, comme dans les livres. Je m'allongerais sur le canapé du salon en attendant la mort... et en regardant Netflix.

— Et puis, l'année prochaine, tu entres en seconde, alors de toute façon, tes copains et tes copines, tu vas en perdre une bonne partie. Mais promis, on fera une fête pour ton départ, on invitera toute ta classe. Ça va être chouette, non ?

Très, mais ce qui serait encore plus chouette, c'est qu'on ne parte pas. Il a intérêt à être vraiment sympa, cet appartement. Et puis, c'est vrai, il y a le lycée l'année prochaine. Le lycée, quoi !… En m'endormant, ce soir-là, je rêve que j'arrive dans une classe remplie de jeunes réfugiés politiques corses, tous plus magnifiques les uns que les autres…

Chapitre 6

Sarah est assise dans le salon. Elle regarde le parquet en point de Hongrie. Elle contemple les moulures du plafond, sobres et élégantes. Les trois grandes portes-fenêtres laissent entrer un soleil de printemps qui réchauffe un peu la vaste pièce. Mais elle a froid, encore et toujours. Elle a froid depuis quatre ans, un froid glacial qui a envahi son cœur, puis tout son corps. Elle n'arrive plus à se réchauffer. Même l'arrivée de la petite Louise, il y a deux ans, n'a pas réussi à lui donner la force de surmonter son chagrin. Mais est-ce encore du chagrin ? Est-ce que ça peut durer aussi longtemps ? Depuis quatre ans, elle revit sans cesse l'accident, dans ses rêves, parfois en pleine journée. Même si rien n'est clair, rien n'est précis. Tout se confond dans cette nuit de cauchemar. L'image de Marc hagard, épuisé, au petit matin, les yeux injectés de sang. Celle du pont du navire, saccagé, ravagé par la colère du ciel et de la mer. Son mari qui lui prend le visage dans les mains et qui articule une phrase dont elle ne comprend pas tout de suite le sens. « Clémentine… Clémentine, elle a disparu… » Et puis cette recherche effrénée dans le bateau disloqué, les coussins, les meubles, les portes pulvérisées. Elle a tout soulevé, tout arraché, hurlant le nom de sa fille. Ensuite, le visage vide de Gaspard, l'incompréhension, la peur, et enfin, le désespoir.

Au début, elle ne supportait pas que Marc soit là, à côté d'elle, dans la même pièce, sous le même toit. Elle a pensé divorcer, dix fois, cent fois, mille fois… Mais à force de patience, de persuasion, grâce à leur thérapie de couple, aux médicaments aussi, surtout, elle a remonté la pente. Elle a repris le contact avec son mari, ils ont parlé, énormément parlé, et elle a accepté qu'il la touche, de nouveau. Louise est née. Elle dort à côté de sa maman, allongée sur les coussins du canapé. C'est une petite fille très belle, très sage, très douce. Comme si elle avait compris qu'elle ne pouvait entrer dans cette famille qu'avec la douceur et la légèreté d'un ange. Sarah fait face, mais au fond, elle sait sa fragilité. Elle espère que le temps pourra, saura un peu atténuer sa peine mais elle n'y croit guère.

Depuis quelques mois, Marc rentre tard, très tard. Il a beaucoup de travail, un gros dossier, un client très important pour son cabinet. Elle ne peut plus entendre ça, jamais, elle le lui a dit. C'est déjà ce qu'il avait expliqué le jour où… Elle ferme les yeux, secoue la tête. Lorsqu'elle les rouvre, elle sursaute. Gaspard se tient devant elle, il ressemble de plus en plus à son père. Il aura bientôt treize ans…

— Tu m'as fait peur, Gaspard… Qu'est-ce que tu as ?

Elle s'en veut de la manière dont elle a rabroué son fils. Depuis l'accident, il est d'une extrême sensibilité, elle le sait. D'ailleurs, elle aperçoit dans ses yeux des larmes qui commencent à se former.

— Excuse-moi, je n'aurais pas dû te parler comme ça, j'ai été surprise. Que se passe-t-il, mon chéri ?

Le jeune garçon observe sa mère, il voudrait s'approcher d'elle, qu'elle le prenne dans ses bras. Mais il préfère rester debout, devant elle.

— C'est Mickaël, il m'invite à jouer chez lui, je peux y aller, maman ?

Sarah n'aime pas les parents de Mickaël, qu'elle trouve snobs et arrogants. Elle sait qu'elle devrait faire des efforts mais ce type de mondanités et de normes sociales n'a plus aucune forme d'importance pour elle depuis la disparition de sa fille. Elle se demande d'ailleurs ce qui a encore de l'importance aujourd'hui... Il y a Gaspard, et Louise. Il faut qu'elle tienne pour eux.

— Oui, vas-y, mais reviens avant dix-neuf heures...

Sarah prend Louise dans ses bras. Son fils s'est précipité sans demander son reste. Elle l'embrasse, respire sa chaleur, mais il y a toujours ce froid, là, au fond d'elle. Lorsque son téléphone sonne, elle repose Louise sur le canapé. C'est Marc.

— Oui... Comme d'habitude, quoi. Non, je ne m'énerve pas, mais j'en ai marre d'avoir un colocataire qui rentre tous les soirs à minuit. La prochaine fois, reste dormir à ton putain de bureau !

Elle a raccroché sans avoir attendu de réponse. Elle ne sait pas ce qu'il fait en ce moment. Il a peut-être une maîtresse ? Et puis, il boit trop. Il sent l'alcool, le whisky quand il se couche le soir. De toute façon, elle ne sait pas comment il fait pour supporter ça, pour se supporter, lui. Pour supporter sa faute. Son téléphone toujours en main, elle appelle la seule personne qui puisse la comprendre, qui sache écouter sa douleur et ses tourments. La seule avec qui elle a l'impression de se sentir, un peu, vivante.

Chapitre 7

C'était ce quartier qu'elles voulaient et pas un autre. Il n'y avait pas de discussion possible. L'emplacement, l'emplacement, l'emplacement, leçon numéro 1. Tous les agents immobiliers avaient retenu le message. Et elles l'avaient bien fait comprendre aux différentes agences qu'elles avaient contactées. Elles ne voulaient que ce quartier et si possible cette place pour leur futur appartement. Et, vu le prix qu'elles avaient décidé de mettre dans le loyer, elles entendaient bien être satisfaites.

Le type les attend au pied du métro Monceau, assis sur son scooter… Grand, brun, barbu évidemment, jean, veste en velours, écharpe en cachemire Burberry, chemise blanche et boutons de manchette discrets, lunettes de soleil et sac à dos Hermès en veau. Le prototype de l'expert immobilier spécialisé dans les produits haut de gamme. On dirait une pub, ce mec, se dit Hélène en s'approchant de lui et en lui tendant la main.

— Bonjour, vous êtes Steven ? Je suis Hélène Lancôme.

— Et moi, je suis Leila, enchantée.

Hélène déteste quand sa compagne fait ça. Elle l'a presque bousculée pour venir serrer la main de cet inconnu ! Et maintenant, elle lui balance son plus beau sourire. C'est son côté charmeuse impénitente, elle le sait, elle vit avec et finalement l'a accepté. Mais elle a toujours ce petit pincement au cœur quand Leila met en route son implacable processus de séduction.

— Bonjour, mesdames, je suis ravi de faire votre connaissance. J'ai bien étudié votre demande et je crois, sans me vanter, que j'ai trouvé la perle rare. On peut y aller à pied, c'est à deux pas. Suivez-moi !

Sa voix est douce et profonde, un peu rocailleuse dans les graves. Bref, la voix qui va avec le reste, la panoplie du parfait bobo chic mais pas trop, hipster mais pas complètement… On le verra bientôt sur M6, c'est sûr, imagine Hélène trottinant derrière une Leila qui a emboîté le pas de Steven avec une allégresse de jeune fille. Au bout de cinq minutes à peine, ils s'arrêtent devant un immeuble haussmannien à la pierre claire et à la façade imposante. Steven montre la grande porte d'entrée de fer forgé et de verre en affichant un sourire ultrabright.

— Nous y sommes. De l'haussmannien de première classe, escalier de service, chambres de bonne, quatre étages carrés de grands appartements, les caves et sous-sols viennent d'être refaits, et il y a même les anciennes écuries et les remises dans la cour. L'original, quoi.

Hélène retient un fou rire. Il croit peut-être qu'elles ont des chevaux… Il les a vues débarquer en calèche tout à l'heure ?

— L'appartement est au troisième. Évidemment, il n'y a que deux appartements par étage. Cent cinquante mètres carrés, trois chambres, double salle de réception et balcon filant. Il a été refait à neuf quand les anciens locataires sont partis. Il est entièrement meublé, uniquement avec des matériaux et des meubles de grande qualité. Tout l'immeuble appartient à une banque, donc, pas de souci, ils savent entretenir leur patrimoine, croyez-moi. Mais... Assez parlé, allons découvrir cette merveille.

Lorsqu'ils entrent dans l'appartement, les deux femmes ne peuvent retenir un sourire de satisfaction. Un sourire qui n'échappe pas au vigilant Steven.

— Et attendez de voir les chambres et les salles de bains. Tout est nickel, tout a été fait avec goût et talent par un décorateur. C'est vraiment un produit unique.

Leila est déjà en train d'explorer les chambres desservies par un long couloir.

— Viens voir, Hélène, c'est vraiment top !

Quand elle entre dans la chambre, sa compagne est allongée sur un grand lit clair et moderne. Elles ont décidé de garder la propriété de Marly-le-Roi, celle dont a hérité Leila à la mort de ses parents. Tous leurs meubles resteront là-bas. « Ce sera une super maison pour le week-end, *so chic* ! Et puis ça fait du bien de changer de temps en temps », s'était exclamée Leila lorsqu'elles avaient pris cette décision. « Changer de temps en temps »... Elle ne sait pas pourquoi mais cette phrase dans la bouche de sa compagne fait toujours frémir Hélène. Il faudra bien qu'elle arrive à se débarrasser de cette jalousie stupide et puérile, se dit-elle souvent. Sans grand espoir d'y arriver vraiment...

Lorsque la visite est terminée, elles se sont mises d'accord.

— Nous le prenons, Steven, bien joué ! On n'a pas visité les écuries mais, bon, comme on n'a pas de cheval…

L'agent les regarde puis se met à rire.

— Oui, enfin, bon, c'étaient des écuries avant, quoi. Vous voyez ce que je veux dire…

— Mais oui, Steven, pas de problème. Bon, on peut emménager quand ?

— Votre dossier est validé. Si vous avez le temps, on passe à l'agence pour finaliser tout ça et vous avez les clefs ce soir !

La porte de l'appartement d'en face s'ouvre au moment précis où tous les trois sortent de leur visite. Une femme d'une quarantaine d'années, blonde, les yeux clairs, d'une très grande beauté, se tient sur le palier. Elle semble surprise ; lorsque Leila s'avance vers elle, elle a un léger mouvement de recul, presque imperceptible. Mais il n'a pas échappé à Hélène.

— Bonjour, madame. Leila Mallet, enchantée. Nous sommes – enfin nous serons très prochainement, si notre ami Steven nous donne les clefs – vos nouvelles voisines !

Elle n'a pas l'air de comprendre, comme si elle ne les voyait pas ou pour le moins comme si elle n'avait pas entendu. Leila reste la main tendue, dans le vide, pendant quelques secondes avant que la femme en face d'elle ne réagisse enfin.

— Oui, pardon… Sarah Cygnac… Eh bien, alors, bienvenue. C'est ce qu'on dit dans ces cas-là, n'est-ce pas ?

— Oui, merci. Nous allons emménager rapidement. Et vous avez des enfants ? Notre fille Gabrielle a quatorze ans, presque quinze, elle peut faire des baby-sittings, elle adore ça ! Elle adore les enfants, de toute façon. Elle est très sympa, vous verrez. Nous sommes ravies de nous installer ici, l'appartement, le quartier, tout nous plaît déjà…

Leila, volubile, continue à parler. Comme d'habitude, elle ne regarde pas vraiment son interlocutrice. Elle ne remarque pas que le visage de Sarah s'est fermé, qu'une ombre sinistre a recouvert ses traits et qu'elle tord ses mains en une sorte de supplique. Soudain, Sarah Cygnac murmure un faible « Excusez-moi », avant de rentrer chez elle en claquant la porte. Leila se tourne vers Hélène puis hausse les épaules.

— Ben, ça promet, les voisins…

— Tu ne sais pas. Elle vient peut-être d'avoir une mauvaise nouvelle, elle est peut-être malade. Ça ne veut rien dire, on ne peut pas juger les gens comme ça… Bon, allez, Steven, au boulot.

Pourtant, lorsqu'ils quittent l'immeuble, Hélène ne peut s'empêcher de revoir le visage de leur voisine, juste avant qu'elle ne referme sa porte. Ce n'était pas celui de la colère ou de la gêne, c'était l'incarnation même de la tristesse et du désespoir. Un frisson glacé parcourt son dos, comme si le regard de Sarah était encore fixé sur elle.

Chapitre 8

— Tu as vu, c'est nouveau… Ça te plaît ?

Marc regarde l'avocate stagiaire qui vient de déboutonner son chemisier et exhibe avec une impudeur assumée un soutien-gorge de dentelle rouge qui peine à contenir son opulente poitrine. Ce n'était certes pas la plus douée des juristes mais elle possédait des talents qui compensaient largement ses lacunes jurisprudentielles.

— Arrête ça, Justine, ce soir, je rentre tôt. Tu ferais mieux de retravailler ta note sur l'affaire Collignon. Je crois que tu peux mieux faire.

Vexée, la jeune femme se reboutonne et se dirige vers la porte du bureau. Juste avant de sortir, elle se retourne vers lui.

— Rentre bien chez ta tarée de femme et surtout ne viens plus me demander de venir « travailler » avec toi juste quand tu as envie que je te suce. Je ne suis pas une pute. Ciao.

Lorsqu'elle claque la porte, Marc se demande à quel moment il a complètement perdu les pédales. Il n'a jamais été un modèle de vertu mais de là à se taper une stagiaire et à laisser s'installer ce type de relation…

Bien entendu, il sait exactement quand tout est parti en vrille. Mais il ne veut pas y penser, il ne peut pas. Il a fait semblant, avec Sarah, avec les psys, avec ses collaborateurs. Mais lorsqu'il pense à sa fille, il a l'impression d'ouvrir les portes de l'enfer. Comme si soudain tout son être était rongé par un feu intérieur, comme si on lui enfonçait dans le corps mille aiguilles chauffées à blanc. Les médicaments le calment à peine, alors il boit, de plus en plus, beaucoup trop. Remettant au lendemain les affres de la culpabilité, décuplées encore dès le matin par des gueules de bois carabinées. Mais depuis plusieurs mois, il a trouvé quelque chose. Quelque chose qui pour deux ou trois heures lui permet d'échapper à son cauchemar. Il regarde sa montre, il n'est même pas vingt heures. Il est dans les temps, et si ça se trouve, il pourra être à la maison avant vingt-trois heures… Ou ne jamais revenir.

Il range ses dossiers, attrape son manteau, vérifie qu'il a suffisamment de cash dans son portefeuille. Mais ce soir, ce ne sont pas de billets qu'il aura besoin, pas seulement. Il sait que ça peut s'arrêter. Ce soir peut-être. C'est cette incertitude qui fait tout l'intérêt de la chose. Lorsqu'il met le contact de sa Porsche 911 turbo S, il écoute un instant le ronronnement du moteur, ce feulement qui en une seconde peut se transformer en un hurlement assourdissant. Tout cela ne l'intéresse plus, il n'a qu'une seule envie, arriver là-bas le plus vite possible, tout oublier…

Il se gare avenue de Friedland, à deux pas du cercle de jeu. Le portier le connaît bien, il lui ouvre la porte avec un grand sourire et lance un « Bonsoir, monsieur, et bienvenue » tout à fait courtois. Il descend l'escalier et passe devant le vestiaire en faisant un signe à l'hôtesse. La pièce est assez sombre, seules les tables de jeu sont éclairées. Il reconnaît quelques visages mais personne ne se salue ici. Il va s'installer à une table de black jack à laquelle deux personnes sont déjà assises. Il se joint à elles sans un mot. Quelques instants plus tard, une jeune femme lui apporte un bourbon sec. Il se met à jouer sans conviction, perdant, gagnant quelques milliers d'euros, observant attentivement les gestes précis et rapides du croupier. Il sait qu'il ne peut pas battre le Cercle, pas dans la durée… Il a tout essayé, la roulette, le poker, bien sûr. Il a passé des heures et des heures à jouer, à boire, à jeter le fric sur les tables, sans se réjouir des gains, sans regretter les pertes. Tout cela n'a aucune importance. Lorsque l'homme habillé de noir vient le chercher à sa table, il sent immédiatement l'excitation lui tordre les entrailles.

— Monsieur, êtes-vous prêt ?

Il acquiesce de la tête, quitte la table puis suit le croupier. Devant une porte capitonnée, l'homme passe un badge le long du mur et le battant s'ouvre en douceur, sans un bruit, sur trois tables. À l'une d'elles, trois hommes et une femme sont en train de jouer au poker. Leurs visages sont impassibles. Seul un des types, un homme presque obèse, transpire abondamment. Il s'essuie la joue de temps en temps avec un mouchoir de tissu blanc. Mais ça ne veut rien dire, Marc le sait, ces gens-là contrôlent tout, jusqu'au bout de leur partie. Dans cette pièce, les mises ne sont plus limitées. Ici, des fortunes passent d'un portefeuille à l'autre pour un bluff plus réussi que l'autre, pour une main plus heureuse… Des hommes et des femmes perdent des sommes colossales. La plupart s'en relèvent. Leur fortune considérable leur permet de s'acquitter de leur dette. Pourtant, cela ne dure jamais toute une vie... Marc et l'homme en noir passent devant les tables. Là non plus, personne ne les regarde. Ils se dirigent vers un escalier en colimaçon qui descend encore dans les sous-sols. En bas, l'homme qui accompagne Marc s'arrête devant une porte métallique.

— Vous êtes bien certain, monsieur ? Vous savez qu'une fois entré vous ne pourrez plus faire marche arrière.

Marc n'hésite pas.

Chapitre 9

La forêt défile dans un morne ordonnancement de feuillages, d'ombres et de branches. La petite Trabant est à sa vitesse maximum, cent kilomètres-heure, lorsque la neige se met à tomber vraiment. Les quelques flocons épars qui les accompagnaient depuis qu'elles ont quitté Marzahn se sont brutalement transformés en un épais voile blanc qui recouvre déjà toute la route et que les essuie-glaces de la petite voiture ont de plus en plus de mal à balayer. La mère de Matild, au volant, se met à râler.

— Mince, c'est pas possible, on va jamais y arriver. Ils ont dit pourtant à la météo que ça devait tomber ce soir, pas maintenant.

Ben oui, ce soir, pense Matild, bien sûr. Comme ça, on était obligées de dormir chez les vieux. Bien joué, maman, mais j'ai l'impression que ton plan diabolique est en train de bien te péter à la figure. Elle observe la neige de plus en plus lourde, de plus en plus dense. Elle n'en peut plus de cette météo, de sa vie, de l'école d'enseignement général et polytechnique, de leur petit appartement… Elle rêve de partir, de quitter l'Allemagne de l'Est, elle rêve d'une vie extraordinaire, d'une vie pleine de lumière, de chaleur. Le mois dernier, Franz a rapporté en cachette un journal occidental. Il l'a volé à son père, qui lui-même le tenait de son oncle, un apparatchik qui jouit du fabuleux privilège de pouvoir sortir de RDA. Si jamais son père apprend qu'il l'a apporté à l'école, il y a des chances pour que Franz ne revoie pas de sitôt ses camarades. Le journal s'appelle *Paris Match* ! Rien que ce nom semble fantastique à Matild. « *Paris Match* », elle le dit et le redit dans sa tête et puis elle sourit. Ici, toute la presse est dirigée, pilotée, contrôlée directement par le comité central du Parti socialiste unifié d'Allemagne. Elle se souvient de ce que lui avait dit son père avant de mourir : « Ne crois rien de ce que tu lis dans nos journaux, de ce que tu écoutes à la radio, de ce que tu vois à la télé, rien… Tu entends, ma chérie, rien du tout. » Mais dans ce journal-là, celui qu'ils ont lu en cachette avec Franz, elle veut croire tout ce qu'elle a vu. Et surtout la couverture. C'est une fille qui s'appelle Claudia Schiffer qui l'occupe totalement, ses longs cheveux blonds entourent son visage parfait aux lèvres entrouvertes. Ils disent que c'est la nouvelle top model qui monte, qu'elle défile partout dans le monde entier. Alors, depuis qu'elle a vu ce journal, Matild rêve aussi de défiler. Elle est très jolie, elle le sait, même si elle est trop jeune pour en mesurer les conséquences. Elle sait que la plupart des garçons de sa classe sont amoureux d'elle mais elle s'en fiche. Ce qu'elle a compris, c'est surtout que cette beauté peut être un passeport pour une autre vie. Le problème, c'est qu'elle ne sait absolument pas comment on devient une Claudia Schiffer…

— Maman ?… Maman !

Sa mère scrute les aspérités de la route, elle a le visage presque collé au pare-brise et elle ne cesse de pester contre le temps et cette fichue voiture qui glisse de droite à gauche et qu'elle a bien du mal à maintenir sur la bonne trajectoire.

— Qu'est-ce qu'il y a, Matild ? Tu ne vois pas que je dois me concentrer, là ?

Matild soupire, attend une ou deux secondes puis revient à la charge.

— Est-ce que tu sais comment on fait pour devenir un top model ?

Sa mère ne réagit pas immédiatement puis elle se retourne vers sa fille en écarquillant les yeux.

— Quoi ?... Mais de quoi tu parles ? Je ne sais même pas ce que c'est, un...

Elle n'a pas le temps de terminer sa phrase. Matild a poussé un cri et pointe son doigt sur la route devant elle. Du brouillard blanc vient de surgir un énorme chasse-neige, comme un gigantesque dinosaure de métal. Ses phares sont pareils à des yeux immenses qui seraient braqués sur sa proie. Le cri de la mère se joint à celui de sa fille, elle tente désespérément de redresser la trajectoire, d'éviter le mastodonte, mais elle sait déjà que c'est trop tard et que le choc est inévitable. Dans un réflexe désespéré, elle met son bras droit contre le corps de sa fille, comme si elle pouvait encore la protéger. Comme s'il n'était pas déjà trop tard.

Chapitre 10

— Bonjour, Marie. Ça va ? Je suis désolée de débarquer comme ça… Il fallait que je vous voie.

Marie prend Sarah dans ses bras, la serre pendant de longues secondes puis embrasse la petite Louise. Elle s'écarte et la regarde droit dans les yeux.

— Tu peux venir quand tu veux. Tu sais, moi, personne ne me rend plus visite, même en me prévenant. Alors des surprises comme toi, et comme la merveilleuse petite Louise, j'en veux bien tous les jours.

Sarah sourit. Elle observe le visage bienveillant de cette voisine de soixante-neuf ans. Ses pommettes hautes, ses yeux clairs, ses cheveux blancs coiffés en un impeccable chignon, cette silhouette longue et fine qui la fait paraître si jeune encore, ce sourire permanent qui l'apaise immédiatement. Elle voudrait tant lui ressembler quand elle aura son âge. D'ailleurs il lui arrive, de temps en temps, de lui demander de lui faire le même chignon. Elle se regarde alors dans la glace et cela la fait sourire, instantanément. Et ça, c'est si rare.

— Ça tombe bien, je crois que je viens tous les jours, non ?

Au départ, elle lui avait proposé de venir boire un thé, comme ça. Elles s'étaient croisées dans l'escalier et Sarah avait voulu l'aider à monter ses courses. Marie avait répondu : « Je ne suis pas si vieille mais si vous voulez, vous pouvez venir prendre un thé, j'en serais ravie. » Sarah avait souri puis, comme toujours, hésité. Elle n'avait pas répondu tout de suite mais le lendemain elle avait sonné à la porte. Sa solitude était si profonde. La perspective de discuter avec quelqu'un qu'elle ne connaissait pas et qui ne connaissait pas son histoire l'effrayait et, en même temps, la rassurait. Le courant était tout de suite passé entre les deux femmes. Sarah s'était sentie bien avec elle. Elle n'avait pas ressenti un tel apaisement depuis des années. La douleur et la tristesse étaient encore là, évidemment, c'étaient des compagnes qui ne la quitteraient jamais. Mais, grâce à Marie, pendant quelques instants, leurs voix se faisaient un peu moins présentes.

— Louise, ma chérie, tu veux aller voir les poupées de Marie ? Vous voulez bien, n'est-ce pas ?

— Oui, oui, c'est une très bonne idée. Viens, Louise, je vais te les montrer, elles sont là. Tu peux jouer avec, nous sommes juste à côté, ma chérie.

Pendant que Marie accompagne la petite fille dans l'autre partie du salon pour lui montrer sa collection de poupées, Sarah se demande si elle doit tout raconter à cette femme. Elle ne sait pas pourquoi, mais elle se sent si proche d'elle. Peut-être parce que avec sa propre mère elle a coupé les ponts. Après la disparition de Clémentine, la mère de Sarah avait reproché à sa fille et à Marc leur imprudence. Ensuite, Sarah n'avait plus voulu la voir. Lorsque Marie revient, Sarah lâche, dans un souffle :

— Nous allons avoir de nouvelles voisines… Je les ai croisées tout à l'heure.

— Eh bien, c'est chouette, elles ne pourront pas être pires que ceux d'avant, non ?

Le couple dont parle Marie était particulièrement désagréable. Le parfait archétype de la famille catho intégriste intolérante et donneuse de leçons. C'était d'ailleurs assez drôle qu'un couple de femmes occupe désormais leur appartement. Ils en auraient été malades. Lorsqu'ils avaient appris, on ne sait comment, que Sarah avait perdu un enfant, la mère de famille, nombreuse évidemment, était venue la voir avec un air compassé. Après les condoléances habituelles dont Sarah se serait déjà bien passée, la voisine avait commencé à lui parler d'espoir, de salut, puis, de plus en plus exaltée, elle avait évoqué la chance qu'avait eue sa fille de rejoindre le royaume du Christ dans toute l'innocence de sa jeunesse. Sarah l'avait mise à la porte. Elle avait même dû la traiter de tarée et lui interdire de remettre les pieds chez elle. Après cet épisode, les relations avaient été plutôt tendues.

— Oui, vous avez raison… Mais ça n'a pas très bien démarré, à vrai dire. Elles m'ont demandé si j'avais des enfants… Et l'une d'elles m'a parlé de leur fille, elle a quatorze ans. C'est l'âge qu'aurait eu…

Sarah n'arrive pas à finir sa phrase. Un sanglot profond, déchirant s'échappe de sa gorge. Elle enfouit son visage dans ses mains et des larmes s'écoulent aussitôt sur ses joues. Marie s'est levée, elle pose une main sur l'épaule de son amie. Elle sort un paquet de Kleenex de sa poche et lui en tend un.

— Oui, Sarah, je comprends, c'est encore là, tellement à vif. C'est normal, tu sais. Les gens disent qu'avec le temps… Conneries, bien sûr ! Il ne se passe rien d'autre avec le temps que la certitude de son chagrin et la conviction que la douleur sera toujours présente… Mais tu dois faire face, tu sais. Il faut que tu laisses une chance à tes voisines… Tu as fait quoi ?

Sarah essuie son visage, elle regarde Marie et serre la main posée sur son épaule.

— Je me suis précipitée chez moi et j'ai claqué la porte, sans rien dire… Elles doivent me prendre pour une dingue. Vous imaginez ce qu'elles ont dû se dire ?

Marie leur ressert une tasse de thé. Elle en boit quelques gorgées, puis s'adresse à Sarah avec une infinie douceur.

— Non, Sarah, je ne crois pas. Tu iras les voir quand elles seront installées, tu leur apporteras une bouteille de vin. Ton mari a la plus belle cave de l'immeuble. Je te dirai laquelle prendre. Et puis tu t'excuseras, tu leur diras que tu n'étais pas bien, que tu étais malade… Tu trouveras bien quelque chose.

— Oui… Mais je ne sais pas si je supporterai de la voir… Vous comprenez ?

— Mais si, tu y arriveras, et peut-être même que cela t'aidera. Tu verras.

Sarah regarde sa montre, elle explique à Marie qu'elle doit y aller, que Gaspard va bientôt rentrer. Puis elle la remercie chaleureusement pour le thé… Et pour le reste.

— Ce n'est rien, c'est normal, tu sais que ma porte t'est toujours ouverte. Au fait, Sarah, rends-moi un service. Arrête de me vouvoyer, s'il te plaît, je me sens affreusement vieille quand tu fais ça.

Sarah sourit.

— Je vous… Euh, je te promets d'essayer.

Lorsque la petite fille et sa mère quittent l'appartement, Marie referme la porte puis va s'asseoir dans le salon. Son visage s'est fermé, elle inspire un grand coup puis souffle lentement. Ce soir, elle l'a décidé, elle ne va pas pleurer.

Chapitre 11

Je n'en reviens pas ! Elles ont signé l'appartement sans même que je le voie. Non, mais je rêve ! Je suis enfermée dans ma chambre depuis deux heures et je n'ai pas répondu aux SMS de maman. Si je ne marque pas le coup sur un truc pareil, c'est la porte ouverte à n'importe quoi. Déjà qu'on en est pas loin… Bon, j'ai quand même regardé les photos et la vidéo de Leila. OK, c'est top. J'ai vu le quartier aussi, le lycée. C'est vrai que ça a l'air très sympa… Mais, merde, c'est pas une raison ! Depuis quand ce type de décision n'appartient pas à la famille tout entière ?

Je sens une délicieuse odeur de cuisine. Et ça, la bouffe, c'est un moteur de ouf pour moi. En plus, c'est Leila qui a préparé le dîner ce soir. Je le sais, je le sens, elle a fait une blanquette. La blanquette de Leila… Un truc à tomber par terre. C'est la reine des petits plats traditionnels, elle est vraiment trop forte. Quand j'avais huit ou neuf ans, je lui ai demandé pourquoi elle ne faisait pas du couscous. Elle s'est marrée et je me souviens encore de ce qu'elle m'a répondu. « C'est pas parce que je m'appelle Leila que je sais faire le couscous et les tajines, ma chérie.

Je suis née à Lyon d'une mère berrichonne et mon père, lui, n'a jamais foutu les pieds dans la cuisine… Mais si tu veux, je t'en ferai un, ma belle. » Elle a dit cette phrase avec beaucoup de bienveillance. Elle est cool, Leila, je l'adore. Et puis elle a tenu sa promesse. Elle m'a fait deux jours plus tard le plus incroyable des couscous de l'univers.

Quand j'arrive dans la salle à manger, elles sont toutes les deux en train de mettre le couvert. Je sais qu'elles sont quand même un peu gênées, surtout maman, d'avoir pris l'appart sans m'en parler. Je pourrais en jouer, abuser, quoi… Mais je décide de rester cool.

— Ça va, les filles… ? Vous avez décidé quoi pour moi, maintenant ? Je veux dire, sans m'en parler ? Je pars en pension ? Je rentre au couvent ? Je vais vivre en Pologne ?

Hélène esquisse un sourire, juste avant que Leila n'éclate de rire.

— OK, ma chérie, je veux bien que tu sois vexée, mais n'en fais pas trop quand même. Et puis on n'avait pas le choix. Il fallait se décider tout de suite. Tu sais combien de temps ça reste sur le marché, ce type de produit ? Si on avait trop tardé, l'appart nous passait sous le nez, pas le choix.

Je m'assois à table et elles me rejoignent. Leila a apporté le plat, ça fume, ça sent bon, c'est beau à regarder. Mon ventre se tord et je me réjouis déjà de mélanger la sauce, la viande et les légumes dans le riz blanc, immaculé, qui forme un gros monticule dans le plat en argent.

— Et sinon, vous avez vu des gens, des voisins ? Ils ont l'air sympa ?

Elles se regardent et je sens immédiatement le flottement… C'est maman qui répond.

— Tu sais, on a seulement croisé la voisine d'en face. En fait, elle sortait de chez elle au moment où nous quittions l'appartement. Elle a l'air très sympa.

Leila manque de s'étouffer avec une bouchée de blanquette. Elle tousse un peu puis boit une grande gorgée de vin. Je sens l'arnaque, je sais très bien quand ma mère me ment. Enfin surtout quand Leila est à côté d'elle…

— Quoi, qu'est-ce qui se passe avec la voisine ? Elle est chelou ?

— Non, elle a l'air très bien, c'est juste qu'elle nous a quittées un peu rapidement… Mais ça ne veut rien dire, elle était peut-être malade, elle avait peut-être un truc urgent à faire. En tout cas, elle a des enfants et donc… baby-sitting !

Alors là, oui, ça m'intéresse, parce que l'argent de poche me file entre les mains, c'est dingue ! Je comprends pas comment ni pourquoi, mais la fin du mois pour moi, c'est plutôt le 10. Alors si je peux compléter un peu, je prends.

On finit de dîner, on se dit des trucs, on rigole. Je les regarde toutes les deux et je trouve ça beau. Elles s'écoutent, elles se marrent, elles se caressent le visage, elles s'embrassent… Elles s'aiment, quoi. À propos d'amour, j'ai progressé sur le dossier Ange… Vu que la situation est en train de changer, j'ai dû être un peu plus cash. On doit se capter ce soir sur Snap. Je dois garder la tête froide, surtout ne pas m'emballer… Mais bon, je me connais, la reine de l'emballement, c'est bibi. En retournant dans ma chambre, je sens déjà mon cœur qui chavire et ces petits fourmillements dans le ventre que je connais si bien.

Chapitre 12

Les murs de la pièce sont capitonnés. Le sol est entièrement carrelé de blanc. Au centre, une table métallique et trois tabourets d'acier, les pieds fixés, ancrés dans le carrelage. Dans le fond, une petite estrade où se tient le maître de cérémonie. Devant lui, un bloc de métal avec deux leds, une verte et une rouge, qui clignotent lentement. Il porte un smoking noir, son visage glabre est très pâle, ses lèvres blanches sont minces et serrées. Ses fines narines s'ouvrent à peine, au rythme lent et calme de sa respiration.

Marc prend place. Un homme est déjà assis. C'est un type d'une cinquantaine d'années, lui aussi est en smoking. Il a les cheveux blancs, un peu longs, le visage aristocratique. Il ressemble à Karajan, le chef d'orchestre. D'ailleurs, il ferme les yeux. Marc a l'impression qu'il fredonne quelque chose, il se concentre pour tenter d'entendre mieux. Il connaît cet air… Il l'a déjà écouté, mais il n'arrive pas à l'identifier. Il se redresse et il attend. Il sent l'excitation qui monte en lui, l'adrénaline qui commence à inonder son cerveau. Cette adrénaline si précieuse qui, elle seule, peut anesthésier, pour quelques instants délicieux, l'indicible souffrance qui le ronge. Une porte dérobée s'ouvre à droite de l'estrade. La femme qui vient d'entrer dans la salle est jeune, très jeune. Elle ne doit pas avoir plus de trente ans. Elle est habillée d'un simple chemisier blanc et d'un jean bleu. Ses bottines au cuir usé claquent sur le carrelage. Ses cheveux sont blonds, ondulés, presque platine, coupés au carré. Ses yeux noirs ne regardent personne et sa bouche rose aux lèvres finement ourlées dessine une moue capricieuse. Elle ne semble pas impressionnée et va directement s'asseoir sur le dernier tabouret. Le maître de cérémonie prend la parole.

— Madame, messieurs, nous avons bien entendu vérifié que les virements avaient été faits et nous vous en remercions. Je vais vous rappeler les règles de notre partie. Vous ne pourrez quitter cette pièce qu'à la fin du Jeu. Vous jouerez chacun votre tour. Lorsque la lumière verte s'allumera, vous aurez dix secondes pour jouer. Bien sûr, on ne peut pas passer son tour.

À ce moment, un mince sourire, plutôt un rictus, déforme son visage.

— Il n'y a qu'un seul gagnant, le dernier joueur. Il touchera ses gains dès la fin de la partie sur le compte qu'il nous a mentionné. Le virement est immédiat. Vous le savez, vous ne pouvez pas participer à plus de trois parties par an. Vous ne devez parler à personne de ce que vous verrez. Nous avons une nouvelle joueuse ce soir, bonsoir, madame. Quant à vous deux, messieurs, vous êtes nos deux derniers gagnants. Ravi de vous revoir. La partie va pouvoir commencer.

L'homme se tourne vers un croupier et lui fait un signe. Ce dernier s'approche de la table et dépose devant chaque joueur un coffret d'acajou. La respiration du voisin de Marc s'est accélérée tout à coup. Maintenant il ne fredonne plus. La jeune femme, elle, reste impassible, affichant un air détaché, presque amusé. Marc appuie sur la charnière de cuivre de l'élégant coffret. Un petit déclic se fait entendre et il ouvre la boîte. Dans son écrin de soie rouge, le métal du revolver brille par intermittence. On dirait un animal, un serpent d'acier qui attend la seconde opportune pour mordre. Les deux autres joueurs ont également ouvert leur propre boîte. Personne ne se regarde. À côté de l'arme, une seule balle, enfoncée dans une petite alcôve prévue à cet effet.

— Madame, messieurs, ces armes ont toutes été contrôlées par nos soins et chaque balle a été vérifiée par notre armurier. Il n'y aura pas de mauvaise surprise… si je puis dire. Le sort a désigné madame pour ouvrir la partie. Êtes-vous prêts ? Allons-y.

La lumière rouge de la console vient de passer au vert. La joueuse enfonce la cartouche dans une des chambres du barillet et, d'un geste précis, le fait tourner très rapidement. Soudain elle le bloque puis, la seconde d'après, elle pose le canon sur sa tempe. Sa moue ne l'a pas quittée, elle adresse un regard à Marc, une fraction de seconde il a même l'impression qu'elle lui a fait un clin œil. Puis, sans hésiter, elle actionne la détente. Le clic du chien fait un bruit terrifiant. La chambre du barillet est vide. Elle jette l'arme sur la table et contemple les deux autres joueurs avec une incroyable morgue.

— Messieurs, nous tournons toujours dans le sens inverse de la montre, vous le savez. S'il vous plaît.

La lumière, qui était devenue rouge après le premier coup, vient de repasser au vert. Marc charge son arme. Il ne pense plus à rien, il atteint cet inconcevable détachement qu'il recherche. Quand il pointe l'arme sur son front après avoir fait tourner le barillet, à cet instant précis, il ressent un soulagement intense. Il ne pense plus à sa fille. Durant ces trois secondes pendant lesquelles son index exerce une pression de plus en plus forte sur la détente, pendant que le chien se dresse doucement avant de retomber pour frapper la chambre, il se sent, enfin, vide. Le bruit sec claque de nouveau, plus fort encore cette fois, et fait vibrer l'os de son front. Il pose doucement le revolver sur la table.

— Bravo, monsieur, joli coup, nous poursuivons, s'il vous plaît.

L'homme aux cheveux blancs regarde la lumière rouge. De la sueur perle maintenant sur son front, il observe à droite puis à gauche, comme s'il cherchait une échappatoire. D'une main tremblante, il charge l'arme. C'est peut-être la peur qu'il vient chercher ici, se dit Marc. Si c'est le cas, il a parfaitement réussi sa quête. Son visage est d'une pâleur mortelle et des larmes coulent sur ses joues. Il gémit doucement, comme un enfant. Le chronomètre digital posé sur la table égrène les secondes. Il ne lui en reste que deux pour jouer. C'est à la toute dernière qu'il appuie sur la détente. La détonation est assourdissante. Le corps de l'homme est projeté au sol par la violence de l'impact. La moitié de son crâne a disparu et un sang épais et sombre s'écoule sur le carrelage. L'odeur de poudre et d'hémoglobine est écœurante. Marc se tourne vers la jeune femme. Il n'y a plus aucune trace de morgue sur son joli visage. Elle a posé une main sur sa bouche et ses yeux noirs sont grands ouverts sur le spectacle désolant de la mort et de la violence. Brutalement,

Marc se souvient de ce que l'homme fredonnait au début de la partie. C'était *La Jeune Fille et la Mort* de Schubert.

— Madame, monsieur… La partie continue. Bonne chance.

Chapitre 13

— Nan, mais là, je peux pas sortir, c'est mort.

— Arrête, juste un peu, quoi. En plus, ta chambre est au rez-de-chaussée. Tu attends que tes mères se couchent et tu sors.

Ange… Tu parles. Démon, ouais. Et puis, lui, il a bien seize ans. Je ne sais pas pourquoi il est encore en troisième. Il paraît qu'il a redoublé, là-bas en Corse. Qu'il s'est fait virer de son collège. Maelis, qui sait toujours tout, m'a dit qu'en fait il habitait avec sa mère et son beau-père, que son père était en prison. Légende ou pas, ça fait de lui une sorte de *bad boy* et ça, nous les filles, on est fans. Enfin, sur le papier, parce que quand il s'agit de faire le mur, je suis nettement moins emballée. En plus, je n'aime pas mentir à maman et à Leila. Je ne veux pas faire un truc en douce. Je suis certaine que si je leur demandais de sortir pour voir un copain, elles diraient oui. En plus, on est vendredi… Mais évidemment, ce serait beaucoup moins excitant. Je regarde ma montre, il est vingt-deux heures cinquante et évidemment elles ne dorment pas, elles sont encore en train de regarder une série ringarde sur Netflix. Quand je pense qu'on a pris ça pour moi, pour que je regarde des séries sous-titrées en anglais. Résultat, elles sont collées devant l'écran tous les jours à regarder des trucs qui ont cent ans.

Je me lève, j'enfile un sweat, un jean et des baskets. Je mets du mascara et du gloss, mais pas trop. Il ne faudrait quand même pas qu'il s'imagine que j'ai fait un effort pour lui. Ou quoi que ce soit qui ressemble à une tentative de séduction. Bon, sauf que si je viens quand il m'appelle, ça fait un peu accro... Tant pis, j'ai trop envie. Je pense à la tête de mes copines quand je vais leur dire demain que j'ai vu Ange. Elles vont être vertes. Dégoûtées, ha ha !

J'ouvre doucement la fenêtre qui donne sur le parc. Je regarde mon lit, j'ai vaguement fait une forme avec des coussins. Ça ne va pas résister à une enquête trop poussée mais vite fait, de loin, ça devrait passer. J'avance sur la pelouse et j'ai une impression étrange, mélange de liberté et de culpabilité. Le parc est super grand, c'est une vieille demeure que l'arrière-grand-père de Leila a achetée il y a longtemps. Quand j'invite des copines, elles hallucinent toujours, elles appellent ça « le château ». J'ai un peu peur de marcher dans le noir et je commence à accélérer le pas. Je me rapproche du grand portail et je me demande soudain si je peux ouvrir le portillon sans que maman s'en aperçoive. Je frissonne. Je vais vite être fixée. J'appuie sur le petit bouton, un bourdonnement se fait entendre et la petite porte s'ouvre. J'attends quelques secondes, je regarde au loin vers la maison, les lumières de l'entrée sont toujours éteintes. Pas de mouchard. Je me remémore rapidement le code. Ça serait assez ballot d'être obligée de les réveiller pour pouvoir aller me coucher. Je descends ensuite la rue jusqu'au domaine privé qui jouxte la propriété de Leila. Son grand-père a vendu les terrains pour renflouer les comptes de la famille. Je distingue des lumières aux fenêtres des grandes maisons qu'on aperçoit au loin. Je ne vois pas Ange. Je commence un peu à flipper. J'ai oublié que j'avais vraiment peur du noir, c'est con. Chaque ombre, chaque arbre se transforme en quelque chose de potentiellement dangereux. Animal, monstre, démon, sorcière, prof de maths... J'ai soudain envie de retourner en courant jusqu'à la grille de la maison. Je savais que c'était une mauvaise idée. C'est pile au moment où je m'apprête à faire demi-tour qu'une main se pose sur mon épaule. Je pousse un cri.

— Putain, mais t'es vraiment con, Ange, tu m'as fait la peur de ma vie.

Évidemment, cet imbécile est mort de rire. Il secoue les épaules et, sous sa capuche, ses dents blanches brillent dans son sourire de merde.

— Oui, c'est très, très drôle... Bon, eh bien, comme tu t'es bien marré, moi je vais retourner chez moi. Merci pour la balade !

Et je fais mine de me barrer.

— Attends, Gaby, c'était nul, j'avoue. Mais maintenant que tu es là, ce serait con de repartir. Reste un peu... S'il te plaît.

Il m'a appelée Gaby... J'hésite entre la honte et la consternation. Et aussi, au fond de ma petite tête, il y a une voix qui dit : c'est trop mignon.

— OK, mais pas longtemps, hein, mes mères ne savent pas que je suis sortie.

— Hi hi... « Mes mères », c'est trop marrant, « mes mères »... Mémère !

— Bon, t'es vraiment con, en fait. Salut.

— Non, OK, j'arrête. On marche un peu ?

Nous faisons quelques pas l'un à côté de l'autre. Je ne me suis jamais sentie aussi gênée. En fait, je ne suis jamais vraiment sortie avec un garçon. Je veux dire avec la langue. J'ai bien embrassé un ou deux gars de la classe mais comme ça, sur les lèvres, vite fait. Puis il s'arrête de marcher et se tourne vers moi. Ça y est, c'est l'heure de vérité.

— Tu fumes ?

Je ne sais pas, je ne sais plus trop. Oui, un peu, j'ai dû tirer quelques lattes derrière le grand marronnier dans la cour du collège mais bon, j'aime pas trop. Je dois même dire que je trouve ça assez dégueu.

— Ouais, ça m'arrive, t'as des clopes ?

Mais pourquoi j'ai dit ça ? « T'as des clopes ? » Et je vais faire quoi s'il m'en file une ?

Il rigole encore puis sort un paquet de sa poche. Il me regarde un moment, s'approche et dépose un baiser sur mes lèvres. Mon cœur est au bord de l'explosion.

— J'ai mieux que ça, Gaby, bien mieux.

Et il se remet à rigoler mais il y a quelque chose d'un peu bizarre dans son rire, quelque chose qui m'effraie.

Chapitre 14

Il est plus d'une heure du matin lorsque Marc gare sa voiture dans le parking qu'il loue juste à côté de son immeuble. Il laisse tourner le moteur, il écoute le ronronnement glouton du V6 suralimenté, il essaie de ne fixer son esprit que sur ce bruit sourd et rythmé. *Doumdoumdoumdoumdoumdoum*… Mais les images reviennent sans cesse. Le visage de la jeune femme, ses cheveux blonds, presque blancs, formant autour de sa tête comme un halo de lumière, comme un signe de pureté. Ses yeux sombres, son sourire moqueur. Puis sa peur après la défaite du premier joueur. Ses pleurs discrets, ses sanglots étouffés alors qu'ils allaient reprendre la partie. Il n'y avait plus ni morgue ni arrogance sur son visage. Juste de la peur, à l'état brut, juste cette impression d'être plus proche que jamais de la mort. Elle regardait autour d'elle comme si cette pièce étrange était la dernière chose qu'elle verrait. Elle s'est adressée au maître de cérémonie, elle a supplié…

— S'il vous plaît, je vous laisse l'argent, bien sûr… Laissez-moi partir.

Il avait secoué la tête presque tristement. Le croupier, ne se départant pas de sa discrétion, s'était approché de la table et avait ostensiblement montré sa propre arme à la joueuse. Le maître de cérémonie avait repris :

— Allons, madame, vous connaissez les règles. Et votre adversaire est venu pour jouer, lui. Je ne crois pas qu'il apprécierait de gagner sur… un abandon. Le Jeu reprend.

Dans la voiture, Marc a un haut-le-cœur. À ce moment, lorsque la joueuse avait souhaité partir, il lui avait voué une haine épouvantable. Il aurait pu la frapper lui-même pour qu'elle continue la partie, la faire souffrir, lui mettre de force le revolver dans la main. Il y avait eu quatre tours ensuite. Chaque fois, cette indicible orgie d'adrénaline, cet abandon total au destin, cette pulsion de mort qui, pour quelques secondes, lui faisait tout oublier. Au cinquième tour, la tête de la fille avait explosé. Comme si une rose écarlate avait éclos en un instant pour s'évanouir aussitôt. On lui avait proposé un verre, qu'il avait accepté, comme toujours, puis il s'était essuyé les mains avec les lingettes que lui avait tendues le croupier, comme si de rien n'était. Comme s'il devait les nettoyer non pas de la poudre et des fines gouttelettes de sang, mais de la manipulation de trop nombreux jetons. Le maître de cérémonie l'avait félicité avec gravité.

— Bravo, monsieur, belle partie… Nous avons eu quelques tracas avec cette joueuse mais, rassurez-vous, ça ne se reproduira pas. Nous serons vigilants. Je me permets de vous rappeler que vous ne pourrez plus jouer qu'une seule partie cette année. La prochaine sera dans un mois exactement, vous serez averti, bien entendu. Les fonds seront disponibles sur votre compte demain à neuf heures. Bonne soirée, monsieur.

En quelques instants, il avait été raccompagné à sa voiture. Quinze minutes plus tard, il était en bas de chez lui. C'était un de ses clients qui l'avait introduit au Cercle. Un industriel russe, gavé de jeu, d'alcool et de fric. Plus rien ne le faisait vibrer, plus aucune table, plus aucune course, plus aucune drogue, plus aucune femme… Mais ce jeu-là l'avait rendu fou, fou d'excitation. « Quand je quitte la table je me sens vivant, tu comprends ça, Marc, vraiment vivant. » Il avait perdu le mois dernier…

Quand il entre dans l'appartement, toutes les lumières sont éteintes. Il va dans la cuisine et se sert un bourbon dans lequel il glisse deux glaçons. Il aime le bruit que font les cubes de glace quand ils s'entrechoquent sur les parois du verre en cristal. Il ne remarque pas tout de suite le papier posé sur la table du petit déjeuner. Il ne l'aurait sûrement pas vu s'il n'avait pas cherché du feu pour allumer sa cigarette. Il a encore oublié son briquet dans la voiture. Il reconnaît tout de suite l'écriture précise, millimétrée de Sarah.

> « Ne me réveille pas quand tu rentres. Je ne sais pas ce que tu fais mais on doit se parler, demain, Marc. Sinon on va crever, tous les deux. Il y a les enfants, Marc, il faut penser à Gaspard et à Louise… »

Marc s'assoit sur le tabouret de la cuisine. Il repose son verre et écrase sa cigarette dans le cendrier. Il lit et relit le message de sa femme. Les larmes ruissellent sur ses joues et il peine à retenir ses sanglots. Il murmure les prénoms de ses enfants, de son jeune garçon, de sa petite fille, puis s'aperçoit avec horreur que le seul visage qu'il arrive à faire naître dans son esprit, les seuls traits qui se matérialisent devant ses yeux hagards sont ceux de celle qu'il ne reverra jamais. Le seul souvenir, le seul sourire, le seul rire qui viennent sont ceux de Clémentine.

Il se redresse puis se dirige vers la salle de bains. Il veut se laver de sa folie, de celle des autres joueurs de ce soir, de leur désespoir. De l'odeur de mort et de sang dont il a l'impression d'être empli. De l'infernale obséquiosité du maître de cérémonie, de la froide cruauté de son croupier. Sous la douche, il frotte son corps avec un gant de crin, l'eau brûlante coule sur lui. Il frotte encore jusqu'à ce que ses chairs deviennent écarlates. Il ne ressent aucune douleur, il ne ressent plus rien. Il sait qu'il aura beau s'écorcher vif, il ne pourra pas se débarrasser de ce qui le mine depuis quatre ans. Dans le fracas et le tumulte de l'eau, Marc prononce le nom de sa fille disparue.

Chapitre 15

Je suis allongée dans mon lit. Ça fait trois heures que je suis comme ça, immobile. Il va bientôt faire jour, j'entends déjà des oiseaux qui commencent à chanter comme des dingues dans le jardin. Je repasse dans ma tête les événements de la soirée ; je ne sais plus exactement quand ça a commencé à partir en vrille. Ou si, plutôt, je sais exactement. Au moment où j'ai accepté de fumer cette merde qu'Ange a apportée. « Tu fumes ? – Ouais, ça m'arrive »… Quelle conne ! Déjà qu'avec une clope j'ai la tête qui tourne, alors avec son truc, c'est vite devenu le bordel. On est allés dans le petit parc en bas du domaine. Il y a une sorte de lac, des bancs et des canards. C'est assez immonde, en fait. Tout ce que je déteste. Pourtant, tout à l'heure, je trouvais que c'était plutôt romantique. Enfin au début.

Il a fait chauffer la petite boulette marron, il l'a effritée consciencieusement au-dessus du tabac, il a tout mélangé et il a roulé son pétard. Pendant tout ce temps-là, je le regardais et je me disais : barre-toi maintenant, Gabrielle. Barre-toi avant qu'il allume ce truc et qu'il te propose de fumer avec lui. Évidemment, je suis restée. Au début, c'était sympa. Enfin, non, au tout début, j'ai cru que j'allais crever. Quand il m'a dit : « Vas-y, avale la fumée sinon ça te fera rien », je ne me suis pas méfiée, pas assez. J'ai avalé la première taffe et j'ai bien cru que j'allais cracher mes poumons. Lui, bien entendu, il était mort de rire.

— T'es sûre que ça t'arrive de fumer ? Moi, je crois plutôt que la dernière fois que t'as vu une cigarette, elle était en chocolat, non ?

MDR, gros naze. Mais, du coup, il m'a vexée alors j'y suis retournée et c'est vrai que la deuxième fois, j'ai moins toussé. Et la troisième fois, encore moins… Après, on s'est allongés dans l'herbe et on a regardé les étoiles. Il a raconté plein de trucs et moi je rigolais comme une dingue. Il m'a expliqué son île, il m'a dit qu'un jour il m'emmènerait là-bas, que c'était le plus bel endroit de la terre. Qu'il était dégoûté d'avoir dû partir mais que finalement il était content parce qu'il m'avait rencontrée. Et puis il m'a pris la main. Mon cœur s'est mis à battre à deux cents à l'heure. Deux cents ou trois cents, je sais pas trop. Il a approché son visage du mien, je l'ai trouvé encore plus beau qu'avant. Il m'a embrassée, pour de vrai. J'ai trouvé le truc bizarre au départ, un peu dégueu même. Mais finalement, c'était agréable. Quand ses mains se sont posées sur ma poitrine, je me suis dit que c'était normal, que tous les amoureux faisaient ça. C'est quand il a voulu descendre ses mains plus bas que j'ai commencé à essayer de lui retenir le bras.

— Non, s'il te plaît, arrête… Arrête, je veux pas.

J'ai bien dit ça : « Je veux pas », j'en suis certaine. Malgré le shit, malgré le ciel étoilé, les yeux d'Ange, l'excitation, je lui ai dit : « Je veux pas. »

Mais c'était comme s'il ne m'entendait pas. J'ai senti qu'il essayait d'enlever ma ceinture, j'ai senti ses mains entre mes cuisses. J'ai vu son visage. Il ne ressemblait plus du tout au type mignon, sympa avec qui j'étais entrée dans ce parc. Il ressemblait à un putain de prédateur. À un animal qui aurait serré sa proie, à un fauve qui n'avait pas bouffé depuis des jours, à un dingue. La drogue ne me faisait plus du tout d'effet. J'étais terrorisée, mais aussi paralysée. Je n'arrivais pas à me dégager. Pas seulement parce qu'il était bien plus fort et plus lourd que moi, mais aussi parce que la peur me tétanisait littéralement. Quand il a défait les boutons de mon jean, sa main s'est glissée dans ma culotte et ses doigts sont entrés en moi. Peut-être est-ce la douleur, peut-être un réflexe animal, je me suis mise à hurler. Je ne savais pas que j'étais capable de produire un son pareil. Il a arrêté un instant de me violer. Juste un instant, le temps de mettre une main sur ma bouche et de me dire, la mâchoire serrée :

— Ferme ta gueule, Gabrielle, ferme-la, tu vas aimer.

— Qu'est-ce qui se passe là-bas ? Qu'est-ce que vous foutez ?

C'est la première fois que j'étais aussi contente de l'entendre, celui-là. Lui, c'est le gardien du domaine, un vieux type un peu alcoolo avec un képi sur une mobylette déglinguée qui passe son temps à faire des rondes nuit et jour et à emmerder les ados qui traînent dans le parc.

— Dégagez de là, vous avez rien à y faire, dégagez ou je viens vous chercher.

Si Ange avait vraiment su qui c'était, pas sûr qu'il se serait arrêté. Mais là, dans le doute, il s'est redressé, il m'a regardée un instant et il m'a dit :

— On finira ça une autre fois.

Et il s'est barré. Il s'est enfui, en fait. Il m'a laissée là, par terre, allongée dans l'herbe comme une conne avec ma douleur et ma peur. Je me suis rhabillée, je me suis levée et j'ai vu le gardien qui tentait de comprendre ce qui se passait. Il a pointé sa lampe torche vers moi, le faisceau de lumière a parcouru mon visage, puis mon corps.

— Ça va, mademoiselle ? Vous voulez qu'on appelle quelqu'un ? Ça va aller ?

Il sait, ce mec, je suis certaine qu'il sait très bien ce qui vient d'arriver. Il n'a pas pu ne pas voir Ange se barrer. Il a regardé mon visage, celui de la honte et du désespoir. Et c'est un truc de fou mais ni lui ni moi on n'a eu envie que ça aille plus loin. Je voulais juste rentrer chez moi, retrouver mon lit, ma chambre, mes parents.

— Non, non, tout va bien. C'est rien, je m'en vais.

C'est rien, je viens de me faire violer par mon amoureux. Mais j'aimerais bien que ma mère et tout le collège ne l'apprennent pas, alors je ferme ma gueule, comme toi… C'est rien. Comme le jour se lève et que je termine de pleurer, je me dis que finalement, c'est une très bonne nouvelle, ce déménagement.

Chapitre 16

— Qu'est-ce que tu fais, Marc ?... Qu'est-ce que tu es en train de faire ? Tu ne vois pas que j'ai besoin que tu sois là, que je perds complètement pied ?

Il regarde Sarah mais il ne la voit pas vraiment. Dans sa tête, il y a une petite fille qui se noie en silence, une jeune femme dont le crâne se transforme en fleur, un homme qui pleure parce qu'il a peur de mourir...

— Tu vas me répondre, bordel de merde ? À quoi tu penses ?... À quoi tu penses quand tu me laisses toute la journée, puis la nuit entière avec nos enfants ? Ils sont là, Marc, ils existent, ils sont vivants. Tu sais : Louise... Gaspard.

Elle se redresse et claque des doigts devant les yeux de son mari. Soudain, elle le gifle de toutes ses forces. Le bruit résonne dans le salon. Il ne réagit pas immédiatement puis d'un seul coup, il semble revenir au réel.

— Je ne peux plus, Sarah, je ne peux plus faire semblant... Excuse-moi... Elle est là... Tout le temps, dans ma tête, dans mon cœur...

Il fond en larmes, il arrive à peine à parler.

— C'est moi, Sarah, c'est moi qui l'ai tuée… J'ai tué ma fille ! Putain, tu crois qu'on peut vivre avec ça, tu le crois vraiment !

Elle le regarde, abasourdie. C'est la première fois depuis le drame qu'elle l'entend dire une chose pareille. Elle qui l'a pensé un million de fois sans jamais oser l'exprimer, elle qui a tant de fois voulu lui hurler sa rage et sa rancœur, elle vient d'entendre son mari le lui dire, simplement. Un élan d'empathie l'envahit, c'était peut-être ça qu'elle attendait depuis le début. Lui si solide, si fort, tellement persuadé de prendre les bonnes décisions pour tout le monde, tout le temps, ressemble à un enfant. Son chagrin, sa douleur, son désespoir sont réduits à leur plus simple expression. Lui l'avocat si brillant, il ne peut plus dire ses sentiments que par des sanglots et des gémissements. À ce moment précis, Sarah ressent quelque chose qui avait disparu depuis longtemps, elle pense que, peut-être, elle peut l'aimer encore. Elle s'approche de lui et l'entoure de ses bras, comme une mère le ferait pour son fils.

— Je suis là, mon chéri, je suis là… Et je suis autant responsable que toi, et la tempête l'est aussi… Nous devons nous relever. C'est bien que tu puisses me dire ça, tu sais. Quand je pense à toutes ces séances de psy… où j'attendais ça… Dis-moi que tu vas rester avec moi, Marc, sans toi je n'y arriverai pas, promets-le-moi.

Il serre sa main, si fort qu'elle en a presque mal. Il l'embrasse longuement. Il se frotte les yeux, le visage, comme s'il venait de se réveiller d'un long cauchemar.

— Je suis tellement désolé, ma chérie… Je vais m'arrêter quelques jours, je vais rester à la maison, avec toi, avec les enfants. J'ai besoin d'aide, j'ai besoin… de toi, de vous.

Elle avait envie d'entendre cette phrase, ces mots depuis si longtemps. Elle arrive à peine à y croire. S'ils sont tous les deux, s'ils font face, alors, peut-être. Mais elle ne veut pas s'emballer, elle sait la montagne, l'Everest, l'Annapurna qu'ils vont devoir gravir. Sans oxygène, sans radio, sans assistance.

Lorsque Gaspard entre dans le salon, il est surpris de voir son père et sa mère enlacés. La dernière fois, c'était… Il ne s'en souvient même plus, il y a si longtemps. Il sourit puis vient se lover contre eux. Son père lui ébouriffe les cheveux, embrasse sa tête. On dirait une vraie famille et ça, Gaspard, ça lui plaît.

— Gaspard, tu nous prépares la table du petit déjeuner ? Papa va aller nous acheter des croissants, pas vrai ?

Elle se tourne vers lui et lui sourit, comme un encouragement. Il met son manteau, en sortant il prend de la monnaie dans le vide-poches de l'entrée. Cela fait bien longtemps qu'il n'est pas allé à la boulangerie de l'angle de la rue. Il se demande quelle tête peut bien avoir la boulangère, il n'en a plus la moindre idée. Dans l'ascenseur, il ne regarde rien. Ils ne sont qu'au troisième étage mais l'appareil est vieux, il descend lentement. Il ne regarde pas dans la glace derrière lui. Pour voir quoi ? La tête d'un homme qui ne trouve l'apaisement, pendant quelques instants, qu'en flirtant avec la mort ?… Il peut arrêter de travailler quelques semaines, ses collaborateurs sont doués, plus que sa stagiaire. Il n'a pas besoin d'argent, surtout après la partie d'hier soir. Juste avant de franchir le premier étage, son regard est attiré par un mouvement, une ombre, un reflet rouge, comme un mirage. Il se tourne vers le miroir qui ne renvoie que son reflet. Pourtant, au bout d'une seconde, la surface de verre semble se troubler, devenir fluide, liquide… Il perçoit d'abord une tache floue, qui devient de plus en plus nette. Lorsque l'ascenseur s'arrête enfin, sur la surface du miroir apparaît un gilet de sauvetage rouge, un gilet d'enfant avec un petit sifflet accroché à l'un de ses pans. Sur le col, le nom du navire, le nom du bateau sur lequel a disparu sa fille. Il pousse un cri étouffé, ferme les yeux quelques secondes puis les rouvre. Le miroir ne reflète plus que son visage, celui d'un homme à bout de forces qui sait qu'il n'a plus d'autre choix que d'affronter ses démons. Mais maintenant, Sarah est avec lui.

Chapitre 17

Ma chambre est presque plus grande que celle de la maison de Marly ! Bon c'est vrai, j'avoue, l'appart est incroyable, tout est nickel, comme neuf. Et j'ai une salle de bains de ouf. Attention, quand je dis de ouf, c'est vraiment de ouf. Avec une baignoire jacuzzi, une douche avec des buses partout, ambiance pluie tropicale, massage thaï, sauna… Pour le sauna, je déconne. En fait, y en a pas. Mais tout le reste est vrai. Et maman et Leila ont la même, en plus grand. On a déménagé hyper vite et tant mieux. Je n'ai pas insisté pour la petite fête d'adieu aux copains du collège. Je vais dans un autre bahut pour finir l'année, tout est arrangé. Nouvelles têtes, nouvelles copines, nouveaux petits copains… Sur ce dernier point, je suis un peu refroidie. Quand je pense qu'Ange a osé me relancer ! Et en mode « Ouais, désolé, je me suis un peu emballé mais bon c'était cool, non ? ». « Cool », quel connard, je ne me suis jamais sentie aussi humiliée de ma vie, aussi sale… Je l'ai bloqué partout, sur toutes mes applis. Lui ne l'a pas fait, dommage… Je me réserve le droit de raconter en détail à tous ses contacts la manière dont il traite les filles. Je lui ai envoyé un dernier message pour lui dire que le délai de prescription pour un viol sur mineur, c'est trente ans. Et s'il ne sait pas ce que « prescription » veut dire, il n'a qu'à le demander à son père, il devrait être au courant…

Elles sont parties faire des courses, ça peut durer ultralongtemps. J'ai encore des cartons à défaire mais j'ai une grosse flemme. J'ai plein de baille à déballer et ça me tue d'avance. Je suis assise à mon bureau et je navigue sur le Net. J'adore faire ça. Et je sais maintenant pourquoi on appelle ça « la Toile ». Une fois que tu es dedans, impossible de t'en décoller. Il y a une heure tout juste, j'ai tapé dans le moteur de recherche : « lisseur cheveux bouclés », et là, je suis en train de lire un truc sur les frelons asiatiques avec un mec déguisé en cosmonaute qui se la raconte parce qu'il décroche un nid tout naze dans une cabane toute pourrie. C'est ça, le Net, la Toile ! Je suis en train de glisser tranquille vers des combats de rue en Russie quand j'entends qu'on sonne à la porte de l'appart. J'hésite. Après tout, je ne suis pas vraiment la maîtresse de maison. Je ne sais pas qui ça peut être. Je crois bien que je m'en fous. Je ne réponds pas, il ou elle réessaiera, non ? Mais trois secondes plus tard, on sonne encore. OK, OK, je me lève, j'enfile un jean. Un rapide coup d'œil, en passant, dans la glace de l'entrée. Pas mal, pas dément mais pas mal. De toute façon, je suis toujours plutôt pas mal. Comme ça, ça fait grave prétentieuse mais c'est pas moi qui le dis. Maman me répète toujours que j'ai de la chance. Que j'ai réussi à choper sa silhouette à elle et les yeux verts de mon père. Elle ajoute aussi : « Heureusement pour toi que ce n'est pas l'inverse. » Elle pense qu'elle a des petits yeux marron moches et trop rapprochés. Moi, je les trouve beaux quand même mais bon, c'est ma mère. Et puis, là, il y a vraiment très peu de chances pour que ce soit Timothée Chalamet ou Robert Pattinson. Et même zéro chance… Gagné ! Quand j'ouvre, c'est une femme qui doit avoir l'âge de maman. Elle est blonde avec des beaux yeux, elle semble surprise de me voir. Elle ne dit rien, elle me regarde comme ça, sans bouger. C'est assez étrange, voire flippant. Mais au bout d'un moment, elle finit quand même par me parler.

— Bonjour, je suis Sarah… Votre voisine d'en face. Vos parents sont là ?… Enfin, votre maman ?

C'est drôle, quand on a deux mamans, on ne nous dit pas « vos parents », enfin rarement. Le schéma classique, quoi, un papa, une maman. Sortis de là, les gens ont du mal à s'orienter mais bon, faut pas désespérer, ça viendra.

— Bonjour, madame. Non, elles sont sorties. Elles avaient plein de trucs à acheter. Vous voulez entrer ? Je peux faire du thé.

Bon, j'ai pas du tout envie de préparer un thé mais maman et Leila font toujours ça quand quelqu'un débarque à la maison, même si elles le connaissent pas. Donc moi, *paf*, je propose un thé.

— Non, non, merci, c'est gentil, je repasserai plus tard, en fin de journée. Vous êtes… Gabrielle ?

— Oui ! C'est moi. C'est Leila qui vous a dit mon prénom, bien sûr. Et elle vous a aussi dit que j'étais la baby-sitter la plus top du monde, c'est ça ? C'est mon meilleur agent !

La voisine sourit un peu, pas beaucoup. Elle n'a pas l'air totalement subjuguée par mon humour pourtant dévastateur. Elle finit quand même par me répondre.

— Oui… Elle me l'a dit. Mais on ne sort pas beaucoup, vous savez. Et puis, ne le prenez pas mal, surtout, mais vous me semblez un peu jeune pour garder des petits enfants. Louise n'a que deux ans.

Non, non, je le prends pas mal… Je la trouve un peu cash quand même, moi, la voisine. Mais après tout, elle a le droit d'avoir son avis. Même s'il est naze. Et j'ai des arguments, ce n'est pas la première fois qu'on me dit ça.

— Ne vous inquiétez pas, j'ai l'habitude. Je n'ai que quatorze ans mais j'ai gardé des enfants toute l'année dernière, tous les mercredis après-midi. Et il y avait un petit garçon de un an. Et puis, je ne sais pas si vous y croyez mais… je suis Bélier. Le signe préféré des enfants, et du premier jour du signe, hein, pile le 21 mars, ça ne s'invente pas !

C'est mon argument massue, validé par *Télé 7 Jours*. Et ça m'a réellement déjà aidée à obtenir des gardes. Mais là, je crois que ça ne va pas marcher. La voisine a pâli, elle est obligée de s'appuyer contre le mur de l'entrée. J'ai l'impression qu'elle va tomber dans les vapes.

— Ça ne va pas, madame ? Vous voulez vous asseoir, vous voulez un verre d'eau ?

Elle secoue la main pour me dire non. Elle se redresse et murmure, dans un souffle :

— Non, ça m'arrive parfois. Je vais rentrer. Ce n'est rien. Je… Je repasserai plus tard.

Quand elle repart, j'ai peur qu'elle se casse la figure avant d'avoir pu atteindre sa porte. Je me souviens alors de ce qu'a dit Leila en parlant d'elle : « Elle est peut-être malade. » Je te confirme, Leila, elle ne va pas très bien, cette dame.

Chapitre 18

Gaspard s'est réveillé en sursaut. Il est couvert de sueur, ses draps sont trempés. Comme si on avait déversé de l'eau directement dans son lit. Il a beaucoup de mal à respirer. Avant, il ne faisait jamais d'asthme. Les crises ont commencé depuis cette nuit sur le bateau. Et elles sont de plus en plus violentes. Il aimerait appeler sa maman, mais il n'ose pas. Il n'ose plus. Alors il se lève péniblement. Il va dans sa salle de bains et prend son tube de Ventoline dans l'armoire. Il aspire plusieurs bouffées en espérant que ça va passer. Mais parfois ça ne passe pas. La vie est devenue si difficile, si éprouvante. Avant, tout était simple et beau. Avant, il était juste un enfant. Il y avait Clémentine, papa et maman. Il y avait cette insouciance permanente, cette douce sécurité que l'on pouvait presque sentir, presque toucher, respirer. Maintenant, il y a Louise et cette nuit de cauchemar qui a fracassé son enfance. Il y a la vie d'avant et la « presque vie » de maintenant. Gaspard adore sa petite sœur. Elle si jolie, si calme. Il voudrait tellement que tout le monde l'aime autant que lui. Quand il sort de la salle de bains, il voit de la lumière dans le salon. Il ne sait pas quelle heure il est, sans doute très tard ? Ou très tôt.

Son père est assis dans le canapé, un verre de whisky plein entre ses mains. Marc regarde les cubes de glace qui s'agitent et s'entrechoquent à mesure qu'il les secoue. Il boit une grande gorgée, pose le verre sur la table basse puis se frotte les joues, de plus en plus fort. Il pousse un gémissement.

— Papa, papa, ça va ?

Marc ne réagit pas tout de suite. Il regarde son fils sans le voir vraiment puis, soudainement, son visage s'éclaire.

— Gaspard… Je t'ai réveillé, je suis désolé, je…

— Non, c'est pas toi. J'ai fait une crise.

— Mon pauvre lapin, foutu asthme. Les toubibs disent que ça passera… Ça partira peut-être comme c'est venu… Enfin, ce n'est pas ce que j'ai voulu dire. Excuse-moi, je suis fatigué.

Gaspard s'assoit à côté de son père, il lui prend le bras et pose sa tête sur son épaule.

— Papa… Est-ce que maman va nous aimer encore, un jour ?

— Mais qu'est-ce que tu racontes ? Elle vous aime. Elle vous aime très fort. Pourquoi tu dis une chose pareille ?

L'expression de son fils se durcit.

— Non, elle ne m'aime plus, et Louise c'est pareil ! Elle aime Clémentine. Tu comprends, elle ne pense qu'à elle. Alors que nous, on est là… Pourquoi elle ne nous voit pas, hein, pourquoi ?

Marc serre Gaspard très fort puis l'embrasse. Il y a des larmes dans les yeux de son enfant, des larmes qui bientôt se mêlent aux siennes. Il lui parle, tout doucement.

— Nous allons changer tout ça, je te le promets, mon chéri. Maman est encore très triste. Et moi aussi. Mais je te jure que nous allons essayer. On ne s'est sûrement pas assez occupés de toi, de ta sœur. De votre chagrin, de ta peine…

— Arrête, papa. Je n'ai plus vraiment de chagrin, enfin, c'est plus le même. Ça fait quatre ans… Elle me manque aussi mais moi, je veux vivre normalement, comme avant. Il faut que tu le dises à maman. Il faut que tu lui dises que je l'aime, que c'est elle qui me manque, maintenant.

Marc est bouleversé. Ces quatre dernières années, il a été comme absent de sa propre existence, il le comprend à présent. Et il imagine les dégâts que cela a pu provoquer chez ses enfants. Et chez sa femme.

— Pardonne-moi, mon chat. Je te jure que je vais lui dire, qu'on va arranger tout ça.

Gaspard a l'air de ne pas y croire. Mais cette discussion avec son père lui fait du bien. Cela faisait si longtemps…

— Papa, tu sais, le jour de la tempête, maman m'avait demandé de veiller sur Clémentine… Mais j'ai pas réussi… À un moment Clémentine a dit qu'elle allait voir quelque chose, qu'elle revenait tout de suite. Elle m'a dit de ne pas bouger. J'ai attendu, j'ai attendu longtemps. Et puis après, je me suis endormi. Et ensuite…

— Mais pourquoi tu ne nous l'as pas dit ?

— Je ne me souvenais plus… C'est revenu dans ma tête il y a pas très longtemps. Et personne ne me l'a plus demandé. Tu crois que c'est ma faute, si on l'a pas retrouvée ? Tu crois que j'aurais dû l'empêcher de partir ?

Marc n'insiste pas. Et puis qu'importe. Il se doute bien que Clémentine ne s'est pas volatilisée, qu'elle a dû quitter le carré à un moment donné et qu'elle est certainement tombée par-dessus bord. Qu'est-ce que ça changerait, de toute façon ? À part renforcer encore le sentiment de culpabilité de Gaspard.

— Non. Ce n'est la faute de personne et surtout pas la tienne, c'est juste… une chose très difficile pour nous tous. On doit être forts, tous ensemble.

Il regarde sa montre.

— Allez, il est très tard. Il faut aller te coucher, demain tu as école.

Gaspard repart vers sa chambre. Ce garçon de douze ans porte sur ses épaules la disparition de sa sœur, la culpabilité de ses parents, la distance de sa mère et la solitude de Louise. Il faut qu'il puisse le sauver, au moins lui. Et pour cela, Marc doit d'abord se sauver lui-même.

Chapitre 19

Quand Marie ouvre sa porte, elle découvre Sarah en pleurs, qui lui tombe littéralement dans les bras.

— Calme-toi, Sarah… Que s'est-il passé ? Viens, entre, on va aller s'asseoir.

Les deux femmes vont dans le salon. Puis Marie se dirige vers la cuisine, elle regarde la très vieille horloge murale qui la suit partout depuis des lustres. Elle est hideuse mais elle ne saurait pas s'en défaire. Et puis elle donne l'heure. Il est presque dix-huit heures, trop tard pour le thé. Il faut quelque chose de plus fort. Elle ouvre le placard sous l'évier. Elle écarte les produits détergents, les bouteilles en plastique, en fait tomber quelques-unes par terre, puis trouve ce qu'elle cherchait. Elle se redresse et brandit fièrement une bouteille de verre sur laquelle une étiquette blanche est apposée. Un blanc qui a viré au gris et sur lequel est indiqué d'une écriture très fine et très droite : « SOPHIE, SCHNAPS, 2002 ». Elle est à moitié pleine. C'est une vague cousine alsacienne de son mari, qui possède encore un droit de bouilleur de cru et qui lui envoie, de façon très aléatoire, une bouteille tous les deux ou trois ans. Elle serait bien incapable de dire à quoi ressemble cette

Sophie mais elle ne manque jamais de la remercier, et par courrier. Elle doit bien être la seule à écrire encore des lettres. Lorsqu'elle retourne au salon, Sarah est assise dans le canapé. Elle ne pleure plus mais se tord les mains et bouge son torse d'avant en arrière. Elle lui rappelle ces vieilles images de femmes enfermées dans des asiles indignes, fort heureusement abandonnés depuis longtemps. Marie s'approche et s'assoit à côté d'elle. Elle pose deux verres minuscules sur la table basse. Elle les remplit avec soin, à ras bord, puis en tend un à Sarah.

— Attention, ma belle, c'est du lourd. Je te conseille de boire cul sec, au moins le premier. Sinon, tu risques le refus d'obstacle.

Sarah n'a pas envie de boire, elle voudrait juste s'allonger et dormir pour ne plus voir le visage de cette Gabrielle. Mais elle ne veut pas vexer Marie, surtout pas. Elle inspire profondément et approche ses lèvres du petit verre puis les humecte avec un peu de l'étrange liquide qui ressemble à de l'eau. Elle sent la brève morsure de l'alcool. D'un mouvement rapide, elle boit presque la totalité de son verre. Elle sent d'abord le schnaps qui descend dans son œsophage puis, d'un seul coup, comme une sorte de bombe intérieure, une explosion au napalm. Elle se met à tousser et repose d'une main tremblante son verre. Qu'elle finit par renverser.

— Pardonnez-moi, Marie, mais c'est vraiment trop fort pour moi… Je… je suis désolée.

Elle sait que son hôtesse est maniaque, elle l'a déjà remarqué à plusieurs reprises. Le fait qu'elle autorise Louise à toucher à sa collection de poupées est un grand privilège, elle en a parfaitement conscience.

D'ailleurs, elle a vu passer sur le visage de Marie une brève mais incontestable expression d'énervement. Comme un nuage noir qui a assombri ses traits.

— Je vais nettoyer, dites-moi où je peux trouver une éponge...

Elle fait mine de se lever mais Marie balaie l'air de la main et lui fait signe de se rasseoir.

— Mais non, laisse, ce n'est pas grave ! Dis-moi plutôt ce qui t'arrive. Et... on avait dit que tu me tutoyais, c'est un ordre.

Maintenant, Marie sourit, elle a retrouvé son air habituel de voisine douce et compréhensive. Sarah hésite un instant mais elle sait qu'elle doit raconter ce qu'elle a ressenti. Et elle ne peut pas, ne veut pas le dire à Marc, il est trop fragile.

— Je suis allée chez nos nouvelles voisines, tu sais, le couple avec une jeune fille. Elles n'étaient pas là mais Gabrielle, leur fille, oui. C'est elle qui m'a ouvert la porte et... Je ne sais pas, tu vas trouver ça complètement dingue mais j'ai cru voir ma fille... C'était comme si Clémentine avait ouvert cette foutue porte ! Ce n'est pas qu'elles se ressemblent vraiment, tu vois, mais elles ont les mêmes cheveux bouclés, les mêmes yeux verts et ce sourire... C'était elle... avec quelques années de plus.

Marie pose sa main sur l'avant-bras de Sarah et le caresse doucement. Elle sent la tension qui la paralyse, l'immense gouffre de tristesse dans lequel elle est prête à basculer.

— Oui, je comprends, Sarah. Mais, je crois que c'est une coïncidence, même couleur de cheveux, même couleur d'yeux, elle aurait le même âge aujourd'hui... J'imagine que ça a dû te faire un choc terrible. Mais tu sais bien comme deux jeunes filles peuvent se ressembler, comme ça, quand on les aperçoit furtivement. Et Clémentine est si présente… Tu verras, dans quelques jours, tu trouveras qu'elles ne se ressemblent pas tant que ça. J'en suis sûre.

— Peut-être… Pourtant, dans quelques jours, il y aura une chose qui n'aura pas changé. C'est qu'elles sont toutes les deux nées exactement la même année, et le même jour !

Sarah a presque crié ces derniers mots. Elle s'effondre dans les bras de sa voisine et se met à trembler au rythme de son chagrin et de ses sanglots.

Chapitre 20

— Gabrielle, viens nous aider ! On est mégachargées !

Je le savais, je le savais que j'allais pas échapper à la corvée. Et s'il y a une chose que je déteste encore plus que faire les courses de bouffe, c'est ranger les courses de bouffe…

— Ouais, j'arrive, j'arrive !

Pile quand Oleg, le Boucher des Carpates, allait réduire en bouillie cette petite fiotte de Sven le Viking. J'éteins ma tablette à regret pour rejoindre le monde réel, celui des surgelés et des petits-suisses. Quand j'arrive dans la cuisine, le sol est recouvert de sacs de supermarché bourrés à craquer.

— Euh, il se passe quoi en fait, vous avez fait des provisions pour un an ? On va de nouveau être confinés comme en début d'année ? Dites-moi la vérité, je dois savoir…

Leila se marre.

— Arrête un peu et aide-nous plutôt à ranger tous ces trucs. Tu sais qu'on doit tout racheter. Je te rappelle que la cuisine et les placards étaient vides. Et puis, qui est-ce qui va se mettre à chouiner si elle n'a pas ses céréales préférées demain matin ?

« Chouiner »... Nan, mais au secours, j'ai plus cinq ans. En même temps, c'est vrai que je les aime bien, mes céréales. Je vais quand même pas manger des tartines comme une vieille. Je me mets à ranger sans me presser mais en en faisant des tonnes pour que ça se voit pas trop.

— Au fait, la voisine est passée. Bien chelou, quand même, la nana. Elle voulait vous voir et puis je sais pas pourquoi elle s'est mise à flipper, à pas être bien et elle est rentrée chez elle.

Leila fait un signe à maman, genre « Tu vois bien, je t'avais dit qu'elle était space ».

— Oui, c'est vrai, à nous aussi elle a fait une drôle d'impression. Mais on ne doit pas juger les gens trop vite, tu sais bien. Elle a peut-être des problèmes. Tu lui as dit quoi ?

Ne pas juger les gens trop vite ? Il y a quelques jours, j'aurais donné mon cœur pour un garçon qui s'est révélé être le pire des bâtards. Donc je sais, maman. Et je n'aime pas trop le ton de ma super mère à ce moment-là. Il y a dans sa dernière question comme un goût de « C'est pas toi qui l'aurais fait fuir, par hasard ? ».

— Ça va, m'an, c'est bon ! J'ai rien fait. Je lui ai pas sorti de vanne pourrie ou quoi. Je lui ai même proposé un thé. Nan, mais un thé, quoi ! Elle a flippé toute seule, je te jure. Bonjour la confiance, en vrai.

Maman s'approche et me pose un gros baiser sur le front.

— T'inquiète pas, mon cœur, on a confiance en toi... Un thé ? Bravo. Et tu sais vraiment comment on fait ?

L'humour de ma mère me tue. Je ne réponds même pas. Mépris absolu.

— Allez, pour fêter notre installation, je vais faire des lasagnes pour ce soir. Ça va à tout le monde ?

Les lasagnes de Leila… Après sa blanquette, je crois que c'est ce qu'elle fait de mieux. Son secret : la béchamel au parmesan. Partout, au-dessus, en dessous, sur les côtés. Une tuerie. Je pousse un cri de joie.

— Ah ben, ça fait plaisir, Gabrielle ! Donc tu vas m'aider à éplucher les oignons ?

Ça, c'est la méthode Leila, j'appelle ça « la douche froide ». La super news et juste derrière, *bim*, l'horreur. Éplucher les oignons, le truc que je déteste le plus au monde après ranger les courses. Mais on sonne à la porte. Sauvée par le gong !

Je me précipite pour aller voir, Leila sur mes talons. Prem's, j'ouvre d'un coup. Il y a un type sur le palier, plutôt beau gosse pour un vieux. Il a l'air un peu surpris. Il me fixe comme si j'étais Rihanna ou un truc comme ça.

— Bonjour… Je suis votre voisin, Marc Cygnac. Vous devez être Gabrielle et vous…

— Je suis Leila ! Nous avons fait la connaissance de votre épouse quand nous avons visité l'appartement. Et puis c'est allé vite, comme vous voyez. Nous sommes ravies, vraiment ravies.

Elle m'énerve quand elle minaude, elle peut pas s'en empêcher quand un mec lui plaît. Elle fait son grand sourire et ses yeux de biche. Allô, Leila, t'es en couple, il est marié, et accessoirement, c'est un mec !

— Nous sommes aussi enchantés de faire votre connaissance. Je voulais vous proposer de venir prendre l'apéritif à la maison, disons demain ? Ce serait super.

— Demain, oui, c'est parfait… Gabrielle, tu n'as pas déjà une soirée prévue, n'est-ce pas ?

MDR, je viens d'arriver et je n'ai pas mis un pied dans mon nouveau collège. Zéro ami, zéro sortie. Une *no life*. Comme si tu ne le savais pas… Mais bon, ça veut dire aussi que je dois y aller, à cet apéro… Galère.

— Non, je crois pas, je vais quand même vérifier dans mon agenda…

Le voisin et Leila se mettent à rigoler bêtement. Je les trouve pitoyables et ridicules. Ça va être l'enfer demain. Je salue vite fait et retourne dans ma chambre. Au moins, j'ai échappé aux oignons.

Chapitre 21

Marc entre dans le salon, Gaspard est vautré sur le canapé, il joue au foot sur son iPad. En réseau, avec des copains. Parfois, son père a envie de prendre un marteau et de cogner une bonne fois pour toutes, de toutes ses forces, sur cette maudite tablette. Et puis après, il lui apporterait un livre, un vrai livre avec des pages qu'il faut tourner. Il poserait le bouquin par terre, à côté de l'iPad fracassé, et il donnerait aussi un grand coup de marteau dessus. Et puis il montrerait le résultat à Gaspard en disant : « Tu vois, le livre est plus fort que ta tablette. »

Toute la semaine dernière, il est resté à la maison. Ils sont allés voir un thérapeute, un ponte, très cher. Un des clients de Marc connaît bien ce médecin et lui a raconté leur histoire. Le type les a reçus deux heures, dès le lundi, et encore deux heures trois jours plus tard. Marc s'est entendu dire des mots qu'il ne croyait pas pouvoir penser, et en tout état de cause qu'il était persuadé de ne jamais pouvoir prononcer. Mais il n'a pas parlé des parties de roulette… Il a juste évoqué des « conduites à risque ». Tu parles de conduite à risque, se coller une arme chargée sur le front et appuyer sur la détente, c'est plus du risque, c'est de la folie... Mais il n'est pas encore prêt à en parler à sa femme. Pourtant il se sent déjà mieux, plus apaisé. Évidemment, sa fille est là. Il l'imagine encore crier, l'appeler au secours, mais il n'a pas eu de vision cette semaine, alors peut-être...

— Gaspard, tu peux te décoller un peu de tes jeux ? Tu n'as pas autre chose à faire ? des devoirs ? un livre à lire ? Tu vois ce que c'est, un livre ?

Son fils soupire bruyamment puis éteint son écran.

— Très drôle, papa. Oui, je sais ce que c'est, j'en ai même lu, tu vois... Tu retournes quand travailler ?

Il y a énormément d'espoir dans cette question... Mais Marc a bien peur que son fils ne soit un peu déçu. Il est passé au bureau et les équipes ont l'air de parfaitement s'en sortir. Même sa stagiaire a pondu une note plutôt brillante. Il ne recevra que ses plus gros clients, si nécessaire. Il a besoin de se recentrer, plus que jamais.

— Pas tout de suite, mon petit vieux. Désolé, mais tu vas devoir me supporter encore un peu. Et puis, moi, je suis content de te voir, tu sais.

Gaspard sourit, il s'approche de son père et l'enlace soudainement en le serrant très fort.

— Moi aussi, papa, je suis super content que tu sois là. Et maman aussi, je crois. Je t'aime.

Marc a les larmes aux yeux. Cette déclaration d'amour, si simple, si naturelle le bouleverse. Il se racle la gorge.

— Où est-elle d'ailleurs, maman ?

— Je crois qu'elle est dans sa chambre, elle m'a dit qu'elle voulait se reposer un peu. Louise fait encore la sieste.

— OK, allez, finis ta partie, mais après, pas de temps additionnel, tu files à ton bureau et tu bosses.

Quand il entre dans la chambre, Sarah est allongée sur le lit, les yeux fermés. Il sait qu'elle ne dort pas, elle fait semblant. Mais elle est nulle pour ça. Quand elle dort vraiment, elle n'est jamais sur le dos, le drap remonté sur sa poitrine. Il s'assoit sur le lit.

— Ma chérie, je l'ai vue. C'est elle qui a ouvert la porte. Oui, c'est vrai, moi aussi je suis resté un peu scotché. Mais je l'ai bien regardée, et elle est très différente de... de Clémentine. Je leur ai proposé de venir prendre l'apéritif demain. Ne t'inquiète pas, ça va bien se passer. Elles ont l'air très gentilles. Il faut qu'on avance, Sarah, ensemble.

Sa femme ouvre les yeux brutalement. Elle ne le regarde pas, elle fixe un point au loin. Quand elle prend la parole, sa voix est sourde, comme sortie d'un caveau.

— Oui, tu as raison, il faut... avancer. Mais elles ont... Elles auraient le même âge, exactement le même âge. C'est vraiment trop cruel ! Est-ce que nous n'avons pas assez souffert comme ça, Marc ?

Il ne sait pas répondre à cette question. Pourtant, comme tous les gens frappés par le destin, il n'a cessé de se la poser depuis le drame. Pourquoi est-ce à eux que cela est arrivé ? Mais aujourd'hui, il commence à entrevoir une réalité difficile à accepter : ils ne pourront pas s'en sortir tant qu'ils se poseront cette question...

— Oui, nous avons assez souffert, Sarah, justement. Ces nouveaux voisins, cette jeune fille... Je suis pragmatique, tu me connais... Mais c'est peut-être un signe, peut-être que justement le destin ou je ne sais pas quoi nous dit : la vie continue…

Son épouse reste impassible, puis très lentement un sourire triste commence à se dessiner sur son visage.

— C'est complètement con, ce que tu viens de dire, Marc. Tu t'en rends bien compte. (Elle rit doucement d'un rire sans joie.) C'est con, mais après tout, au point où j'en suis… On va faire un apéro, alors !

Marc enlace sa femme et l'embrasse tendrement. Il a plus que jamais envie de lui faire l'amour. Il déboutonne le chemisier de Sarah et passe la main sur sa cuisse. Leur respiration s'accélère et bientôt ils sont serrés l'un contre l'autre. Ça aussi, ça faisait bien longtemps que ça ne leur était plus arrivé.

Chapitre 22

— Commissaire, et si on se refaisait la bio de notre chère petite disparue ?

Jeanne Muller penche la tête en arrière et ferme les yeux. Le lieutenant Lacagne, nouvelle recrue du commissariat, tourne autour de son bureau comme un renard autour d'un poulailler. S'il n'était pas aussi sympathique, il serait vite chiant, pense-t-elle pour la millième fois. Il est plutôt joli garçon, la trentaine décontractée. Elle regarde son petit cul serré dans son jean moulant et elle se dit que si l'occasion se présente, il faudrait qu'elle envisage de la saisir. Elle sait qu'elle plaît, de manière générale. Avec sa peau très claire et ses yeux d'un bleu profond, ses cheveux noirs et ses lèvres écarlates, elle fait plutôt son petit effet sur les hommes qui aiment le genre « Maléfique, le retour ». Plus tellement sur son ex-mari, qui s'est barré il y a cinq ans avec sa secrétaire, rien de très original. Arrivera-t-elle à séduire ce jeune con de quinze ans de moins qu'elle ? Le jeu en vaut la chandelle. Mais pour l'instant elle a ce dossier de disparition sur les bras. Il y a en France plus de dix mille disparitions de majeurs jugées inquiétantes chaque année. La plupart sont retrouvés, avec le temps… Mais celle-là, il faut mettre tout en œuvre pour elle, le plus vite possible, on ne sait pas pourquoi. Et elle n'a pourtant disparu que depuis quarante-huit heures. Enfin, « on ne sait pas pourquoi »… Bien sûr que si, elle sait !

— Bon, allez-y, Franck, vous en mourez d'envie. Redites-moi son CV.

Il sourit, va s'asseoir en face d'elle et commence la lecture.

— Chloé Montaigu, trente et un ans, blonde, un mètre soixante-douze, née le 18 janvier 1989 à Neuilly-sur-Seine dans le département…

— C'est bon ! Je sais où est Neuilly. Allez à l'essentiel, SVP !

— OK, OK, mais c'est pour bien s'imprégner, chef, c'est vous qui n'arrêtez pas de dire qu'il faut se mettre dans la peau de la personne disparue, qu'il faut « être » cette personne.

— Oui ? J'ai dit ça ?… Et sûrement plein d'autres conneries. Vous n'êtes pas obligé de tout retenir… Ce qui m'intéresse, ce sont ses dernières prouesses, pas ses photos de naissance.

— OK, bon, alors, l'essentiel, bien sûr, c'est que c'est la fille de Michel Montaigu, voilà… Et c'est pour ça que le préfet, le divisionnaire et tout le tintouin vous appellent sans arrêt depuis deux jours. Elle et son père avaient un rituel : elle lui envoyait un SMS, tous les jours, à minuit. Il dit que si elle ne l'a pas fait, c'est que quelque chose de grave lui est arrivé.

Michel Montaigu était le P-DG et fondateur de Joy, une holding de produits de luxe et d'entreprises de médias. Un tycoon à la française, multimilliardaire, qui tutoyait les présidents et embrassait les stars. Il a tout réussi, sauf sa fille cadette, Chloé. Après être entrée à HEC, la jeune femme avait décidé d'envoyer tout balader et de parcourir le monde. Enfin, entre deux séjours en institution psychiatrique. Des hôpitaux et cliniques privés qu'elle avait écumés entre ses vingt et un et ses vingt-neuf ans. Après on retrouvait sa trace dans les magazines people, souvent dans la rubrique « Fêtes décadentes et casino ». Elle était devenue une joueuse de poker redoutable et une hôte attendue et remarquée à la plupart des tables de jeu du monde entier.

— Et puis, l'année dernière, plus rien. On ne la voit plus dans les journaux, ni dans les casinos. Son père lui donnait de l'argent, quand elle en avait besoin. Elle possède un bel appartement avenue de Friedland, dans le VIIIe arrondissement… Oui, je sais que vous savez où c'est. On n'a rien trouvé de vraiment intéressant là-bas mais on continue à chercher, à éplucher les courriers, les photos, ordis, tablettes…

Bon, c'est vraiment très, très chic, cette avenue. C'est en plein sur mon territoire et c'est bien ma veine. Du coup, c'est ici qu'arrive le dossier. On l'aurait vue pour la dernière fois il y a trois jours, sortant de chez elle un soir. C'est le fleuriste au pied de son immeuble qui l'a formellement reconnue. Et depuis : plus rien. Plus rien, à part un papa éploré, riche à crever, culpabilisant à mort de n'avoir rien su faire pour sa fille et qui remue ciel et terre avec toute la puissance de ses relations et de son réseau pour la retrouver.

— Bon, eh bien, vous allez prendre Isa et David avec vous et vous allez m'écumer les clubs de jeu du quartier. Comme disait mon père : « Joueur un jour, joueur toujours. » Elle n'a pas pu passer la main comme ça, la petite Montaigu. M'étonnerait pas qu'on retrouve sa trace autour d'une table verte. Bonne chance. Et ne quittez pas trop vite mon bureau, mon petit Franck, prenez bien votre temps.

Jeanne sourit en voyant la tête de son collaborateur qui rougit un peu avant de se marrer et de sortir comme s'il défilait pour un grand couturier. Il faudrait vraiment qu'elle arrête de déconner de temps en temps, se dit-elle. Mais son métier est tellement plus drôle comme ça. Plus drôle, ou juste plus supportable.

Chapitre 23

— Je me suis déjà coiffée, maman !

Je sens que ça va être lourdingue, l'apéro de ce soir. Leila est habillée comme si elle sortait en boîte, enfin j'imagine qu'elle s'habillerait comme ça. Et maman a mis un tailleur-pantalon plutôt strict. Nan, mais allô, quoi, c'est juste un apéro chez les voisins. Elle a même voulu que je mette une jupe… *No way !* Elles ont pris une bouteille de champagne dans le frigo et elles sont en train de se regarder dans la glace de l'entrée.

— Vous faites quoi, là, les filles ? On va juste en face boire un verre. C'est pas le casting des reines du shopping. Alors toi, ma chérie, tu seras « quarantenaire sur le retour » et toi, Hélène, « femme d'affaires ». C'est magnifiiiique !

— « Sur le retour »… Merci, ma chérie, ça me touche beaucoup. En attendant, ce sont nos voisins, nous sommes nouvelles dans l'immeuble, ils ont la gentillesse de nous inviter. On peut quand même faire un effort, tu ne crois pas ?

Et ma mère qui en rajoute une couche avec les phrases débiles dont elle a le secret.

— Et puis, tu sais, mon cœur, on n'a jamais deux fois l'occasion de faire une première impression.

— Au secours, maman, arrête, par pitié ! En plus, ce n'est pas la première fois qu'on les voit et je crois que j'ai déjà fait une première impression d'enfer. Surtout sur elle…

— Justement, c'est l'occasion de repartir sur de bonnes bases. Allez, en route, il est dix-neuf heures trente !

— En route… Ils sont sur le palier d'en face ! Je branche Waze, ou bien ?

C'est lui qui nous ouvre quand Leila sonne. Il porte un pantalon de toile rouille, des Clarks et une chemise blanche. Et il nous sourit comme si nous étions la famille royale d'Angleterre. Je crois bien que Leila va tomber dans les pommes.

— Ah, bonsoir, entrez, entrez, venez dans le salon… Il ne fallait vraiment pas, dit-il en prenant la bouteille de champagne, mais c'est très sympa.

Leur appartement ressemble au nôtre. De grandes pièces, de hauts plafonds, beaucoup de lumière. Je trouve ça un peu froid, perso, mais c'est vrai que ça en jette. Sarah, sa femme, se lève et nous tend la main. Elle a l'air mieux que la dernière fois. En même temps, c'est pas difficile. J'ai cru qu'elle allait mourir dans mes bras. Elle est vraiment canon, en fait. Mais elle se la pète pas, hein, elle est juste super belle.

— Bonsoir, Hélène, bonsoir, Leila, quelle joie de vous revoir. Vous êtes bien installées ? Mais asseyez-vous, je vous en prie. Oh, et pardon, bonsoir, Gabrielle, bien sûr. Comment vas-tu ? Ah, et je vous présente Marie, notre voisine et amie.

C'est une dame un peu âgée, très chic, avec les cheveux blancs tirés en arrière et un super chignon compliqué. J'adore sa coupe. Elle se lève pour nous saluer. Quand arrive mon tour, je lui tends la main. Elle l'écarte, me serre dans ses bras et m'embrasse. Elle me relâche puis me sourit.

— Voici donc la très jolie Gabrielle dont on m'a déjà tant parlé.

« Déjà tant parlé »… Je l'ai vue une fois, sa copine ! Je regarde Sarah, qui continue à sourire mais qui a du mal à cacher son malaise. Personne ne semble avoir rien remarqué. Aussitôt que nous sommes assis, la maîtresse de maison enchaîne :

— D'abord, je tenais à m'excuser, je crois que la dernière fois que nous nous sommes vues, j'ai dû vous paraître un peu étrange, voire carrément impolie. Je suis un peu fatiguée en ce moment, rien de grave… Bref, je suis vraiment désolée, pour une première rencontre, ce n'était pas franchement réussi. Mais on va se rattraper, n'est-ce pas ? Chéri, tu nous sers à boire ?

Mes mamans ne savent pas trop quoi répondre, à part des banalités. Donc c'est Hélène, la spécialiste du genre, qui se lance, avec un certain talent.

— Ce n'est rien, Sarah, on comprend parfaitement. Le stress de la vie parisienne, ce grand appartement, votre petite fille, ça ne doit pas être facile tous les jours…

Genre, elle entend ce qu'elle dit, là, maman ? C'est pas comme si elle habitait dans cinquante mètres carrés avec cinq enfants et un job de caissière en horaires décalés… Mais bon, en fait, j'en sais rien, je suis pas mère de famille, je suis pas mariée, j'ai pas de boulot et parfois je suis quand même grave stressée, alors…

Le beau Marc sert tout le monde. J'ai pris un Ice Tea. Lorsque je redresse la tête, un garçon entre dans le salon, tenant une petite fille par la main. Il ressemble à son père.

— Ah, voilà Gaspard et Louise. Tu viens dire bonsoir, mon chéri, et puis après tu iras coucher ta sœur. Tu veux quelque chose à boire ?

Embrassades, ils sont tout mignons leurs enfants. Enfin, comme dirait mon père, « la pomme tombe pas loin du pommier ». Sarah a fait plein de trucs super bons, des trucs maison genre houmous, tapenade, des petits feuilletés au fromage, des trucs italiens aussi. Bon, ceux-là, je ne sais pas si c'est elle qui les a faits, mais c'est bon quand même. Je me gave en me disant que ce soir je ne dînerai pas… Jc l'observe de temps en temps, du coin de l'œil. Je vois bien qu'elle me regarde, qu'elle me scrute même. C'est un peu comme si elle ne m'avait pas vue depuis très longtemps. Mais c'est un regard gentil, touchant, quoi. Lui, il parle de son métier d'avocat. Il en parle bien. En même temps, c'est son job, de bien parler. Mes mamans sont aux anges, elles aussi parlent de leur boulot, des raisons pour lesquelles elles sont venues habiter à Paris. Bref, le courant passe, comme on dit. À un moment, Gaspard annonce qu'il va coucher sa petite sœur. Re-embrassades… Elle est vraiment adorable, cette gamine. Maman regarde Gaspard qui prend la main de sa sœur et l'emmène.

— C'est vraiment super, d'avoir un grand frère comme ça. Il a l'air de tellement bien s'occuper de Louise.

Marc sourit, il embrasse Sarah puis répond à maman :

— Oui, enfin, c'est parce que vous êtes là, il est un peu en représentation. Ce n'est pas toujours aussi idyllique.

— Oui, mais c'est chouette, dit Leila. Hein, Gabrielle, que c'est chouette. Je suis sûre que tu aurais adoré avoir un petit frère. Tu aurais été parfaite en grande sœur attentionnée. Je te vois bien jouant avec lui aux cartes, trichant comme tu le fais toujours… Je plaisante, ma chérie, tu l'aurais protégé comme une lionne. Avec toi, rien n'aurait pu lui arriver !

Tellement relou, parfois, de me taper l'affiche comme ça, Leila… Je cherche un truc à répondre mais j'entends un bruit de verre brisé. Sarah est immobile, son visage est blanc comme un linge. Son poing droit est fermé, seul le pied de la coupe qu'elle tenait à l'instant dépasse de sa main. Le long de son poignet s'écoule un filet de champagne mêlé de sang. Des gouttes rosées s'écrasent sur la table de verre, formant une petite mare rougeâtre dans laquelle tombent encore quelques morceaux de verre.

Chapitre 24

Jeanne roule encore quand son téléphone se met à sonner.

— Allô ! Je ne sais pas qui c'est, mais je suis dans un parking, là. Ça risque de ne pas capter... On le tente quand même ?

Elle ne comprend rien à ce que lui raconte son interlocuteur et raccroche. Et quand elle regarde le nom de la personne qui vient de l'appeler, elle se dit que c'est sans doute mieux. Jean-Michel Tanolli, le patron du service disparitions de la direction de la police judiciaire. Elle le connaît bien, et même très bien puisqu'elle a été son adjointe, pendant près de quatre ans, avant de diriger le commissariat du VIIIe arrondissement de Paris. Un type éminemment veule et totalement inféodé à la hiérarchie. Sa seule crainte est de déplaire à ses maîtres et de ne pas respecter les procédures. Ce qui annihile en lui tout esprit d'initiative et toute forme de courage. Pour Jeanne, ça avait été les plus longues années de sa carrière. Mais elle avait tenu bon car elle savait que le poste d'après serait celui qu'elle voulait. C'était ça aussi, l'administration. Et elle avait fait en sorte que ce type ne la déteste pas complètement, on ne sait jamais. Mais elle adore se moquer de lui.

La disparition inquiétante de Chloé Montaigu ayant été déclarée un samedi, c'est son commissariat qui avait enregistré le dossier. Et au regard de son passé aux disparitions, le parquet avait décidé de la laisser poursuivre les investigations. Bien sûr, ça arrangeait Tanolli, qui ainsi n'avait pas hérité d'un dossier tout à fait casse-gueule. Mais cela l'inquiétait aussi au plus haut point car il ne pouvait pas contrôler ce que faisait son ancienne adjointe et rendre compte, dans l'instant, aux patrons.

Elle coupe le moteur de sa voiture de fonction. Enfin, le moteur… C'est une voiture électrique, décision du préfet, avec grosse pression du maire. Elle déteste cette bagnole qui ne fait pas de bruit, possède une prise comme un gros aspirateur et ne sent rien. Elle, ce qu'elle aime, ce sont les grosses cylindrées avec des moteurs puissants qui polluent et font se retourner les passants dans la rue. D'ailleurs, elle en a une comme ça et elle regrette tous les jours de ne pas pouvoir s'en servir aussi souvent qu'elle le souhaiterait.

Quand elle arrive chez elle, elle se sert un grand verre de vodka glacée avant de s'allumer une clope et de composer le numéro de son ancien patron.

— C'est Muller… Oui, je sais, calmez-vous, Jean-Michel ! Moi aussi j'ai tous les jours la secrétaire générale de la préfecture et le père Montaigu. Vous savez comme moi que ces investigations sont longues. Si on ne l'a pas retrouvée en huit jours, elle ne va pas réapparaître dans les vingt-quatre heures… Oui, je vous tiendrai informé, dès que j'aurai du nouveau… Mais si vous voulez récupérer le dossier, mon vieux, n'hésitez pas, hein... Oui, c'est ça, bonne soirée à vous aussi.

Elle s'allonge sur le canapé et reprend une cigarette en pensant qu'il faut qu'elle arrête de fumer. Et de boire. Et qu'il faut qu'elle fasse du sport. Si seulement elle avait des enfants, elle pourrait s'inquiéter pour sa santé à elle. Se dire qu'ils ont besoin d'une mère, qu'il faut qu'elle se ménage. Mais elle n'en a pas. C'est comme ça. Au début, elle a fait des examens, elle a vu des tas de toubibs. Ils ont même fait des FIV avec son ex. Et puis elle a tout envoyé balader. La dernière fois qu'elle a eu son ancien mari au téléphone, il n'a rien trouvé de mieux que de lui annoncer que sa nouvelle compagne était enceinte. « J'ai pensé que je devais te le dire moi-même, tu comprends... » Quel connard ! Qu'ils crèvent, lui, son rejeton et sa petite connasse de secrétaire.

Elle déteste penser ça mais ça lui fait tellement de bien... Elle a eu un chien, aussi. Un beau dalmatien, un vrai chien de race avec un super pedigree. Certes, un peu débile à force de croisements consanguins multiples, mais, cela dit, tout à fait gentil et affectueux. C'était l'année des D, elle l'avait appelé Ducon. Quand il était mort d'une sorte de cancer du cerveau, le dernier organe de Ducon qu'on aurait imaginé attaqué par des cellules cancéreuses, elle avait été triste. Et comme elle n'aimait pas être triste, elle avait décidé de ne pas en adopter un autre. Jusqu'à présent. Elle regarde quand même, de temps en temps, des vidéos avec des chiens. C'est ce qu'elle est en train de faire sur son portable quand il se met à vibrer.

— Oui, Franck, ça va... Non, vous ne me dérangez pas. Je suis chez moi... Seule.

Arrête, Jeanne, dis-lui carrément de venir te sauter, pense-t-elle immédiatement. Il va me coller une plainte pour harcèlement et je serai bien avancée.

— Les enregistrements vidéo des caméras de surveillance ?… On la voit ? Cool… Et on la perd ? Ah, moins cool, alors… Et les clubs ?… Vous y allez ce soir ? (Elle regarde sa montre.) Oui, passez me chercher, ça fait longtemps que je n'ai pas tapé une partie de poker avec des malfrats… Oui, non… Je plaisante… À tout de suite.

Franck lui fait si souvent penser à Ducon, beau, racé, musclé mais pas hyper futé, qu'elle a fini par le surnommer pareil. Elle termine sa cigarette, va jeter son verre de vodka dans l'évier et décide de se maquiller quand même un peu. Elle se dit qu'en fait, elle ferait tout pour ne pas rester chez elle ce soir. Comme tous les soirs.

Chapitre 25

— Tu as compris, toi, ce qui lui est arrivé ?

Hélène est en train de se démaquiller dans la salle de bains quand Leila, allongée sur le lit, lui pose cette question. Après le saisissement général, Marie s'était précipitée d'autorité sur Sarah. Elle avait ordonné à Marc d'aller lui chercher de quoi nettoyer les plaies. Les voisines s'étaient levées, Gabrielle avait manqué de tourner de l'œil et Leila avait demandé si elle pouvait faire quelque chose. Mais Marie lui avait répondu qu'elle avait été infirmière, coupant court à toute aide extérieure. Après s'être assurées que Sarah se remettait, elles étaient retournées chez elles. Marc les avait raccompagnées jusqu'à la porte. Il avait l'air totalement perdu. Avant de fermer derrière elles, il avait juste murmuré : « Je suis désolé, je vous expliquerai… »

— Et il voulait nous expliquer quoi, son mari, en fait ? Que sa femme est très maladroite ou suffisamment cinglée pour s'exploser une coupe de champagne dans sa propre main ?

Hélène revient dans la chambre, elle ôte son chemisier et s'allonge à côté de sa compagne.

— Gabrielle dit qu'elle l'a fait volontairement. Je ne sais pas. Après tout, c'est fragile, le cristal, non ?

— Oui, mais enfin, tu as vu sa réaction juste après. Cet air mutique, ce regard vide. Il lui a bien fallu une minute pour nous dire quelque chose. Et pour nous dire quoi ? « Je suis désolée, je ne sais pas ce qui m'a pris. »

Les deux femmes restent les yeux ouverts, perplexes. Au fond, elles savent toutes les deux qu'il s'est passé un truc bizarre. Elles cherchent à comprendre. La dernière phrase du mari de Sarah signifiait qu'il y avait quelque chose qui devait expliquer ce comportement. Mais aucune des deux n'arrivait à imaginer quoi.

— Et tu as vu la réaction de Marie quand j'ai proposé mon aide, une vraie lionne défendant sa portée. « Je suis infirmière, c'est bon ! » Moi, je suis secouriste du travail et il y a sûrement moins longtemps qu'elle que j'ai dû rendre service à un malade. Bon, en tout cas, ça se confirme, la voisine a un problème. Marc, le pauvre, il doit morfler…

— On a tous des problèmes, Leila, plus ou moins graves, plus ou moins visibles, plus ou moins handicapants dans notre vie quotidienne. Quant au « pauvre Marc », si tu as envie d'aller le consoler, ne te gêne surtout pas !

Leila se met à rigoler.

— Tu es jalouse de ce type, je rêve ! Enfin, je rêve… Je le sais, que tu es jalouse, depuis le temps. Et pourtant, toi, tu sais bien que c'est un jeu, Hélène. J'adore séduire, c'est plus fort que moi… Mais c'est un garçon, Hélène, et moi… j'aime les filles.

La mère de Gabrielle regarde sa compagne et lui donne une petite tape sur l'épaule.

— Tu me saoules avec tes petits jeux à la con, un jour tu t'y feras prendre. L'arroseur arrosé, tu connais ? Et puis, je te rappelle que tu n'aimes pas « les filles » mais que tu aimes « une fille ». Et elle est juste à côté de toi, dans ton lit.

Leila se penche alors vers elle et l'embrasse avec avidité. Elle met ses doigts dans ses cheveux, passe sa langue dans son cou puis lui caresse la poitrine. Hélène lui rend ses baisers, prend sa main et la descend vers son sexe. Elle écarte les jambes et dirige la tête de Leila entre ses cuisses. Avant qu'elle se laisse submerger par le plaisir, le visage de Sarah, pâle comme une lune, lui revient comme un flash. Ce n'est ni la douleur ni la colère qui ont figé ses traits en un masque mortuaire, c'est une épouvantable et abyssale tristesse. Hélène chasse cette image avant de pousser un gémissement.

Chapitre 26

Jeanne écrase sa clope sur le trottoir. Elle regarde rapidement à droite puis à gauche afin de voir si personne n'a observé son atroce forfait. Un tel geste pourrait lui valoir la vindicte populaire et la condamnation immédiate. Elle le sait mais elle n'arrive pas à s'y faire. Cette société aseptisée, moralement et politiquement étriquée, est pour elle un véritable cauchemar. Elle sait que ce n'est pas bien, qu'elle devrait se préoccuper de l'environnement, de la planète, des animaux… Mais c'est plus fort qu'elle : elle s'en fout. Depuis que Ducon est mort, la cause animale l'indiffère. Quant à l'environnement, lorsqu'elle a vu la petite Greta Thunberg à la télévision, elle s'est dit que la planète pouvait bien mourir, s'il fallait maintenant écouter ce genre de créature.

Franck stoppe sa Ford Focus banalisée juste devant elle. Il la regarde en souriant, il a une petite fossette sur le menton. Il est quand même top, pense-t-elle immédiatement.

— Vous montez, commissaire ?

— Bien sûr, Duc… Franck. Vous m'emmenez où pour notre première sortie nocturne ? Je suis tout émoustillée !

Il faut qu'elle arrête ça, tout de suite. Elle passe en mode boulot. Imperceptiblement, son visage se durcit, elle s'assure que son arme de service est bien dans son holster, elle fait pivoter sa tête en petits mouvements circulaires, elle souffle lentement. Elle est prête.

— Pendant qu'Isa et David font le Paris Élysées Club, moi, je vous emmène au Cercle, chef. C'est, paraît-il, le club le plus chic de Paname. Enfin, celui où vont les vrais flambeurs. En tout cas, c'est ce que m'a dit Abdel, des jeux.

Il se gare devant la porte du club, dans une petite rue calme, pas très loin des Champs-Élysées. La porte métallique est peinte en noir mat. Une caméra blindée placée suffisamment haut pour être à l'abri de tout acte de vandalisme filme en permanence les entrées et les sorties. Jeanne appuie sur la petite sonnette en laiton. Deux secondes plus tard, une voix grave et posée s'échappe de l'interphone.

— Bonsoir, madame. Pouvez-vous montrer votre carte de membre, s'il vous plaît ?

La commissaire pointe sa carte de police vers la caméra.

— Bonsoir, monsieur. J'ai bien de la chance, moi : j'ai une carte magique qui m'ouvre les portes de tous les clubs de France, même les plus privés.

Au bout d'une minute, la porte s'ouvre, une jeune femme en tailleur noir les invite à entrer.

— Bonsoir, madame. Que pouvons-nous faire pour vous ?

— Je ne sais pas encore, peut-être que pour commencer vous pourriez nous emmener voir le responsable de cet établissement ?

— Mais bien sûr, madame, je vous en prie, suivez-moi.

Ils descendent un escalier étroit qui débouche sur un vaste salon où des tables de tapis vert accueillent déjà quelques clients. Pendant le court trajet, elle a bien remarqué que Franck n'a pas lâché des yeux la jolie silhouette de leur hôtesse. Ils traversent la salle puis se dirigent vers une porte en bois clair cachée derrière un rideau sombre. La jeune femme frappe trois coups brefs. Une seconde après, elle les invite à entrer dans une grande pièce sans fenêtre. Sur le mur de gauche, une haute bibliothèque remplie de livres anciens. Sur celui de droite, deux grandes toiles d'art contemporain qui ne déplaisent pas à Jeanne. Derrière un immense bureau noir, un homme grand, mince et chauve se lève pour les accueillir.

— Bonsoir, madame, monsieur. Que nous vaut l'honneur d'une visite des forces de police de si bonne heure ? Sachez que nous sommes bien évidemment disposés à vous aider… si nous le pouvons. Voulez-vous boire quelque chose ?

Jeanne a très envie d'une vodka glacée, elle n'a même pas terminé celle qu'elle s'était servie chez elle. Mais elle ne veut pas donner à Franck l'image d'une police française dépravée et alcoolique. Pas tout de suite, en tout cas…

— Non merci, c'est très aimable à vous. Ça va être rapide.

Jeanne pose sur le bureau trois clichés sur lesquels apparaît Chloé Montaigu.

— Vous connaissez cette jeune femme ?

Le visage de l'homme reste impassible, il regarde à peine les photos.

— Évidemment que je la connais, comme tout le monde, c'est la fille Montaigu. Vous êtes venus me faire passer un test sur les personnalités de la capitale ?

— Pas vraiment… Elle a disparu depuis plus d'une semaine. Elle est accro aux jeux et, comme par hasard, elle habite à deux pas de chez vous…

— Elle « était » accro, commissaire, vous êtes mal renseignée et c'est bien dommage pour une policière. Cela doit faire plus d'un an qu'on ne la voit plus ni dans les casinos ni dans les cercles de jeu. Et je le regrette car c'était une excellente cliente.

Jeanne se promène dans la pièce, elle s'approche de la bibliothèque et prend un livre. Elle commence à le feuilleter. L'homme se redresse et son visage se durcit.

— Attention, madame, vous avez dans les mains une édition originale de la traduction du *Prince* de Machiavel. C'est rare, c'est cher et c'est fragile… Je vous saurais gré de la reposer, merci.

Elle continue à feuilleter le livre. Franck, lui, observe le maître des lieux. Il sent la colère contenue de l'homme et admire son calme. Mais il connaît déjà la capacité de la commissaire Muller à faire sortir de leurs gonds même les plus taciturnes.

— Ça veut dire que vous ne l'avez pas vue dans votre établissement ces derniers temps ?… C'est ça ?

L'homme acquiesce de la tête.

— Ça signifie que ça ne vous dérange pas si l'on interroge le personnel, les clients, si l'on regarde les vidéos de sécurité, si on passe régulièrement pour voir si un de vos habitués n'aurait pas même un vague souvenir un peu récent de cette femme ?

— Faites ce que vous avez à faire, quant aux enregistrements, on ne les conserve pas plus de soixante-douze heures. Mais vous pourrez y avoir accès, bien entendu… Le livre, maintenant, s'il vous plaît.

Jeanne fait mine de le ranger dans les rayons mais le livre lui échappe et vient s'écraser sur le sol.

— Oups, que je suis maladroite… Merci pour votre coopération, nous allons emporter vos enregistrements, on ne sait jamais. Vous n'avez pas prévu de voyager à l'étranger dans les prochains jours ?… Non, parfait. Ne changez pas vos plans. Eh bien, alors, bonne soirée.

Dès qu'ils sont sortis, l'homme se précipite, regarde si le livre n'est pas abîmé, soupire de soulagement quand il constate qu'il est intact puis le range précautionneusement dans la bibliothèque. Il retourne à son bureau, ouvre un tiroir d'où il extrait un téléphone portable. Il compose rapidement un numéro.

— Oui, c'est moi. Les flics sortent de mon bureau. Ils cherchaient la petite Montaigu… La commissaire Muller, c'est la patronne du commissariat, avec un de ses gars… Non, je ne m'inquiète pas. Je vous alerte simplement… La prochaine partie… Oui, ailleurs, très bien. Oui, il va falloir. Bien sûr que c'est possible, je m'en occupe. Bonne soirée.

Lorsqu'ils remontent dans la voiture, Jeanne allume une cigarette.

— Il ment, je suis certaine qu'il l'a revue, la Chloé. Il faudra revenir l'emmerder régulièrement, envoyer tous les soirs des gars avec la photo de la petite, interroger les clients. Ils ont horreur de ça. Quant aux vidéos, on peut tout de suite les jeter aux chiottes. Pas la peine de perdre votre temps à les regarder. La question est : pourquoi ne veut-il pas qu'on sache qu'elle est venue ?… C'est pas une histoire de dettes de jeu, son père est capable de rembourser n'importe quel créancier… C'est autre chose. On a assez bossé pour ce soir. Vous me déposez, Franck ?

Le trajet dure à peine dix minutes et lorsque la voiture s'arrête en bas de chez elle, elle met sa main sur le bras de son collaborateur.

— Garez-vous, Franck, je vous invite à venir prendre un verre. Ce n'est pas un ordre, hein, c'est une invitation. Vous pourriez refuser, bien entendu. Si vous avez une bonne raison pour le faire…

Le lieutenant de police la dévisage, il rougit un peu puis sourit. C'est touchant, pense Jeanne, un homme qui rougit.

— Eh ben, OK, c'est sympa. Je gare la voiture et je vous rejoins ?

— Voilà, c'est ça, mon nom est sur l'interphone, à tout de suite.

Lorsqu'elle appuie sur le bouton de l'ascenseur, elle se dit qu'elle ne devrait sûrement pas, qu'elle ferait mieux de reprendre un chien. Et puis elle pense à son ex, à sa petite pute et à leur bébé… À peine arrivée chez elle, elle va dans son dressing, se déshabille, enfile une culotte et un soutien-gorge en dentelle, passe une petite robe noire. Quand l'interphone sonne, elle a déjà bu deux grandes gorgées de vodka glacée.

Chapitre 27

Le beau Marc est assis dans le salon, je lui ai fait un café et j'ai préparé un thé. Il a débarqué chez nous juste après le déjeuner. Il a apporté une boîte de chocolats hyper classe, j'ai cru que c'était un coffret pour un bijou et là, je me suis dit que c'était peut-être un peu *too much*, juste pour un café... Je dépose les tasses et la théière et je m'apprête à repartir. J'ai sur le feu un doc YouTube sur des mygales géantes d'Amazonie qui bouffent des rats ! Mais notre invité me retient.

— Reste, Gabrielle, je suis venu vous expliquer... Enfin, vous raconter notre histoire. Pour que vous compreniez pourquoi Sarah réagit parfois de manière si étrange. Comme hier, par exemple.

Je ne suis pas certaine d'avoir envie d'entendre son histoire, mais je m'assois sagement à côté d'Hélène. Après tout, pas sûr que mes mamans me balancent toute l'affaire, elles ont des filtres parentaux parfois un peu secs. Le voisin s'éclaircit la voix.

— Voilà, il y a quatre ans, nous avons eu un accident avec un voilier, pendant que nous rentrions à Marseille. Nous revenions de Corse et nous avons essuyé une terrible tempête, le bateau s'est renversé... Notre fille aînée, Clémentine, a disparu. Elle avait dix ans, elle te ressemblait un peu, Gabrielle, et… (sa voix se brise) et vous êtes nées exactement le même jour. Voilà, depuis ce drame, nous essayons de nous reconstruire… Il faut que je vous dise que… c'est moi qui ai insisté pour rentrer, pour prendre la mer malgré le risque de tempête… Sarah et moi, nous avons des hauts et des bas. Votre arrivée, celle de Gabrielle à bien sûr ravivé des souvenirs. Mais je veux y voir peut-être un signe, le moment de faire enfin notre deuil. Sarah n'a pas eu la force de venir, elle s'en excuse. Elle voulait vous dire qu'elle est désolée, qu'elle espère vous revoir bientôt… Ça peut vous sembler étrange, mais je crois qu'il était important que je vous le raconte… et même vital.

Marc a les larmes aux yeux. Moi aussi. Quand je regarde Hélène et Leila, je vois bien qu'elles sont grave déboussolées. Maman pleure et Leila, elle, regarde le plafond pour ne pas faire pareil. On ne peut pas dire qu'il nous ait ambiancées, le voisin. Elle est horrible, son histoire, mais je comprends mieux les réactions de sa femme. Perdre un enfant, ça doit être le truc le pire du monde, en vrai. C'est tellement pas normal. Alors quand, en plus, c'est ta faute. Enfin, ta faute, je veux dire que c'est toi qui… Voilà, quoi. C'est ma mère qui finit par reprendre la parole. Elle a réussi à choper un Kleenex quelque part, s'est mouchée presque discrètement, a bu une gorgée de thé, a dû se brûler un peu vu qu'il est super chaud et puis elle s'est lancée.

— Écoutez, Marc, c'est nous qui sommes désolées. Nous avons dû commettre tant de maladresses. Nous comprenons que cela soit encore si vif. Ce que vous avez vécu doit être la chose la plus épouvantable qu'il soit donné d'éprouver. Dites bien à Sarah que nous comprenons tout à fait, que nous sommes à sa disposition pour quoi que ce soit et que nous serions ravies de la revoir, dès que possible.

Quand elle a terminé, elle ne peut retenir son émotion, elle se remet à pleurer, elle me regarde et, là, je sais pas pourquoi – enfin, si je sais, je vois bien le transfert –, elle me serre dans ses bras et se met à m'embrasser comme une folle. Et *bim*, voilà bien le genre de truc à éviter de faire devant eux, maman, tu vois. Parce que Marc, lui, il peut plus la serrer dans ses bras, la petite Clémentine. Mais bon, ça, je lui expliquerai plus tard. Il se lève alors qu'on n'a même pas ouvert les chocolats de chez Cartier. Je m'en chargerai tout à l'heure.

— Je vais vous laisser... Je suis désolé, je sais que ce n'est pas franchement le genre de voisins dont on rêve quand on arrive quelque part. Surtout, n'hésitez pas à nous solliciter pour quoi que ce soit, vraiment.

Leila se lève la première et, d'une façon un peu étrange, elle donne à Marc une grande accolade et lui dépose deux baisers sur les joues.

— Ne dites pas n'importe quoi, je suis sûre que vous êtes les meilleurs voisins du monde et je vous promets qu'on essaiera d'être à la hauteur. Vous aimez la blanquette ? Je suis la spécialiste incontestée de ce plat, demandez à Gabrielle. Venez dîner mercredi prochain, dites bien à Sarah que nous tenons à la revoir au plus vite, que c'est important !

Elle le libère enfin et, alors qu'elle le raccompagne, il promet d'en parler avec sa femme. Je suis en train d'ouvrir la boîte de chocolats avec mille précautions quand Leila réapparaît.

— Quelle horreur, cette histoire, j'en ai encore la chair de poule. Comment on peut vivre avec ça sur le dos, enfin, sur le cœur, tu peux me dire ?

Maman prend un chocolat, le regarde un moment puis le repose dans la boîte. Le truc grave interdit, normalement ! Je ne dis rien.

— Je ne sais pas comment on fait. Ça s'appelle la résilience. Notre capacité à accepter les traumatismes, les deuils, à les intégrer, à vivre avec, à se reconstruire socialement... Plus facile à expliquer qu'à appliquer, évidemment. Mais la mort de son enfant, là...

Ça y est, elle recommence, elle me regarde. Si je ne fuis pas, elle va encore me serrer comme une folle. Je m'échappe en emportant deux, non, trois chocolats, tous différents. En priant pour qu'aucun ne soit avec de la liqueur. Je sais maintenant pourquoi la voisine est aussi chelou. Je ne suis pas une mère mais j'arrive à comprendre. J'ai déjà eu du chagrin, des chagrins d'enfant, et maintenant d'ado, des trucs énormes, à en chialer pendant des heures. J'ai déjà cru que je préférerais mourir plutôt que d'être aussi triste. Alors j'imagine ce que doit éprouver une mère dans cette situation. Ça doit être ça en mille, dix mille, cent mille fois pire et ça doit durer aussi beaucoup plus longtemps. Ça me donne juste une petite idée de ce que Sarah peut ressentir, une toute petite idée. Et le soir, quand je commence à m'endormir, je me jure d'être, avec elle, la fille la plus sympa qu'elle aura jamais rencontrée de toute sa vie.

Chapitre 28

Quand elle reprend conscience dans la chambre d'hôpital, son corps est perclus de douleur. Le simple fait d'ouvrir les yeux est une souffrance. Elle ne sait pas où elle se trouve. Elle tente de reconstruire le puzzle de ses souvenirs mais c'est comme si elle essayait de remettre en place des milliers de minuscules pièces uniformément grises. Cette nuit, elle a fait des cauchemars, elle s'en souvient un peu. Il y avait une sorte de monstre gigantesque avec des yeux de feu et de la neige, beaucoup de neige. Elle lutte encore pour se rappeler, mais les drogues et la fatigue la rattrapent. Elle sombre.

Et puis, il fait jour. Les rideaux de la fenêtre ont été tirés et un rayon de soleil se répand dans la chambre. Elle est reliée à une machine dont le bip-bip régulier lui transperce le crâne. Elle ne sait pas quel est l'endroit de son corps le plus douloureux mais elle sent que sa tête est le siège permanent d'un intense élancement. La lumière est insupportable. Elle referme les yeux un instant. Elle mobilise son cerveau, de toutes ses forces. Elle ne se souvient de rien, elle ne sait même plus qui elle est, pourquoi elle est là. Elle a fait encore un autre cauchemar, plein de bruit et de fureur, de cris et de tonnerre. Elle ne veut plus dormir, elle veut savoir. Elle essaie d'attraper la petite poire qui devrait lui permettre d'appeler mais son bras pèse une tonne et elle n'arrive à le soulever que de quelques centimètres au prix d'un immense effort. Épuisée, elle plonge de nouveau dans le néant.

— Madame Bach, madame Bach, réveillez-vous.

Elle ouvre les yeux, sa vision est trouble et il lui faut quelques secondes pour apercevoir l'homme qui se tient devant elle. Il porte un masque et une tenue blanche.

— Ne tentez pas de parler. Si vous m'entendez, si vous me comprenez, clignez des yeux. Une fois pour oui, deux fois pour non.

Elle s'exécute.

— Très bien. Vous avez eu un accident. Est-ce que vous vous souvenez de quelque chose ?

Elle cligne deux fois. À plusieurs reprises.

— Bien, j'ai compris… Vous étiez en voiture, il neigeait, vous êtes entrée en collision avec un chasse-neige…

Elle secoue la tête de droite à gauche, lentement. Cela la fait terriblement souffrir.

— Vous étiez avec votre fille, Matild…

Matild… Ce prénom, elle le tourne et le retourne dans sa tête, et puis, d'un coup, il accroche quelque chose, il enclenche un processus. Des images reviennent, d'abord comme des flashs, un visage, des yeux verts en amande, des pommettes hautes. Puis des sons, un rire, une dispute, des cris. Le puzzle se reconstruit par à-coups, par bribes, soudain une pièce vient s'inscrire dans le tableau et recompose un paysage, une vie. Et, au fur et à mesure de cette recomposition, elle ressent une sourde inquiétude, comme une vague qui monte, comme un feu qui naîtrait dans ses entrailles. Le chasse-neige, la Trabant, Matild assise à côté d'elle, son bras qui vient se coller au corps de son enfant pour amoindrir le choc dans un geste inutile et illusoire. Et puis ce dernier instant de lucidité, ce flash, la boucle de la ceinture de sécurité qui pend lamentablement entre leurs sièges. Elle dévale un gouffre d'angoisse, son corps est agité de soubresauts, elle veut parler mais aucun son ne franchit ses lèvres. Dans un effort surhumain, elle parvient pourtant à articuler :

— Ma… Matild ?

Il n'y a aucune émotion sur le visage du médecin, il se contente de secouer la tête et finit par dire :

— Je suis désolé…

Le hurlement que pousse alors la femme allongée sur le lit explose dans la chambre et résonne longuement dans l'interminable couloir de l'hôpital. Le médecin, imperturbable, injecte une nouvelle drogue dans la perfusion de sa patiente.

Chapitre 29

Lorsque Jeanne Muller arrive aux abords du commissariat, elle se dit qu'elle aime profondément sa ville, qu'elle adore ces grandes avenues chics, les vitrines des grands magasins, les touristes aux tenues bigarrées et à l'étonnement constant. Même si elle sait ce qu'il y a derrière le décor, même si elle connaît la crasse, la violence, la dépravation et la peur, et tout ce qui fait que l'homme est homme, et en particulier sa folie que rien jamais ne pourra arrêter. Elle ne fait que réguler, elle n'est pas dupe. Faire en sorte, justement, que les touristes ne soient pas confrontés à cette terrifiante réalité. Que les putes ne viennent pas les draguer, que les dealers ne distribuent pas leur merde sous leur nez, que les trafiquants et les mafieux ne défouraillent pas à tout va, en plein jour, sur les Champs-Élysées. Ça, la police y arrive, à peu près… Mais quant à stopper définitivement le trafic de came, le jeu, le terrorisme et la prostitution, c'était une mission dont elle ne s'était jamais sentie réellement investie. Et plus le temps passait, plus il lui semblait tout à fait grotesque d'imaginer pouvoir le faire un jour. Elle avait interrogé assez de monstres, croisé le regard de suffisamment de pervers, coincé assez d'escrocs n'ayant ni remords ni regrets pour savoir que l'humanité en général ne pouvait être sauvée.

Elle salue les deux agents dans le hall et monte directement à son bureau. Elle s'assoit et allume son ordinateur. Le temps que sa vieille bécane se mette en route, elle repense à la soirée d'avant-hier. Pas particulièrement à la visite au Cercle mais surtout au gigantesque fiasco de la fin de soirée avec Franck. Elle le sait, pourtant, elle le sait, qu'elle ne doit pas proposer à un de ses collègues de venir la rejoindre à vingt-trois heures chez elle. Alors, OK, il n'était pas obligé de dire oui... Enfin, pas complètement. Tout avait pourtant bien commencé. La vodka avait parfaitement joué son rôle et l'atmosphère était plutôt détendue. Avec cette tension presque nécessaire lorsqu'un homme et une femme se retrouvent seuls, tard, dans un endroit privé, un verre à la main sans tellement d'autres préoccupations que de se demander à quel moment leurs corps vont se rejoindre. Sauf que là, Franck avait fini son deuxième verre, s'était levé et avait annoncé avec un certain naturel : « Merci, commissaire, il faut que j'y aille. J'ai promis à ma copine d'être là pas trop tard. Et vous savez ce que c'est, dans notre métier. Si on veut garder sa moitié, faut aussi savoir rentrer. » Elle l'avait tout de même raccompagné à la porte en se disant que jamais il n'avait aussi bien porté son surnom. Et en même temps, elle n'avait pas pu s'empêcher de le trouver admirable avec ses petits principes à la con et son respect de la parole donnée. Si elle avait eu ce genre d'attitude, son mariage n'aurait peut-être pas été le naufrage calamiteux qu'elle pouvait contempler lorsqu'elle regardait le passé, ce qui fort heureusement arrivait rarement. Et avec le recul et la sobriété, elle se dit que les choses sont bien mieux comme ça. On ne sait jamais comment réagit un homme et, après tout, elle aurait été bien emmerdée s'il était venu à Franck l'idée saugrenue de s'attacher.

Lorsque son téléphone sonne, elle reconnaît le numéro d'un type de la fluviale qui l'a à la bonne.

— Oui, c'est moi… Vous êtes où, là ? OK, j'arrive.

Elle raccroche et compose immédiatement un autre numéro.

— Oui, Franck, c'est votre cheffe préférée… Oui, je sais que vous n'avez qu'une cheffe… (Elle secoue la tête et soupire.) Bon, rejoignez-moi en bas, on part en bagnole au pont des Arts. Ils ont repêché une femme. Son signalement correspond à celui de la petite Montaigu…

Quand ils arrivent au pied du pont, sur les bords de Seine, le gros zodiac de la brigade fluviale flotte tranquillement sur les eaux grises du fleuve. Sur le quai, un drap blanc recouvre le corps. Un homme au visage rondouillard avec des petites lunettes d'acier fume nerveusement une cigarette. Il s'avance vers les deux policiers.

— Ah, vous êtes là, Muller, pas trop tôt. Je déteste la flotte, encore plus celle-là qui pue le rat crevé et la vase.

— Bonjour, Guillaume, je vous présente le lieutenant Franck Lacagne. Franck, voici l'illustre Dr Flachat, notre légiste. Un homme qu'il faut toujours écouter, à défaut de le comprendre. Mais il se trompe rarement.

Le médecin sourit vaguement, écrase sa cigarette et en allume directement une autre.

— Merci, Muller, ça me touche beaucoup. Bon, je vous montre le joli minois de la petite, ou du moins ce qu'il en reste. Heureusement qu'elle avait des papiers sur elle.

L'homme s'approche du cadavre, il soulève le drap et s'écarte pour que Jeanne puisse voir.

— Alors, comme vous pouvez le constater, elle n'est pas vraiment morte de noyade. Et ce ne sont pas des petits poissons qui lui ont arrangé le portrait. C'est une balle qui lui a explosé le crâne. *A priori* à bout touchant. Et je peux même dire qu'il y a des chances pour que ce soit elle qui ait appuyé sur la détente. À confirmer, mais vu le tableau, c'est assez probable. Elle était suicidaire, votre cliente ?

Jeanne est fascinée par le visage de la morte, ou ce qu'il en reste. La moitié supérieure gauche de la tête a totalement disparu, emportant une bonne partie de la figure. Son œil droit, encore ouvert, semble interroger le ciel.

— Oui, enfin pas très tranquille, quoi. Profil psychologique compliqué. Mais pourquoi on la retrouve dans la Seine ? Elle avait peur de se louper et elle s'est dit que si la balle ne la tuait pas, elle serait engloutie par les flots ? Faut être tordue, non ?

— Vous savez, quand on en est à vouloir se flinguer, vraiment se flinguer, il n'est pas rare que l'on ait des comportements incohérents. Mais elle a très bien pu se rendre sur un pont, enjamber le parapet et se tirer une balle en pleine poire. Plouf, plouf, elle tombe dans l'eau, l'arme avec, et au revoir tout le monde. Mais j'en saurai plus après l'autopsie.

— OK, c'est bon pour nous. Reste à annoncer la nouvelle à son cher papa. Appliquez-vous bien pour l'examen du corps, doc, parce que quelque chose me dit qu'on va avoir droit à pas mal de questions sur les causes de sa mort.

Quand ils remontent dans la voiture, Jeanne allume une clope. Elle se dit qu'elle aurait pu profiter d'être dehors pour le faire. D'autant plus que Franck, lui, ne fume pas. Mais elle n'aime pas fumer dehors, elle aime que le brouillard épais de son tabac envahisse son espace, entoure son visage. Elle est totalement égoïste mais cela ne la dérange pas vraiment. Pas du tout, en fait. Après tout, qui se soucie d'elle, aujourd'hui ? Alors, pourquoi diable devrait-elle se soucier des autres ? Elle entrouvre pourtant sa fenêtre.

— Bon, elle s'est peut-être bien foutue en l'air, la Chloé, mais vous continuez à me surveiller le Cercle. Il y a un truc étrange là-bas, j'ai vu la tête du patron quand j'ai posé les photos sur la table et je jurerais qu'il l'avait vue il n'y a pas si longtemps, cette fille. Ça s'appelle l'instinct, ça, mon petit Franck !

Elle jette sa cigarette par la fenêtre et donne une petite tape sur la cuisse du lieutenant, comme pour s'excuser d'avoir sorti une phrase aussi con.

Chapitre 30

Ça a été un dîner vraiment étrange et finalement très sympa. Plus que sympa, même. Maman a aussi invité Marie, la voisine du dessous. La jolie vieille dame avec les cheveux blancs et son chignon de princesse, celle qui, dixit Leila, montre les crocs quand on s'approche trop de Sarah.

— Mais enfin, Hélène, t'étais pas obligée de l'inviter. Quand tu fais un dîner, tu n'invites pas les amis de tes amis. Pourquoi tu ne proposes pas aussi à tout l'immeuble, pendant que tu y es ? Et puis, tu as vu la façon dont elle m'a parlé la dernière fois ?

Maman s'était approchée d'elle et lui avait posé une main sur la joue, elle l'avait caressée avec énormément de douceur, une incroyable tendresse. Et puis elle avait souri. C'était beau.

— Je sais, ma chérie, mais je veux que Sarah se sente le mieux possible. Qu'elle soit entourée de gens en qui elle a confiance. Et je crois que cette femme lui apporte beaucoup. Tu verras, tout se passera bien, je te le promets.

Et tout s'était bien passé, plus que bien passé. Je l'ai vu dès qu'ils sont entrés que ça allait être une chouette soirée. Marc est arrivé avec sa femme à son bras et juste derrière il y avait Marie. Ils avaient apporté du vin. Moi, j'y connais rien mais Leila, elle, était sur le cul quand elle a vu la bouteille.

— Vous êtes fou, Marc ! J'ai fait un plat de terroir, un truc de paysans, moi. Une bonne grosse blanquette des familles. Et vous apportez une bouteille de Petrus !

— Nous buvons très peu et c'est un cadeau d'un de mes clients. Alors, plutôt que de l'oublier dans ma cave, autant la boire avec vous.

— Je ne sais pas de quoi vous l'avez sauvé, votre client, mais ça devait être très grave !

Marc a souri et puis ils se sont assis dans le salon. Maman a servi l'apéritif. C'était plutôt gâteaux apéro mais elle avait aussi fait des gougères au fromage. Le truc qui me rend folle, un de plus. Quand Sarah a pris la parole, il y a eu une légère tension, un quart de seconde.

— Je voudrais juste trinquer pour vous remercier de votre gentillesse. Je sais que Marc vous a raconté… notre histoire. Mais m'inviter après ce que je vous ai fait subir, ce n'était pas si évident. Bref, je vous promets de ne rien casser ce soir et de ne pas me sauver au milieu du repas. Je vais un peu mieux chaque jour, je crois… Voilà.

Marie, qui était assise à côté d'elle, a passé un bras autour de ses épaules et Marc l'a embrassée sur la joue. C'était super mignon. À un moment donné, j'ai bien vu que maman allait dire quelque chose et j'ai pensé très fort que ce serait bien qu'elle ne le fasse pas. Et parfois les miracles arrivent. Elle a juste levé son verre et a annoncé qu'il était temps que l'on passe à table.

J'étais assise en face de Sarah. Elle était si belle, ce soir-là. Elle avait retenu ses cheveux avec un joli foulard vert qui faisait ressortir ses yeux. Elle a de petites rides mais même ça, c'est beau sur elle. Leila a posé plein de questions à Marc, sur son métier.

— Et vous, Marc, vous défendez des criminels, vous êtes un de ces ténors du barreau ? Je vous imagine assez bien plaider, en pleine cour d'assises : « Mesdames et messieurs, mon client est innocent et je vais vous expliquer pourquoi ! » J'aurais adoré être avocate pénaliste.

C'est vrai qu'elle aurait été assez douée pour ça, je crois. Quand elle s'y met vraiment, elle est capable de convaincre n'importe qui d'à peu près n'importe quoi.

— Eh bien, au risque de vous décevoir, Leila, il m'arrive assez rarement de plaider, et jamais aux assises. Je suis un fiscaliste, disons que j'aide mes clients à payer moins d'impôts ou à ne pas en payer du tout.

— Ah, mais ça m'intéresse ! Il faudra que l'on passe vous voir parce que là, on se fait massacrer, pas vrai, Hélène ?

— Oui, mais ce n'est peut-être pas le moment, je suppose que Marc n'est pas venu pour faire une consultation privée.

Notre voisin a dit que cela ne le dérangeait pas, qu'elles pouvaient passer quand elles voulaient pour qu'il regarde ce qu'il y avait à faire. Mais je pense qu'effectivement, ça devait un peu le gonfler de parler boulot. En tout cas, très classe, il n'a rien montré. Puis maman a proposé à tout le monde de se resservir et elle a changé de sujet.

— Et vous, Marie, parlez-nous un peu de vous. Cela fait longtemps que vous habitez dans cet immeuble ? Comment sont les autres occupants ? À vrai dire, on ne les a pas beaucoup vus.

Marie a levé ses yeux clairs vers maman.

— Vous savez, Hélène, c'est un immeuble étrange, en vérité. La plupart des locataires sont des cadres étrangers logés par la banque à qui appartient l'immeuble. Ils restent assez peu de temps et sont souvent sans leur famille. Et puis ils travaillent tard. Vous avez eu de la chance, il est assez rare qu'ils mettent un appartement sur le marché…

C'est Sarah qui devance la question que tout le monde se pose.

— Marc est un des avocats de la banque… Et quand nous avons cherché à déménager, ils nous ont proposé cet appartement vacant. On a dit oui, évidemment.

Et moi, je pose l'autre question que tout le monde se pose :

— Et vous, Marie, pourquoi vous êtes là ?

— Ha ha, tu es bien curieuse, Gabrielle… Mon mari était un des dirigeants de la banque, il a réussi à acheter l'appartement avant de partir à la retraite. Il n'en a pas beaucoup profité, le pauvre, il est mort deux mois après. Quand je pense à la vie de fou qu'il menait dans cette banque… Il a quand même attendu d'être à la retraite pour faire son infarctus. Si ça, ce n'est pas de la conscience professionnelle !

Maman a regardé Leila, qui m'a regardée. Marc et Sarah ont souri, il faut croire que leur voisine a l'habitude de faire ce genre de blagues. Apparemment, elle, la résilience, elle maîtrise bien.

— Et vous avez eu des enfants ?

C'est encore moi qui ai posé la question, privilège de l'âge. Je prends moins de précautions que les adultes, on met ça sur le compte de la jeunesse, de la spontanéité, de la candeur. C'est peut-être le seul avantage quand on a quatorze ans. Sinon, c'est lourd en fait. Surtout quand on est un peu, beaucoup, en avance. On a envie de sortir de ce corps de gamine qui vous enferme, de dire toutes ces choses qui nous semblent tellement évidentes. C'est ma prof de français en cinquième qui avait convoqué maman. C'était la prof principale. Elle a parlé de test, de détection, de psy. Elle a dit qu'il fallait que je saute une classe, que j'allais m'embêter. On en a parlé avec maman et on a décidé que non. Je n'avais pas envie de me retrouver en seconde à douze ans. Elle a une copine qui avait fait sauter deux classes à son fils. Maintenant, il est sous cachetons à tripler son bac. Pas une bonne idée. Et moi, je gère, je mets beaucoup moins de temps que les autres à faire mes devoirs et je me maintiens tranquille dans les cinq premiers de la classe. C'est un bon rythme. Et puis, je ne suis pas si maligne que ça, sinon je ne serais pas tombée entre les mains de ce salaud d'Ange. Mais bon, c'est l'expérience, ça, pas l'intelligence…

— Non, Gabrielle, je n'ai pas eu ce bonheur. Mais je les adore. Les petits et les plus grands. Tu es la bienvenue quand tu veux. Plutôt à l'heure du goûter, si tu aimes les pâtisseries.

Bingo, Marie ! Toi, tu sais me parler. Je ne les aime pas, les gâteaux, je les surkiffe !

— Marie est une pâtissière de grand talent ! dit Sarah. Et elle possède une merveilleuse collection de poupées anciennes. Si tu veux, nous pourrions aller la voir ensemble. Et moi aussi, j'aime les gâteaux.

Pas certaine que ce soit ma came, les poupées, mais elle a proposé ça avec tellement de gentillesse que je dis tout de suite OK. Au dessert, tout le monde était détendu, maman a ouvert une bouteille de champagne. J'ai un peu flippé quand Sarah a pris sa coupe mais tout s'est bien passé. Quand je suis allée me coucher, je les ai entendus rigoler jusque tard dans la nuit. Après, j'ai rêvé. J'ai rêvé d'un monde où les enfants étaient immortels.

Chapitre 31

— Bon, le toubib a confirmé la piste du suicide. Il a dit qu'il n'est pas certain à 100 % mais qu'avec les éléments qu'il a et le passé de la fille, c'est la thèse la plus probable. Et maintenant qu'on a retrouvé l'arme et qu'on a isolé son ADN dessus, c'est plié.

Jeanne avait fait draguer la Seine à l'endroit où ils ont retrouvé le corps, malgré les protestations de la fluviale. « Si ça se trouve, elle s'est flinguée sur un autre pont, bien en amont, c'est de la folie, on va rien trouver. » Sauf que le corps de Chloé avait été découvert coincé sous une des piles du pont et qu'il avait très bien pu être retenu à cet endroit quand elle avait chuté dans l'eau. En plus, le fleuve avait été plutôt calme ces derniers jours… Ils avaient déniché l'arme au bout d'une journée de recherches éprouvantes. Jeanne adorait avoir raison. Elle ne savait pas comment faisaient les plongeurs pour aller fouiller dans ce cloaque épouvantable, cet amas de vase et de détritus, dans un brouillard de particules répugnantes. Elle en avait fait, des trucs pas terribles, voire franchement dégueulasses, dans sa carrière, mais ça, non, elle n'aurait jamais pu.

— Ben oui, Jean-Michel, c'est vous qui allez le dire au préfet, mon vieux, c'est vous le patron du service disparitions. Savourez votre chance, ce sera pas à vous mais au préfet de l'annoncer au papa. Et puis, on l'a retrouvée, finalement. On a fait le job. Il pourra faire organiser des obsèques, faire son deuil. C'est déjà pas mal. Je vous envoie tous les éléments.

Elle a failli dire « Bon courage » et puis elle s'est rappelé avec qui elle discutait. Un pleutre. Elle se lève, s'étire et prend son manteau. Avant de clore ce dossier, elle a quelque chose à faire.

Lorsqu'elle se gare en face du Cercle, il est dix-neuf heures. Elle laisse le gyrophare de sa voiture en marche, histoire de faire un peu de pub à cet endroit si discret. Elle sonne à l'interphone et brandit sa carte vers l'objectif.

— Toc, toc, toc, c'est la police, j'ai toujours la même carte de membre. Merci de venir vite, c'est assez pressé.

Lorsque la porte s'ouvre, ce n'est pas la jeune fille en tailleur noir qui l'accueille mais un type bodybuildé avec un tee-shirt noir et une veste sombre. Il désigne la voiture.

— Vous pourriez pas éteindre votre bordel, là, madame ? Franchement, c'est pas le genre de la maison d'avoir des flics qui déboulent comme ça.

Elle écarte l'homme puis commence à descendre l'escalier.

— C'est pas le genre de la maison… pour l'instant. Mais ça pourrait bien le devenir. Et c'est un nouveau matériel. Je sais l'allumer mais pas l'éteindre, c'est con, hein ? Ne m'accompagnez pas, je connais le chemin, merci.

La porte est déjà ouverte quand elle arrive devant le bureau du patron de la salle de jeu. Il l'invite à entrer sans se lever de son siège.

— Tiens donc, commissaire Muller, vous n'envoyez plus, comme hier soir, vos sbires pour emmerder mes clients ? Maintenant vous vous déplacez en personne, quel honneur !

— Rassurez-vous, monsieur Schindler, nous n'allons pas revenir tout de suite. On a retrouvé Chloé Montaigu.

— Ah, très bien, et comment va-t-elle ?

Jeanne ne répond pas. Elle se dirige vers la grande bibliothèque et avance la main comme si elle allait prendre un livre, puis s'arrête.

— Très bien... Elle était partie en Suisse dans une clinique privée, pour se reposer quelques jours. Elle m'a promis qu'elle reviendrait dans votre établissement dès qu'elle se sentirait mieux, vous lui manquez beaucoup.

Un tressaillement à peine perceptible a déformé le visage de l'homme pendant un quart de seconde.

— Tant mieux. Eh bien, nous l'accueillerons avec plaisir.

Jeanne s'empare du premier livre qui lui tombe sous la main. Elle lit la couverture, c'est de l'allemand. Une langue qu'elle ne maîtrise pas mais qu'elle reconnaît.

— Non, en fait, vous ne l'accueillerez pas parce que, pour tout vous dire, elle ne va pas très bien. On a repêché son corps hier dans la Seine. Elle se serait tiré une balle dans la tête avant de faire le grand plongeon. Nous classons donc le dossier.

— C'est bien triste… Mais laissez-moi vous dire que je trouve votre blague de très mauvais goût et que je le ferai savoir à vos supérieurs. Et je vous demande par ailleurs de bien vouloir reposer ce livre. Il serait vraiment dommage que vous le fassiez tomber, celui-ci. Il a plus de deux cents ans.

Jeanne repose l'ouvrage dans les rayons.

— Je vais vous dire ce que je pense : je pense que vous mentez, que vous avez revu Chloé Montaigu et que vous en savez beaucoup plus sur sa disparition que ce que voulez bien me dire. Non, surtout ne vous fatiguez pas ! Je connais la tirade par cœur. « Vous n'avez pas la moindre preuve de ce que vous affirmez, ce sont des suppositions absurdes, blablabla… Et mon avocat et vos supérieurs… » Laissez tomber, inutile de gâcher votre salive. Gardez-en pour le moment où je reviendrai ici avec suffisamment d'éléments pour vous faire plonger. Et croyez-moi, je reviendrai.

Max Schindler est blême de colère, il serre si fort le bord de son bureau que les articulations de ses mains en deviennent blanches.

— Sortez d'ici… Tout de suite.

Avant de quitter le bureau, Jeanne, d'un geste ample, fait chuter une partie du rayonnage de la bibliothèque sur le sol. Lorsqu'elle entend le cri de rage du patron du Cercle, un petit sourire illumine son visage. Elle traverse la salle sous le regard curieux de quelques joueurs.

II

GABRIELLE

Chapitre 32

Sarah serre la main de Marc dans la voiture. Cela faisait si longtemps qu'ils n'étaient pas sortis tous les deux. Ils ont dîné dans ce restaurant de la place des Ternes qu'ils aiment tant. Celui où il lui a demandé de l'épouser. Elle avait dit oui presque tout de suite. Elle avait dit oui en sachant qu'elle allait partager sa vie avec un mec brillant, dragueur, bosseur, impétueux, incroyablement séduisant et totalement déraisonnable. Elle l'avait aimé *at first sight*, comme disent les Anglais. Elle trouve ça moins crétin de le dire en anglais. Après l'accident, elle avait voulu le quitter, sans jamais y arriver. Perdre son mari après avoir perdu sa fille était au-delà de ses forces.

Cela fait six mois que Gabrielle est entrée dans leur vie, six mois qu'ils voient régulièrement Hélène et Leila, qu'ils s'invitent à dîner souvent, qu'ils rient ensemble, se moquent de leurs voisins, discutent jusque très tard dans la nuit. Tout a changé. Marc n'est plus le même homme, il ne va plus au travail que trois fois par semaine, il a poursuivi sa thérapie, il parle de sa culpabilité, les mots enfin sortent de sa gorge, de son cœur… Pourtant, elle a encore l'impression parfois d'être au bord d'un précipice, elle sait leur fragilité. Mais ils regardent aujourd'hui du côté de la plaine, pas dans le fond du gouffre. Et il y a Marie, aussi. Elle a toujours été là quand Sarah a perdu pied, quand son mari ne rentrait presque plus à la maison. Elles ont continué à se voir régulièrement, peut-être un peu moins mais toujours avec la même complicité, la même écoute mutuelle.

Quand ils vont arriver à l'appartement, Gabrielle aura fait dîner les enfants, aidé aux devoirs de Gaspard, joué avec Louise. Elle invente toujours des jeux extraordinaires. C'est une jeune fille étonnante. Chaque jour passé à ses côtés est pour Sarah comme une renaissance. Bien sûr, quand elle la regarde, elle pense à Clémentine. Son rire, son intelligence, sa vivacité touchent son cœur et ses entrailles. Il y a quelques mois encore, cela la plongeait dans les ténèbres et la désolation, mais elle parvient maintenant à y trouver une force vitale, un nouvel élan.

— Tu crois qu'elles vont rester longtemps ?

Marc resserre sa main sur la sienne.

— Bien sûr. Tu penses ! Cet appartement est une vraie aubaine pour elles, il est juste à côté de leur cabinet d'archi. Je leur ai aussi fait un petit montage qui va leur permettre de défiscaliser une bonne partie de leur loyer. Et je crois qu'en plus, elles nous aiment bien…

— Jure-moi qu'elles vont rester, Marc, je ne pourrais pas supporter que Gabrielle s'en aille.

Marc regarde sa femme. Il connaît son attachement pour la jeune fille. Pourtant, c'est la première fois qu'elle l'exprime avec autant de clarté et de force. Mais après tout, Gabrielle est peut-être en train de les sauver. Il voit encore, de temps en temps, le visage de sa fille.

Il entend sa voix parfois qui l'appelle, ses pleurs… Cela arrive de moins en moins. Il travaille avec leur thérapeute. Il y va seul, la plupart du temps. Sarah dit qu'elle se sent mieux, qu'elle en a moins besoin. Il a avoué au psychiatre ses parties de jeu, au Cercle. Il y a eu un silence crépusculaire dans le cabinet quand il l'a dit. Il a fixé le grand spécialiste, celui que l'on voit dans les médias, qu'on invite sur tous les plateaux pour qu'il donne son avis sur tout et n'importe quoi. À cet instant, il a lu dans son regard de l'incrédulité, puis de la peine et enfin de la révolte. Cela faisait plusieurs séances qu'il travaillait sur ce point, sur ce scénario de mort qu'il a construit pour échapper à celle de sa fille. Enfin il a réussi à mettre des mots dessus et cela l'a aidé, incontestablement. Un jour peut-être, il n'entendra plus, au beau milieu de la nuit, les appels au secours de Clémentine…

Dans l'ascenseur qui les emporte au dernier étage de l'immeuble, il dépose un baiser sur les lèvres de sa femme. Elle le retient puis ouvre sa bouche et accueille sa langue, elle l'embrasse comme elle ne l'avait plus fait depuis si longtemps. Peut-être comme elle ne l'avait jamais fait auparavant.

En arrivant dans l'appartement, ils découvrent Gabrielle endormie sur le canapé. Dans la pénombre, son visage parfait se dessine, soudain sculpté par un rayon de lune comme aurait pu le faire un artiste de génie. Ils la regardent pendant quelques instants et soudain elle ouvre les yeux et se redresse brutalement.

— Ah, c'est vous ! Vous m'avez fait peur.

Marc s'avance pour lui dire bonsoir.

— Excuse-nous, Gaby, on te regardait dormir et on n'osait pas te réveiller.

— Ben, et toi, Sarah, ça va ? On dirait que tu pleures ?

Sarah essuie rapidement ses yeux et sourit à la jeune fille.

— Non, non, ce n'est rien, je fais un peu d'allergie avec leur nouveau produit d'entretien, dans le hall… Je te paierai demain, d'accord ? Je n'ai pas de monnaie.

Gabrielle rigole et ouvre la porte de l'appartement.

— Pas de souci, je sais où te trouver ! Passez une bonne nuit, les enfants, et soyez sages.

Ils la regardent s'en aller et Marc chuchote :

— Viens, allons nous coucher.

Sarah n'éclatera en sanglots que lorsqu'ils auront franchi le seuil de leur chambre.

Chapitre 33

Jeanne regarde le type droit dans les yeux. C'est une petite frappe montée en graine, issue des cités du nord de Paris, qui a été interpellée à la suite d'un casse raté dans une bijouterie du XVIe. Lui, il ne présente aucun intérêt pour la commissaire Muller. Sa cible est le type qui a recruté les petits malfrats pour ce casse. C'est un proche du patron des jeux illégaux de Paris. Machines à sous clandestines, tripots, paris non officiels… Jeanne parle lentement, doucement…

— Alors, Karim, comment ça va, ce matin ? On en est à quoi, vingt heures de garde à vue ? La bonne nouvelle, c'est qu'on va pouvoir prolonger encore de… soixante-seize heures, dis donc. Petit veinard. Ben oui, parce que comme en plus tu as été assez con pour faire un braquage à main armée avec vingt grammes de shit dans la poche, t'es aussi inculpé de trafic de stupéfiants ! T'es vraiment un champion, je t'assure.

Le type a un parcours classique : déscolarisation, famille explosée, trafics et vols en tous genres, agressions avec violence. Et là, il a voulu passer à l'étape suivante, avec flingues, cagoules et grosses cylindrées. Il regarde la policière avec un petit air de défi.

Pour l'instant, il n'a pas peur, il a déjà été arrêté à de nombreuses reprises.

— Pour un type de vingt ans, tu as un joli petit pedigree, dis-moi. Mais là, j'ai l'impression qu'on a voulu venir jouer dans la cour des grands. Sauf que, je vais te dire, j'ai jamais vu de toute ma carrière un coup aussi foireux monté par d'aussi lamentables guignols. Un butin dérisoire, un de vos complices gravement blessé, et par un de tes collègues, une course-poursuite qui se termine par… une panne d'essence. (Elle applaudit.) Bravo, je m'incline, c'est du grand, grand spectacle. Et puis ton avocat commis d'office, je vais te dire, il pourrait très bien rentrer dans votre petite troupe de clowns. Il est tellement mauvais que si j'étais toi, je refuserais qu'il me défende. Vraiment.

Le type s'agite sur son siège, il tire nerveusement sur ses menottes.

— Hé, madame, vous avez pas le droit de me traiter de clown et tout ça ! La vérité, faut respecter les gens, je répéterai à mon avocat, tout ça.

Jeanne Muller rit.

— Alors, en fait, j'ai le droit d'à peu près tout, sauf de te foutre par la fenêtre. Et je te respecte vraiment, crois-moi. Suffisamment en tout cas pour te dire la vérité. Tu vas plonger, Karim, pour de bon, sur ce coup-là. Et quand tu retourneras dans ta cité, tu pourras même pas te la jouer Tony Montana, parce que plus personne ne te connaîtra.

— C'est qui, ça, Tony je sais pas quoi ? Vous voulez m'embrouiller ou quoi ?

Elle se dit qu'il faut peut-être qu'elle revoie un peu ses références si elle ne veut pas perdre tout lien avec la jeunesse actuelle.

— Peu importe. Ce que j'essaie de te dire, c'est qu'en fonction de ce que moi je vais raconter au proc tu peux prendre de cinq à dix ans, peut-être plus... On peut minimiser ton rôle ou faire de toi le leader. Et surtout, je peux me retenir, même si ça me démange, d'envoyer tout de suite une perquise chez toi. Parce que si je le fais et que je trouve le moindre truc, je te promets que j'embarque tout le monde. Ta mère, ta sœur, ton petit frère, ta femme, tous en garde à vue. Et s'il y a du liquide, de la drogue, des armes, je les fais tous plonger pour association de malfaiteurs. Je suis certaine que tu n'as pas envie de les voir en prison. Faire tomber sa propre mère, c'est moche, non ?

Karim s'emporte vite, c'est même sa marque de fabrique. Mais il entend aussi ce qu'on lui dit, il sait faire la différence entre cinq et dix ans d'emprisonnement et il ne veut pas qu'on touche un cheveu de sa mère.

— Vous voulez quoi, madame ? Je vous préviens, j'suis pas une balance.

— Mais non, mais non, c'est juste un renseignement que je veux, ou plutôt une confirmation. Tu auras juste à me dire oui ou non.

Vingt minutes plus tard, Jeanne détient les renseignements qu'elle souhaitait avoir. Elle sait que Jean Martaga a voulu monter un casse rapide. Un soudain besoin de liquidités. Sans en demander à son patron, le roi des jeux de Paris. Ni lui demander la permission. Elle est assez surprise qu'un type qui baigne depuis plus de vingt ans dans des affaires criminelles ait pu recruter des gars aussi mauvais. Mais quand on ne veut pas se faire remarquer, on prend ce qu'on trouve. Et si possible pas chez les mecs que tout le monde connaît.

Et dans ces cas-là, eh bien, on en a pour son argent… Enfin, avec ce qu'elle a, elle peut déjà le convoquer pour une petite discussion. Cela fait six mois qu'elle cherche un truc pour le coincer et il a fallu ce petit miracle de bêtise pour exaucer ses vœux.

— Parfait, Karim. Eh bien, maintenant, on va pouvoir commencer l'interrogatoire, le vrai.

Le jeune homme regarde à droite puis à gauche.

— T'inquiète pas, Karim, je sais être une vraie garce mais je n'ai qu'une parole. Tu vas faire cinq ans, mon garçon, et ta maman va rester chez elle.

Elle éteint sa cigarette et appelle Franck.

Chapitre 34

C'est allé super vite. Très ? Trop ? Je ne sais pas. Maintenant, j'ai l'impression que Marc, que Sarah, que les enfants font partie de notre famille. Parfois ça me rend mal à l'aise, et en même temps ça me rend heureuse. Je ne sais pas. Marie aussi est sympa, un peu barrée, un peu cash mais sympa. Elle me saoule avec sa collection de poupées mais ses gâteaux sont top, alors ça passe. Je suis dans un lycée hyper chic. Enfin, pour l'instant, je suis dans le collège, je termine ma troisième. Mais on fréquente déjà des seconde, même des première. J'ai été invitée à une soirée chez une fille de ma classe. Il y avait des types plus âgés. Ça fumait pas mal, il y avait de la coke aussi. Ils disent « de la C ». J'en ai vu. Les gars ne se cachaient même pas. Il paraît que les parents de la fille qui organisait la soirée partent tout le temps à l'étranger. Ils lui laissent, à elle et à son frère qui a dix-huit ans, un tas de fric et ils se débrouillent. Ça ne me donne pas envie. Ils sont vides en fait. Tellement vides qu'ils se remplissent d'alcool, de fêtes, de restos, de fringues, de montres, de bijoux, d'iPhone… Je ne sais même pas pourquoi Diane m'a invitée. En fait, si, je sais. Elle m'a invitée parce qu'il y a eu une sorte de concours débile et les mecs du collège m'ont désigné comme la fille la plus mignonne du bahut. Elle a dû être tellement jalouse. Mais elle s'est dit que ce serait bien de m'avoir à sa soirée. Comme un trophée, comme un chasseur qui colle une grosse tête de sanglier sur le mur de son salon, au-dessus de la cheminée.

C'est exactement ce que je ressentais quand il est venu me parler. J'avais l'impression d'être un joli bouquet posé sur une table. En plus, j'avais mis des talons, une petite robe noire et des boucles d'oreilles. Quand je me suis vue dans la glace de l'entrée, j'ai failli dire « Bonsoir, madame ». C'est Leila qui m'a habillée. Elle a aussi passé trois jours à m'apprendre à danser le rock. Elle était comme une folle. Mais pour l'instant, personne ne m'avait invitée. Heureusement, parce que, avec ces talons, j'avais déjà les pieds flingués.

— Salut, je m'appelle Donatien. Je suis un copain de Boris. Sa petite sœur m'a dit que tu t'appelais Gabrielle. C'est marrant, ma sœur aussi s'appelle Gabrielle…

Oui… Désopilant. Il est très beau, Donatien, très brun avec de grands yeux bleus. Il a des mains fines, délicates. Mais là, il est surtout pathétique.

— Oui, je sais… C'est pas non plus hyper drôle… Désolé, mais comme je ne savais pas comment t'aborder, je me suis dit que c'était mieux que te dire que je te trouve super jolie, tu vois. Mais bon, je te trouve super jolie quand même, hein, c'est pas la question… Bon, je m'enfonce, là… Tu danses ?

L'heure de vérité ! On va voir si les cours de Leila ont été utiles. J'ai dit oui et puis on a dansé, pendant des heures. Enfin, moi, j'ai eu l'impression que c'était pendant des heures. Je n'avais même plus mal aux pieds. C'était magique. Il dansait vraiment bien, mieux que Leila, je pense. Ou c'est juste parce que c'était lui. On est allés boire un verre, on a discuté. En fait, il est super drôle. Il est en première scientifique, il dit qu'il veut être chirurgien, qu'il veut faire des opérations à cœur ouvert, que ce sont les seuls toubibs à qui on pardonne la mort de leur patient. J'ai trop bu et lui aussi. J'avais la tête qui tournait. Il m'a embrassée dix minutes avant que je parte de la soirée. J'ai quinze ans. Je suis amoureuse. Dans le taxi qui me ramenait, j'ai reçu un premier SMS, puis un deuxième, puis un troisième... Je crois qu'il m'a envoyé au moins dix messages ce soir-là. Et la première chose que j'ai faite le lendemain matin, c'est regarder mon portable pour voir si j'en avais pas un nouveau.

Maman m'a demandé si ça s'était bien passé, j'ai répondu oui et j'ai souri sans faire exprès. Elle a rigolé et m'a passé la main dans les cheveux.

— Tant mieux, c'est pas toujours facile de s'intégrer dans un groupe de gens qui se connaissent bien. Il y avait du monde ?

— Maman, c'est bon... Oui, plein, au moins cinquante personnes. Tu verrais l'appartement de Diane, il fait au moins trois cents mètres carrés, et encore j'ai pas tout vu. On pourra faire une soirée ici, tu crois ?

— Oui, bien sûr, bon, l'appartement est deux fois plus petit mais on se serrera.

— Vous pourriez peut-être partir à Marly un week-end, vous faire un truc toutes les deux, tranquillou ?...

Elle éclate de rire.

— J'ai l'impression que c'est plutôt toi qui veux être « tranquillou », comme tu dis. Je ne sais pas, je vais en discuter avec Leila, je te trouve un peu jeune pour te laisser l'appartement un week-end.

— Allez, maman, il y a Marc et Sarah, juste à côté… Steuplaît.

— J'ai pas dit oui, j'ai pas dit non, j'ai dit « on verra », donc on verra.

Mon portable vibre dans ma poche, je m'éloigne de ma mère et je regarde le message.

« Salut Gabrielle, ça te branche mercredi soir, on se fait un ciné et un resto ? J'ai vraiment envie de te revoir. »

Je réponds :

« Oui bien sûr, cool. »

J'ai répondu trop vite, beaucoup trop vite… Mais j'ai quinze ans et je suis hyper amoureuse.

Chapitre 35

— Tu l'aimes beaucoup, Gabrielle, n'est-ce pas, Sarah ?

Marie lui ressert une part de forêt-noire et un peu de thé. Elle trouve que son amie va mieux, c'est vrai, mais elle sent aussi sa fragilité. Il faut qu'elle apprenne encore, qu'elle s'endurcisse. La vie est tellement cruelle, elle vous enlève des êtres chers, vous envoie des épreuves insurmontables, des souffrances délétères. Et tout ça pour quoi ? On n'apprend rien quand on a trop de douleur, il faut que ce sentiment soit remplacé lentement par autre chose. Et on le remplace par ce qu'on peut. Sarah boit une gorgée de thé, elle lève les yeux et soupire.

— Oui… Je sais ce que tu penses, Marie. Tu penses que c'est Clémentine que je peux aimer, physiquement, charnellement à travers elle. Que c'est ma fille que je retrouve enfin en embrassant Gabrielle.

— Je ne dis rien de tout ça mais je te vois. Je te vois revivre. Chaque jour un peu plus. Et ça me rend heureuse. Tu ne riais pas, au début, quand vous êtes arrivés dans l'immeuble. Tu ne riais jamais. C'est vrai que je ne suis pas très drôle mais c'était bizarre quand même…

Les deux femmes ne disent plus rien pendant quelques instants. Sarah a envie de lui hurler qu'elle n'est pas folle, qu'elle sait bien que sa fille est morte, que Gabrielle n'est pas Clémentine. Mais au fond d'elle il y a quelque chose qui résiste. Il y a un espoir fou qu'elle n'arrive même pas à identifier clairement. Qu'elle ne veut pas identifier, expliquer, au risque de sombrer de nouveau. Aujourd'hui, Gabrielle est là et c'est suffisant. Pas suffisant : essentiel… Pas essentiel : vital.

— Oui, mais tu sais, c'est grâce à Marc, aussi. Il a changé, d'une manière incroyable. C'est dingue ce qu'il a fait pour moi, pour nous. Sans lui, je crois que j'aurais sombré…

Elle ne remarque pas l'ombre qui passe sur le visage de Marie. Une ombre fugace, à peine un dixième de seconde, mais d'une noirceur absolue, glaçante.

— Oui… Tu me l'as dit. Mais il le fallait. Il devait changer, non ? Je peux te le dire maintenant : je ne l'aimais pas beaucoup, ton mari, à cette époque. Je le voyais parfois rentrer tard quand je sortais encore Hippocrate.

Le petit chien était mort juste avant l'arrivée de Leila et d'Hélène. C'était un bâtard d'une laideur incommensurable, d'une bêtise crasse et d'une méchanceté redoutable mais Marie y était très attachée. C'était la seule fois où Sarah l'avait vue pleurer. Cela n'avait pas duré longtemps, il n'y avait pas eu de sanglots, juste une larme ou deux que la vieille dame avait essuyées d'un revers de main. Puis la vie avait repris son cours.

— Il voulait toujours pisser à pas d'heure, ce corniaud, et comme tu sais, je dors peu. Enfin, je le voyais bien, que ton mari était ivre, je le sentais aussi. Je ne t'ai rien dit, évidemment, mais je crois que si cela avait duré, je lui aurais parlé, je te jure.

Sarah imagine la discussion, à une heure du matin, dans le hall de l'immeuble. Marie faisant la morale à un Marc abasourdi… Surréaliste.

— Je pense que tu as bien fait de t'abstenir… Et de toute façon, c'est derrière nous. Je retrouve l'homme que j'ai tant aimé. Il est transformé. J'ai vraiment l'impression de renaître, en fait. Et tu n'y es pas étrangère.

Marie sourit, il n'y a plus d'ombre sur son visage ridé. Elle a envie d'embrasser Sarah, de la serrer dans ses bras mais elle se retient. Elle le fera, plus tard.

— Oh, il ne me faisait pas peur, j'en ai maté des plus féroces et des plus gros que lui… Mais tant mieux s'il est devenu cet homme que tu décris. Je suis heureuse pour toi.

Sarah regarde sa montre et se lève rapidement. Elle dépose un baiser sur la joue de Marie et s'excuse.

— Je dois y aller. C'est ce soir que Gabrielle organise une fête chez elle. Ses parents lui ont laissé l'appartement, c'est un événement ! Tu la verrais, elle est surexcitée. Je lui ai dit que je l'aiderais pour les derniers préparatifs. Et nous avons aussi promis à Leila et Hélène de surveiller ce qui se passe ce soir. Enfin de loin, je ne veux pas gâcher sa fête. Je suis si heureuse pour elle. Elle m'a dit que c'était la première fois qu'elle organisait une soirée comme ça. C'est tellement important à son âge…

Sarah redresse la tête. Un instant, son souffle s'est coupé dans sa poitrine. Elle respire un grand coup et reprend :

— Je dois y aller.

En la regardant partir, Marie mesure de nouveau l'importance de la place qu'a prise Gabrielle dans la vie de son amie. Et le danger immense que cela représente. Elle s'adosse contre le canapé et cache son visage dans ses mains.

Chapitre 36

— Bien le bonjour, monsieur Martaga, merci d'avoir répondu si promptement à mon invitation !

Le visage de l'homme est fermé. Il est grand, massif, ses mains sont gigantesques. Il se dégage de lui une impression de puissance, de menace.

— Vous foutez pas de ma gueule, commissaire ! Vos gars sont venus me serrer chez moi, devant mes gosses… J'espère que vous avez une bonne raison pour le faire. Vous savez, c'est fini l'époque où vous pouviez faire tranquille vos petites combines de flics. Aujourd'hui, on a ça…

Il sort un smartphone de sa poche.

— Et tous les réseaux qui vont avec. Et on peut enfin raconter la vérité sur vos méthodes de merde ! Et croyez-moi, je vais pas me gêner pour le faire.

Jeanne prend son propre téléphone.

— Franck, venez, M. Martaga est arrivé, et devinez quoi ? Il vient de me dire qu'il avait des velléités de raconter la vérité… Si, si, je vous jure. (Elle raccroche.) C'est bien, ça, la vérité. Moi aussi, je suis une grande fan de ce principe-là. On va s'entendre à merveille.

L'homme soupire et un mince sourire s'affiche lentement sur ses lèvres.

— Je vois que je suis tombé sur une comique. C'est bien ma chance, ça… Bon, qu'est-ce que vous voulez ?

C'est le moment que choisit Franck pour entrer dans le bureau. Jeanne fait les présentations.

— Monsieur Martaga, je vous présente le lieutenant Franck Lacagne, mon plus proche collaborateur. C'est lui qui prendra le procès-verbal de votre audition. Rassurez-vous, il est d'une probité irréprochable… Franck, voici Jean Martaga, dont je suppose que vous avez déjà entendu parler. Il n'y a pas une affaire de jeux clandestins dans Paris dans laquelle son nom ne soit pas cité, de près ou de loin…

L'intéressé se redresse d'un seul coup sur sa chaise.

— Holà, doucement ! On n'a jamais rien prouvé, je suis clean, moi, vous avez rien contre moi là-dessus. Je tiens un bar PMU, j'ai une compta nickel. Faut pas dire des trucs comme ça. Il y a rien de clandestin dans mes business.

— Calmez-vous, on va y revenir. Mais c'est vrai que pour l'instant vous vous en sortez plutôt bien. Il faut croire que vous êtes prudent… C'est ça qui me chagrine, d'ailleurs. Comment est-ce que vous avez pu être assez con pour monter ce casse débile avec de tels losers…

Le type accuse le coup, il s'est renfoncé dans son siège.

— Je sais pas de quoi vous parlez, je fais pas de casse, moi… (Il se reprend.) Et pas de jeux clandestins non plus.

— Non, mais vous donnez les instructions et les moyens de le faire, c'est exactement pareil pour la justice. Pire même. Bon, je vais nous faire gagner du temps. On sait que c'est vous qui avez monté le casse d'Auteuil. Un casse qui deviendra célèbre uniquement comme le plus foireux de l'histoire du banditisme moderne. Attendez une seconde avant de dire quoi que ce soit ! Quand je dis : « On sait », c'est : « On peut le prouver. » On a les fadettes de vos conversations avec une des petites frappes... Ils ne sont vraiment pas prudents, ces petits jeunes. C'est con de tomber pour un truc aussi pourri, surtout à ton âge, Jean... Et puis, quand ton patron va apprendre ça, il va pas être très content... Pas du tout content, même, non ?

Son boss, c'est Jeanny Petrossian, dit « la Main chaude », un type à l'ancienne mais qui ne dit pas non à un peu de nouveauté et de modernité quand il s'agit de faire du fric. Il a le contrôle des jeux dans la capitale mais il fait aussi un peu de prostitution et du recel de bagnoles volées avec l'Europe de l'Est. Il est aussi réputé pour être particulièrement cruel et violent... Un mec bien, quoi. Elle sait qu'à son niveau, c'est plus la peur des représailles de ses copains de la pègre que celle de la prison qui peut faire réfléchir un mec comme celui qu'elle a en face d'elle. Il se tortille sur sa chaise et puis il finit par lâcher, dans un souffle :

— Bon, qu'est-ce que vous voulez ?...

— Ah, ce que je l'aime, cette phrase... Pas grand-chose, Jean, pas grand-chose. Je veux juste que tu me parles du Cercle. Je suppose que tu connais cet endroit. Enfin je ne suppose pas, j'en suis certaine. Mais j'aimerais que tu m'expliques un peu ce qui se passe là-bas... Ce qui se passe vraiment.

Jean Martaga secoue la tête, il ferme les yeux quelques instants puis se gratte nerveusement les poignets.

— Vous êtes sûre que vous voulez pas savoir autre chose, plutôt ? Parce que ça…

Chapitre 37

La pièce est d'une tristesse infinie. Tout y est gris, tout semble vieux. Les dossiers s'entassent sur le vaste bureau du Dr Klein. La femme assise en face de lui est l'infirmière-cheffe, elle supervise tous les malades du bloc C.

— Alors, Petra, toujours pas de progrès pour Mme Bach ?

La femme à qui il pose la question a cinquante-quatre ans, un peu d'embonpoint et est connue pour son caractère d'acier. Tout le personnel l'appelle « la Dame de fer ». Elle le sait et en tire une certaine fierté. De toute façon, si on n'est pas dure ici, rien ne marche, se répète-t-elle aussi souvent que nécessaire.

— Non, docteur, elle reste prostrée toute la journée assise dans son fauteuil ou allongée sur son lit, les yeux ouverts.

— Et pourtant vous avez baissé les doses d'anxiolytiques… Le psychologue n'en tire rien non plus, elle refuse de lui parler. Il ne sait même pas si elle comprend ce qu'il lui demande. Bon… Eh bien, si ça continue, on l'enverra rejoindre les camarades de la Charité…

L'infirmière secoue la tête.

— Ce n'est pas en l'envoyant dans cet asile que vous la guérirez, docteur.

— Oui, je sais bien, Petra, mais je ne peux pas la garder indéfiniment ici. Surtout si elle ne progresse pas. (Il regarde sa montre.) C'est l'heure de mes visites. Alors, commençons par elle. Je prendrai ma décision après l'avoir vue.

Pendant qu'ils traversent les longs couloirs de l'hôpital, l'infirmière-cheffe espère un miracle. Elle voudrait que sa patiente exprime enfin son indicible chagrin, qu'elle pleure, qu'elle crie, qu'elle les insulte. Tout, plutôt que cette léthargie qui l'inquiète tant. Mais elle ne croit pas aux miracles. Et de toute façon, dans cette RDA de la fin des années quatre-vingt, personne n'est censé y croire... Quand ils entrent dans la chambre, Mme Bach est assise dans son fauteuil. À première vue, on pourrait croire qu'elle regarde par la fenêtre mais si on s'approche un peu, on s'aperçoit que ses yeux sont vides, qu'ils ne fixent rien d'autre que sa souffrance.

— Madame Bach, bonjour... Vous me reconnaissez, je suis le Dr Klein. Je suis embêté avec vous, madame, vraiment embêté... Vous devez nous parler. Nous comprenons tous cette perte terrible. Mais si nous ne constatons pas d'amélioration, vous serez transférée dans un autre établissement.

— Et pas n'importe lequel, renchérit l'infirmière, nous serons obligés de vous envoyer à la Charité. Vous savez ce que cela signifie ? C'est un hôpital psychiatrique, madame Bach. Ça n'a rien à voir avec ici, ça sera très dur, vous comprenez ?

Le Dr Klein agite la main comme pour dire : « Laissez tomber, on n'en tirera rien... » Il prend son stéthoscope.

— Je vais vous ausculter, madame Bach, il va falloir respirer fort. Un de vos poumons a été perforé par une côte lors de l'accident. Je veux m'assurer qu'il fonctionne bien de nouveau.

Il se tourne vers l'infirmière un instant et murmure :

— Je ne sais pas pourquoi je prends la peine de lui expliquer. Regardez-la, elle a l'air totalement ailleurs.

Effectivement, Mme Bach n'a rien exprimé, son visage est resté totalement hermétique. Le médecin se penche vers elle et écoute avec attention son souffle. Il écoute d'abord son dos puis, pivotant, il se dresse maintenant face à elle.

— C'est bientôt terminé, tout cela m'a l'air parfaitement…

Il n'a pas le temps de terminer sa phrase. Les traits de son visage se fixent soudain dans un terrifiant spasme de surprise et de douleur. L'infirmière le regarde sans comprendre.

— Ça va, docteur ? Que se passe-t-il ?

Klein ne répond pas, il entrouvre la bouche mais un peu de sang s'en échappe et vient tacher sa blouse blanche en petites étoiles écarlates. Petra pousse un cri lorsque le médecin s'effondre. Le manche d'un scalpel est planté au beau milieu de son torse, comme une improbable médaille de mort. L'infirmière dévisage, incrédule, la femme assise devant elle. Son visage a changé, il n'est plus vide. C'est un mélange de haine, de stupeur, de tristesse et de désespoir, comme si ces semaines, ces jours de silence prenaient fin, à ce moment précis, dans ce geste définitif.

— C'est votre faute, c'est à cause de lui si elle est morte ! Rendez-moi ma fille, rendez-moi Matild !

Chapitre 38

Cette soirée a été la plus excitante de toute ma vie. Mais je ne sais pas encore en mesurer toutes les conséquences... Sarah m'a bien aidée, tout était parfait. J'avais fait une playlist d'enfer, préparé des gâteaux salés, sucrés, sucrés-salés, tout l'après-midi. Bon, c'est vrai, Leila m'avait filé un coup de main vendredi... Mais je suis quand même fière d'avoir finalisé le projet. Pratiquement toute seule. Avec Sarah aussi. Elle a été formidable. Rien n'était un problème, elle a trouvé des solutions pour tout. C'était génial. J'ai eu le droit de mettre un peu d'alcool, de la bière et même... du champagne. Du champagne, quoi ! Maman m'en avait laissé deux bouteilles. Enfin, non, une seule... Mais ma « super meilleure voisine du monde » m'en a donné une autre. Elle m'a dit :

— Surtout tu ne dis rien à Hélène mais bon, vous êtes quand même au moins vingt alors...

OK, par rapport à la dernière soirée où je suis allée, chez Diane, la mienne faisait un peu première boum. Mais là, il n'y avait que des gens de ma classe. Enfin presque...

Il est arrivé à vingt-deux heures trente avec Boris, le frère de Diane. Ils avaient l'air déjà un peu cramés. Ça m'a énervée et je le lui ai dit direct.

— T'es chiant, tu m'as dit que tu viendrais tôt ! Et tu n'étais pas obligé de venir avec lui. Vous ne faites rien tout seuls, en fait. Ou plutôt vous faites tout ensemble. Vous avez songé à vous pacser ? Et puis t'as fumé, c'est lourd.

Boris était déjà en train de se servir une bière et de reluquer les copines de sa sœur. Enfin, mes copines, quoi. J'ai senti que Donatien était emmerdé, je crois vraiment qu'il est amoureux de moi. Mais je sais aussi qu'il se fait chambrer par ses potes de première. Alors que j'ai quinze ans quand même, et lui dix-sept. Rien de risible ni de dramatique.

— Oui, désolé, Gaby, on a un peu traîné avec Boris et puis on s'est pas aperçus de l'heure, tu vois. Excuse-moi.

Il s'approche pour m'embrasser mais je l'esquive.

— Invite-moi à danser pour te faire pardonner, plutôt.

Il a rigolé et on est allés danser. Il y avait juste deux autres couples qui faisaient un rock. Au bout de la deuxième chanson, son copain est arrivé. Il lui a chopé le bras et lui a crié dans l'oreille :

— Bon, on se casse de cette boum, il y a un truc chez Pauline. Il paraît que sa grande sœur sera là aussi. Elle est top, et puis, pas farouche, mec.

Quel immense connard, il sait que j'ai tout entendu. Je regarde le visage de Donatien, je capte ses yeux. J'essaie de lui faire passer un message silencieux : « Si tu t'en vas maintenant, c'est pas la peine de revenir me chercher. » Il hésite, ce qui m'énerve encore plus. Je renforce le signal, je plisse les yeux et je fais non de la tête. Il me regarde, à un moment donné, j'ai l'impression qu'il va me dire : « Salut, je dois y aller. » J'ai envie de pleurer, et puis :

— Nan, vas-y, toi. Moi, je reste à la soirée de Gabrielle.

Son pote a pris un air incrédule avec sa grosse tête d'imbécile.

— Tu déconnes ou quoi ? Tu vas pas rester avec ces gamins ! Allez, viens, on se casse, je paye le taxi !

Donatien a pris Boris par le bras et il l'a raccompagné à la porte, j'ai vu qu'il lui disait un truc et l'autre a secoué la tête puis il a mis son manteau. Il n'a bien sûr pas pris la peine de me dire au revoir. Rien à foutre. Donatien est resté. La suite de la soirée a été un rêve et puis les parents ont commencé à arriver, pour ceux qui ne prenaient pas le taxi ou le métro. Sarah a ouvert sa porte et a passé une tête. Je lui ai fait signe que tout allait bien en levant le pouce. De toute façon, tout mon visage disait : « Tout va bien, merci, merci. » Quand on s'est retrouvés juste tous les deux, ça a été un peu étrange. On s'est regardés, il m'a souri. C'était un vrai sourire, pas comme celui d'Ange, pas un truc carnassier dégueulasse.

— Tu veux rester dormir ?

C'est bien moi qui ai dit ça, pas de doute.

— Oui, ça serait top… Tu es vraiment sûre ?

— Oui.

Il a sorti un truc de sa poche. Un paquet de cigarettes. Et puis, du paquet, il a sorti autre chose. Un petit sachet rempli de poudre blanche.

— Tu veux essayer ça, Gaby ? T'es pas obligée, hein… Mais c'est cool, tu sais. On n'a plus peur de rien, on se sent vraiment bien. Et puis c'est rien, c'est pas de l'héro, hein, t'inquiète.

Comme si l'expérience d'Ange ne m'avait pas suffi. Mais là, j'avais très envie. Très envie d'être avec lui, qu'il reste près de moi. De l'embrasser encore, aussi…

Ce matin, je me suis réveillée dans le coaltar. J'ai posé ma main à côté de moi, dans le lit. Il n'était plus là. Je me suis levée très vite, trop vite. J'ai eu la nausée, j'ai couru dans les toilettes. Et maintenant, je suis assise dans le salon à lire son petit mot.

> « Salut, Gaby, je n'ai pas voulu te réveiller, je devais rentrer tôt. C'était super, cette soirée… et cette nuit. J'espère que ça t'a plu. On se voit vite. »

J'ai envie de pleurer. « On se voit vite »… C'est tout ?

J'ai quinze ans et je suis amoureuse. Cette nuit, j'ai organisé une soirée toute seule pour la première fois, j'ai couché avec un garçon pour la première fois, j'ai pris de la coke pour la première fois… Et pour la première fois, j'ai l'impression que je ne maîtrise plus rien du tout. Je me sens mal, j'ai envie d'appeler Donatien. Il ne me répond pas. Je laisse un message, pathétique. J'ai honte et je pleure de nouveau. On sonne à la porte. Je voudrais me lever mais j'ai l'impression de peser une tonne. Encore la sonnette. Je me traîne jusque dans l'entrée. C'est Sarah.

— Hello, Gabrielle, comment ça va ? Je suis venue t'aider à ranger un peu. Mais d'abord raconte-moi, ma belle.

Je vais lui raconter quoi, en fait ? Que j'ai l'impression d'être une pauvre merde, que mes rêves de petite fille ont tous explosé cette nuit, que je suis hyper mal ?… Je commence à dire un mot puis ma voix se brise et je m'effondre dans ses bras en pleurant toutes les larmes qu'il me reste encore.

Chapitre 39

— Cette femme avait l'intention de tuer le Dr Klein. C'est un miracle qu'il s'en soit sorti. S'il n'avait pas été dans un hôpital, il serait mort. Elle a visé le cœur, monsieur le président, le cœur. Nous connaissons l'histoire de Mme Bach, elle est certes tragique mais ça ne doit pas excuser son geste… Ni édulcorer notre justice !

Suzanne Bach n'avait pas souhaité s'exprimer au cours de son procès. Son avocat avait fait le job, rappelant les faits, le décès de Matild, l'absence d'empathie du corps médical, le désespoir immense d'une mère qui perd son enfant unique après avoir perdu son mari… Mais dans cette Allemagne de l'Est où la peine de mort vient tout juste d'être abolie, le sentimentalisme et l'indulgence n'ont pas de place. En tout cas pas dans les tribunaux des juridictions pénales.

Elle avait été libérée au bout de six années d'emprisonnement. Elle avait été condamnée à huit mais on lui avait remis deux ans pour conduite exemplaire. Quand elle sort, la RDA n'existe plus. Cela ne lui suffit pas. La fin d'un pays n'efface pas le souvenir de ceux qui y ont péri. Elle se regarde dans la glace de sa chambre d'hôtel. Elle a quarante-trois ans et elle sait qu'elle n'aura pas d'autre enfant. Elle pose ses mains sur son visage, se frotte les yeux, tire sur sa peau. Elle trouve qu'elle n'a pas beaucoup vieilli, pas trop… Elle sait qu'elle peut quitter l'Allemagne maintenant. Tout le monde peut le faire. Ça a quelque chose de magique, d'incroyable, d'effrayant. Tout a changé dehors, les gens, leurs vêtements, leurs habitudes, leurs sourires. Même le regard que chacun porte sur l'autre a changé. Il lui reste un peu d'argent, pas beaucoup mais assez pour partir. Partir vite, le plus vite possible. Elle dégrafe sa robe, la fait glisser le long de sa poitrine, de ses hanches. Elle observe son corps nu. C'est la première fois qu'elle le fait depuis toutes ces années. Elle se trouve belle. Les stigmates de l'accident se sont effacés peu à peu. Il en reste pourtant encore. Cette marque profonde, là, sur sa cuisse gauche, cette cicatrice sur son épaule, et cette légère claudication dans sa démarche quand elle est fatiguée… Mais ces traces ne sont que la partie visible de l'iceberg de souffrance et de désespoir qui est en elle. Le reste, elle apprend à le dompter, à le cacher, sans, elle le sait, pouvoir jamais l'oublier. Elle saisit le combiné du téléphone.

— Oui, bonjour, madame. Je voudrais prendre un billet pour Paris, s'il vous plaît… Oui, le plus tôt possible… Oui, c'est bien. Je peux récupérer le billet à l'agence. Très bien, à demain alors.

Elle raccroche et ouvre son sac à main. À l'intérieur, il y a des photos. Elle ne les regarde pas. Elle les prend toutes et les dépose dans un plat en porcelaine dans lequel se trouvaient quelques fruits qu'elle a jetés dans la poubelle. Elle sort le briquet qu'elle a acheté chez le marchand de tabac avant d'arriver à l'hôtel. Elle allume d'abord un coin du premier cliché. Ça a du mal à prendre mais lorsque les flammes naissent enfin, elles semblent ne plus pouvoir s'arrêter. Elles dévorent les photos avec un appétit féroce. En une minute à peine, il ne reste plus que des cendres. Le visage de Suzanne Bach est resté impassible. Jusqu'à ce que le dernier cliché soit entièrement brûlé, elle n'a pas exprimé la moindre émotion. Elle se lève, prend le plat et se dirige vers les toilettes. Elle vide les cendres puis tire la chasse d'eau. Elle revient dans la chambre et s'allonge sur le lit. Au bout de quelques minutes, une larme unique coule sur sa joue. Elle s'empresse de la chasser d'un geste rageur. Toutes ses larmes, tous ses cris, toute sa douleur ne la ramèneront pas, jamais. Si elle ne peut pas oublier, qu'il lui soit accordé au moins de contrôler sa peine, de maîtriser sa colère. Qu'il lui soit donné d'enfermer ses souvenirs au plus profond de son cerveau. Au moment où elle s'allonge sur son lit, un petit carré blanc attire son regard. Une photo a dû tomber du carnet lorsqu'elle a pris les autres… Elle la ramasse. Sans la regarder, elle l'enfonce au fond de son sac. Ce qu'elle a réussi à faire avec les autres photos, elle sait que maintenant elle ne pourra plus trouver la force de l'accomplir encore. Elle s'allonge de nouveau puis attend que la nuit s'achève.

Chapitre 40

Le directeur de la PJ, Joël Vivier, frotte sa barbe de trois jours d'un petit mouvement circulaire et frénétique. Il observe Jeanne Muller avec un mélange de stupeur et d'incrédulité.

— Des parties de roulette russe ? Pour de vrai ? Je veux dire avec des vraies balles ?... Comme dans *Voyage au bout de l'enfer* ? Vous savez, le film avec De Niro et le type, là, qui a une tête pas croyable...

— Christopher Walken...

— Oui, c'est ça. Il est terrible dans ce film. Mais bon, c'est un film. Et pourquoi ces gens feraient-ils un truc pareil ? Walken lui, ce sont les Viêt-cong qui le forcent, il n'a pas le choix.

Jeanne se lève et prend son paquet de cigarettes.

— Je peux fumer ?

— Non.

— OK, disons que les gens qui participent à ce type de jeu sont arrivés au bout de l'ennui, au bout de ce que la vie peut apporter de frissons, au bout d'eux-mêmes. Il paraît qu'au moment où vous pressez la détente, quand l'arme est posée sur votre tempe, vous avez un sentiment ultime de toute-puissance. Il y a aussi cette dimension tragique du grand spectacle que vous imposez aux autres joueurs, du courage que vous démontrez. Ou peut-être bien qu'ils sont complètement cons, ce qui n'est pas impossible non plus.

— Enfin, je suppose qu'il y a de l'argent à la clef, non ? C'est un jeu, après tout.

— Oui, et beaucoup. Mon contact m'a parlé d'un ticket d'entrée à 250 000 euros. Mais je crois que le fric n'a pas d'importance, c'est autre chose qu'ils viennent chercher.

Vivier se lève. Il va devant la porte vitrée de son grand bureau. Il regarde le parc quelques instants, observe un chêne dont les branches se balancent doucement au gré du vent.

— Et vous pensez que la petite Montaigu a joué… et perdu à ce jeu ? Ce n'est pas la version que nous avons donnée à son papa.

— Oui, je le pense. Elle a fréquenté le Cercle, elle habitait à quelques pas. Le patron ment quand il parle d'elle. On l'a retrouvée dans la Seine, le crâne fracassé par une balle de revolver. Et il y a son profil psychologique, joueuse invétérée et légèrement suicidaire, cela me semble tout à fait adapté à ce type de jeu.

Le directeur de la PJ regarde de nouveau le chêne. Il a l'impression qu'il s'est figé. Comme il est un peu superstitieux, il prend ça pour un signe.

— OK, allez-y. Vous me faites ça bien, Muller. Mobilisez les moyens qu'il vous faut et coincez-moi ces types. Quand doit se dérouler la prochaine partie ?

— Ce soir… Nous sommes prêts.

Il est pile minuit quand les hommes armés et cagoulés de la brigade de recherche et d'intervention se positionnent devant le Cercle. Le « serrurier » ne met que quelques secondes pour ouvrir la porte. Les hommes descendent rapidement en file indienne. Le premier type qu'ils croisent, un gars au crâne rasé et à la forte corpulence, a à peine le temps de crier : « Putain, mais qu'est-ce que… ? », avant de s'effondrer sur le sol au bas des marches. Dans la salle, une vingtaine de joueurs sont assis aux tables. Ils sont tous concentrés sur leurs cartes, attendant la donne qui leur apportera ce bonheur éphémère et délétère qu'ils sont tous venus chercher. La voix forte du premier policier en fait sursauter plus d'un.

— Police nationale, posez tous vos mains sur les tables.

Les hommes se déploient dans la salle sous le regard tendu de la plupart des joueurs. C'est le moment que choisit Jeanne Muller pour faire son entrée. Elle traverse toute la salle et se dirige directement vers le bureau de Max Schindler, le patron du Cercle. Elle n'y est pas encore que la porte s'ouvre déjà, laissant apparaître le maître des lieux. Il regarde les hommes en noir, puis la commissaire, et secoue la tête avec tristesse.

— Bonsoir, commissaire. Je vois que vous êtes venue avec des amis. Si vous nous aviez prévenus, je vous aurais fait préparer une table.

— Ne faites pas le malin, Schindler, nous savons ce que vous faites dans votre établissement de décérébrés. Et à quelle sorte de jeu macabre vous vous livrez.

— Vous devriez faire attention à ce que vous dites, commissaire. Certains de ces décérébrés, comme vous les appelez, sont eux-mêmes très bien placés ou ont des amis qui le sont. Ils pourraient bien s'offusquer de vos propos…

— Je m'en contrefous ! Je veux que vous nous accompagniez à la salle qui se trouve au sous-sol. Tout de suite !

Elle fait signe à deux agents de police.

— Il n'y a pas d'autre salle que celle-ci… À moins que vous ne parliez de la cave ? Je vous préviens, ça n'a pas beaucoup d'intérêt…

— Ça, c'est moi qui en jugerai, allons-y.

Schindler les conduit au fond de la salle, il passe un lourd rideau de velours puis se retrouve devant une porte en acier. Il sort une clef de sa poche intérieure et ouvre en grand.

— Suivez-moi, mais faites attention, il n'y a pas beaucoup de lumière… Et il y a un tas de choses entreposées. Je ne voudrais pas que vous vous blessiez, commissaire.

Jeanne Muller bout intérieurement, elle a déjà compris qu'ils ne trouveraient rien. Et qu'après un tel fiasco, elle ne pourrait même pas obtenir d'un juge qu'ils ratissent entièrement le sous-sol et fassent des enquêtes complémentaires. Elle l'a su dès qu'elle a vu le visage de Schindler sortant de son bureau. Ce petit air conquérant et moqueur. Ils font tout de même le tour de la cave. Au bout de quelques minutes, les deux hommes reviennent.

— Il n'y a rien ici, madame la commissaire. Que des vieux meubles, de la poussière, de la vaisselle, des vieilles machines à sous…

— Mais bien sûr, nous ne nous en servons plus, commissaire. Ce serait illégal.

— Allez, on remballe, les garçons.

Elle a envie de foutre son flingue sur le crâne de Schindler et de lui demander l'effet que ça lui ferait si elle ne laissait qu'une seule balle dans le barillet, qu'elle le faisait tourner avant d'appuyer sur la détente.

— Commissaire, vous êtes sûre que vous ne voulez pas venir dans mon bureau ? Il me reste encore quelques livres en bon état, malgré votre dernier passage…

Elle regarde les deux flics.

— Allez-y, messieurs, j'arrive.

Puis, lorsqu'ils sont partis, elle saisit Schindler par le bras et lui colle son arme sur le front.

— Mais vous êtes folle, qu'est-ce que vous foutez ?

— Ce ne serait pas la première fois qu'un crâne explose en dizaines de petits morceaux par ici, pas vrai ?

— Je ne sais pas de quoi vous parlez !

— Si, vous le savez parfaitement. Je vous coincerai, Schindler, je vous le jure. Je serai toujours là, et au moindre faux pas, je vous tomberai dessus.

Le patron du Cercle se dégage d'un geste brusque.

— Le faux pas, comme vous dites, c'est vous qui venez de le commettre et, croyez-moi, ça va vous coûter cher.

Lorsque Jeanne Muller retourne dans sa voiture, elle allume une cigarette, aspire deux grandes bouffées puis recrache lentement la fumée avant de pousser un long cri de rage qui transperce la nuit parisienne.

Chapitre 41

Marc conduit vite, très vite, trop vite. Il a toujours adoré la vitesse. Il sait qu'un jour, il mourra dans un accident de la circulation. Dans cette voiture, ou sur sa moto… Même quand il fait du vélo, il faut qu'il aille plus vite que les autres. Il s'est acheté un Pinarello, cette année. Un vélo d'exception, celui des champions. Entièrement en fibre de carbone et en aluminium, avec changement de vitesses électronique… Il l'a payé 15 000 euros. Le prix de l'excellence. L'argent n'a pas d'importance. Il faut dire que depuis la disparition de Clémentine, plus rien n'a vraiment d'importance. Même s'il va un peu mieux. Et de l'argent, il en a plus qu'il lui en faut. Il repense à la dernière partie, il y a six mois. Les enchères étaient encore plus élevées que la première fois. Il avait reçu une alerte sur son téléphone crypté, le lendemain de la soirée au Cercle. Un virement d'un million d'euros avait été opéré en sa faveur sur un compte en banque, aux îles Caïman. Il est bien placé pour savoir qu'il faudrait encore faire circuler cet argent, le réinvestir au plus vite, le faire voyager, bref, le blanchir pour qu'il puisse en justifier un jour la provenance. S'il décide de le faire…

Il sait qu'il ne pourra rien acheter avec ce fric. Il n'en aurait pas la force. Chaque fois qu'il y pense, il revoit le visage de ce type crevant de peur, de cette fille à la folle désinvolture… Il donnera tout cet argent, aussitôt qu'il pourra le récupérer.

Il longe les longs couloirs feutrés de son cabinet d'avocats. Il salue quelques collaborateurs puis va s'enfermer dans son bureau. Il doit étudier un dossier d'une complexité diabolique. L'héritage d'une des femmes les plus riches de France. Et, bien entendu, les héritiers sont prêts à le payer à prix d'or pour que la facture fiscale soit la plus légère possible. Mais dans cette affaire, impossible de jouer la discrétion, il faudra négocier dans le dur avec le Trésor public. C'est ce genre de combat qui le fait vibrer. C'est comme ça qu'il sent qu'il reprend pied avec la réalité. Quand il a de nouveau du plaisir à retravailler, à voir ses clients. « Plus rien n'a d'importance depuis la mort de Clémentine » ? Ce n'est plus si vrai. Il y a Gaspard et Louise. Il les embrasse tous les jours, il respire leur peau, leurs cheveux. Hier soir, il est entré dans la chambre de sa fille, il l'a regardée dormir, il a écouté son souffle. Et cette nuit, il n'a pas entendu les cris de détresse de son enfant disparue. Cette nuit, il a dormi, comme il ne l'avait plus fait depuis si longtemps. Son téléphone crypté se met à vibrer, il voit le numéro, hésite longuement puis finit par décrocher.

— Oui, c'est lui-même… Ah… Non, écoutez, je ne souhaite plus jouer… Non. Je veux que vous me supprimiez de la liste des joueurs. Oui, je sais que c'est définitif… Oui, très bien. Adieu.

Quand il raccroche, une onde de soulagement le traverse. Il n'aura plus jamais à affronter les regards des autres membres de la misérable et très privée confrérie du Cercle. Il se demande même comment il a pu commettre une telle folie. Maintenant que c'est terminé, il se dit qu'il devrait peut-être en parler à Sarah. Mais à quoi bon… Doit-elle vraiment savoir jusqu'à quels confins de la folie sa culpabilité et son chagrin l'ont mené ? Elle qui semble aussi reprendre peu à peu goût à la vie. Et tout cela, grâce à leurs voisines. L'arrivée de ce couple et de leur fille, particulièrement de leur fille, l'a sauvée. Cela fait des mois qu'il observe sa femme, les changements qui se sont opérés chez elle depuis que Gabrielle est entrée dans leur vie. Et il se sent soulagé. Pourtant, depuis hier soir, une pointe d'inquiétude est revenue se fixer dans son esprit. Lorsqu'il est rentré, Sarah était assise dans le canapé du salon. Elle avait ce visage qu'il lui connaît si bien, un masque d'angoisse et de peur. Il s'est assis à côté d'elle, lui a passé un bras autour des épaules, l'a embrassée sur la joue.

— Bonsoir, mon amour. Qu'est-ce qui se passe ?

Lorsqu'elle a répondu, sa voix était au bord de la rupture, c'était un mince et fragile filet de mots, à peine chuchotés.

— J'ai parlé avec Gabrielle ce matin… Je suis très inquiète, Marc. Elle avait l'air si malheureuse. C'est ce garçon, Donatien. Elle nous a dit qu'elle sortait avec lui, tu te rappelles ? Je ne sais pas exactement ce qui s'est passé mais elle était dévastée…

— Bon… C'est peut-être juste un chagrin d'amour. Tu sais l'importance que ça peut avoir à cet âge-là. Tout prend des proportions gigantesques. Je suis certain que demain tout sera arrangé…

Sarah s'est dégagée brutalement puis s'est levée et s'est plantée devant la fenêtre. Elle a explosé :

— Bien sûr ! Avec toi, tout s'arrange toujours, n'est-ce pas ? Il suffit d'avoir confiance. Mais confiance en quoi, putain ? En cette saloperie de vie ? En cet enfoiré de destin qui te foudroie au beau milieu du bonheur ? Nous sommes bien placés pour savoir que tout ne s'arrange pas, que le pire est à venir… Tu n'as pas vu son visage, tu n'as pas senti ses larmes. Il s'est passé quelque chose, Marc, quelque chose de grave. Je le sais, je le sens… Une mère sent ça ! Enfin, tu vois ce que je veux dire… Et elle m'a aussi fait jurer de ne rien dire à Leila et à Hélène. Je ne peux pas la trahir…

— Je ne suis pas d'accord, tu devrais en parler avec sa mère. Si tu es si inquiète, tu dois en parler avec ses parents.

— Il n'en est pas question et je t'interdis de le faire ! J'ai juré à Gabrielle de ne rien dire.

Elle était partie s'enfermer dans la chambre. Il l'a seulement croisée ce matin en partant au bureau. Il a embrassé les enfants qui prenaient leur petit déjeuner et déposé un baiser sur sa joue en lui glissant : « Je suis là, chérie, tu peux me parler. » Elle a juste secoué la tête.

Il regarde sa montre, il est déjà plus de quinze heures. Il n'a même pas déjeuné, son dossier avance à grands pas. Il croit avoir trouvé une faille dans l'implacable dispositif des vautours de Bercy. On frappe à sa porte, trois petits coups brefs. Il connaît cette manière à la fois discrète et comminatoire de s'annoncer. Justine a pris cette habitude, et bien d'autres encore… Il hésite de longues secondes avant, finalement, d'aller lui ouvrir.

Chapitre 42

Joël Vivier, le directeur de la PJ, frotte sa barbe encore plus vite que d'habitude. Il observe Jeanne, sans rien dire, pendant une grosse minute. Puis il souffle, comme si, d'un seul coup, tout son stress s'échappait par la bouche. Il reprend sa respiration et se lance :

— Un fiasco, Muller, un fiasco monumental. Comment ai-je pu être assez stupide pour vous donner un feu vert sur la base du témoignage d'un malfrat notoire, spécialiste des jeux ! Tout ça à cause de ce maudit chêne !

Il est comme ça, Vivier, on ne comprend pas toujours les méandres de son esprit retors. La commissaire Muller encaisse, les commentaires ne sont rien, ce qu'elle attend, c'est la sanction.

— Tout le monde m'a appelé. Tout le monde, vous m'entendez ! Lorsque mon téléphone sonne, je n'ose même plus décrocher. Il n'y a que le président qui n'ait pas, pour l'instant, pris la peine de m'engueuler. Vous avez… harcelé ces gens, vous les avez insultés. Parmi ces « décérébrés », comme vous les avez appelés, il y avait ce soir-là le directeur de cabinet du ministre de la Justice, avec quelques amis. Il m'a prévenu qu'il n'en resterait pas là. Il veut une tête, il va l'avoir. Et ça ne sera pas la mienne !

Blablabla, vas-y, Vivier, annonce la couleur et qu'on en finisse, pense Muller. Mais elle sait qu'il va prendre son temps, déverser sa colère avec une implacable insistance.

— Et vous savez que le propriétaire, M. Schindler, qui, entre nous soit dit, possède un carnet d'adresses vertigineux, veut porter plainte contre vous pour la dégradation de sa collection de livres anciens ? Mais aussi pour, tenez-vous bien, agression et menaces de mort. Vous entendez ça, Muller ? Vous êtes devenue complètement timbrée, ma pauvre amie.

— Bon oui, j'ai un peu pété les plombs, c'est vrai. Mais je sais que cette ordure est coupable. Vous me connaissez, monsieur, vous savez mes états de service, je me trompe rarement.

— Il suffit d'une fois, et dans les grandes largeurs… J'ai réussi à limiter la casse. Nous allons rembourser les livres. Bien entendu, ils seront retenus sur vos émoluments, nous vous faisons un crédit gratuit, en quelque sorte. Quant à la plainte, eh bien, si vous vous fendez d'une lettre d'excuses, on devrait pouvoir s'en sortir.

Jeanne est estomaquée, une lettre d'excuses… Jamais elle ne fera un truc pareil. On dirait que le directeur de la PJ vient de lire dans son esprit. C'est vrai qu'il la connaît bien.

— Oh, que si, vous allez la faire ! Et maintenant ! Quant à la suite, vous allez rejoindre la brigade de protection des mineurs, vous y serez très bien. Vous connaissez le patron, Herschell, un Alsacien. Un peu rigide mais très sérieux. Vous gardez votre grade, c'est déjà ça. Et, croyez-moi, rien que ça, ça n'a pas été simple. Vous commencez lundi. Ne me remerciez pas… Allez, disparaissez.

En quittant le bureau, Jeanne a l'impression d'être une gamine de dix ans à qui le directeur de l'école primaire vient d'expliquer qu'elle allait devoir rester en retenue pour toute sa vie. Herschell… Évidemment qu'elle le connaît. Aux disparus, il arrivait souvent que les enquêtes se croisent avec les mineurs. Un peu rigide, tu parles, complètement psychotique, oui… Elle décide de repasser par le commissariat, histoire de prendre ses affaires et de saluer ses équipes.

Lorsqu'elle arrive, elle convoque les présents. Franck est le premier à arriver dans son bureau.

— Ça va, patronne ?

— Arrêtez avec votre « patronne », Franck. Je ne le suis plus depuis… (elle regarde sa montre) une heure. Lundi matin, je commence aux mineurs. Je crois que le Cercle aura eu raison de mes ambitions. Mais rendez-moi un service, quand même. Ne lâchez pas complètement Schindler, je veux qu'il se sente sous surveillance. Discrètement, bien sûr, à moins que vous ne vouliez me rejoindre dans ma nouvelle affectation ?

— Oui, oui, comptez sur moi, patr… commissaire. Et vous… vous faites un pot de départ ?

Sacré Ducon, toujours le mot pour rire. Les autres commencent à arriver dans le bureau. Les visages sont de circonstance, la nouvelle a déjà dû se diffuser un peu partout. Jeanne s'approche de Franck et lui glisse à l'oreille :

— Non, je n'ai pas envie de faire une fête. Mais pourquoi ne viendriez-vous pas boire un verre chez moi, ce soir ? Nous discuterons de ce que nous nous sommes apporté mutuellement…

Vraiment, comment a-t-elle pu dire un truc aussi débile ? Elle regarde avec effroi le visage consterné de son ancien collaborateur.

— En fait, ça tombe mal, parce que, ce soir, j'avais prévu d'emmener ma copine dîner dehors. Vous savez ce que c'est, on n'a jamais le temps de ce genre de trucs… Mais une prochaine fois, oui, avec plaisir.

Elle se retourne vers la petite assemblée et se demande ce qu'elle va bien pouvoir leur dire.

Chapitre 43

Nous sommes assises dans le salon et maman me regarde comme si j'étais une étrangère, comme si je n'appartenais plus à sa vie. Et c'est un peu vrai.

— Gaby, mais qu'est-ce qui se passe ? On ne comprend plus rien. Tu n'as jamais été comme ça. Tu ne nous parles plus, tu t'enfermes dans ta chambre. Tu sors sans nous prévenir. Le principal du collège a appelé pour dire que tu séchais les cours. Mais enfin, qu'est-ce qui te prend ? Il s'est passé quoi, à la soirée ? Ça fait presque trois mois que tu déconnes à plein tube. Pile depuis cette soirée.

Tu sais ce qu'il y a, maman ? Tu veux savoir, vraiment ? Il y a que ta petite fille chérie s'est fait sauter par un salaud. Et que, pour oublier ce garçon, elle prend de la dope, dope à laquelle l'a initiée ce même salaud. Je me souviens parfaitement du lendemain de cette fête, le jour où j'ai pleuré dans les bras de Sarah. Elle m'a aidée à ranger et j'ai appelé mes parents pour savoir quand elles allaient rentrer. Elles étaient sur la route en train d'arriver. Sarah m'a dit qu'elle retournait chez elle, que je pouvais venir quand je voulais, qu'elle était là, que je pouvais lui parler, tout lui dire. À ce moment-là, je voulais juste qu'elle parte. Dès qu'elle l'a fait, je me suis ruée sur mon portable. Je n'avais pas de message. J'ai envoyé des SMS pathétiques à Donatien. Quand Hélène et Leila sont rentrées, j'étais crevée. Elles ont insisté pour que je raconte la soirée. J'ai dit n'importe quoi, des banalités. J'ai passé le reste de la journée à regarder l'écran de mon portable en attendant un message qui n'est pas venu. J'ai à peine fermé l'œil de la nuit.

Quand je suis arrivée au collège, mes copines sont venues me dire que ma soirée était super. Mais quand Diane s'est approchée de moi, elle avait ce petit sourire de garce que je lui connais si bien maintenant.

— Salut, Gabrielle, ça va ? J'ai appris que Donatien était resté chez toi… Ça devait être sympa, l'after.

Quand j'ai entendu son nom, je me suis retenue de pleurer. À la honte intime s'ajoutait celle, peut-être pire encore, de l'humiliation publique. J'imaginais Donatien en train de raconter à ce gros porc de Boris ses exploits érotiques avec cette pauvre conne de pucelle de troisième. J'avais envie de hurler.

— Oui, il est resté… C'était très sympa.

Elle a souri de plus belle puis s'est éloignée. À l'intercours, je suis allée dans la partie lycée. Je l'ai vu, avec Boris, évidemment. J'ai respiré trois fois très profondément et je me suis dirigée vers lui. Je voulais à tout prix me contrôler, contrôler ma voix, mon cœur. Je ne sais pas comment j'y suis arrivée.

— Bonjour, Donatien. Je peux te parler une minute ?

Boris m'a regardée et il s'est mis à rigoler.

— Oh, oh, mon Donatien, tu vas te faire gronder.

Je l'ai foudroyé du regard.

— Ta gueule, Boris ! Tu peux pas te casser juste cinq minutes ? Je voudrais parler avec Donatien. T'es pas son père, me semble-t-il ?

Il a eu un regard mauvais, un rictus effrayant. Pendant un quart de seconde, j'ai vu le vrai visage de ce type. Et ça faisait peur. Il est parti en sifflotant. Donatien avait l'air gêné. Enfin, pas tant que ça.

— Tu aurais pu m'appeler… J'ai attendu toute la journée que tu me fasses signe.

— Oui… Je sais, je suis désolé, mais j'ai eu plein de trucs à faire. Non, vraiment, je te jure, j'ai pensé à toi et tout, mais… Voilà, quoi.

« Voilà, quoi. » Tu couches avec une fille pour qui, tu t'en doutes, c'est important mais tu ne peux pas juste la rappeler cinq minutes parce que « voilà, quoi », t'as des « trucs à faire » ? J'ai compris à cet instant précis que mon histoire d'amour était à sens unique. Mais je sais aussi depuis longtemps qu'entre comprendre les choses et en tirer les bonnes conclusions et les bonnes attitudes, il y a un écart phénoménal. Au lieu de le gifler et de me casser pour ne plus jamais me retourner, j'ai dit :

— Je voudrais qu'on se revoie, Donatien, vraiment…

Même lui n'en revenait pas, que je sois aussi conne. Il paraît que les surdoués sont parfois affectivement très en retard. Je confirme.

— Oui, bien sûr, c'est cool. Vendredi prochain, il y a une soirée chez Max. Tu n'as qu'à venir.

J'étais contente quand il m'a dit ça… Contente d'être invitée à ce qui a été la pire soirée de ma vie. Parce que j'y suis allée, évidemment. J'ai dit à maman que c'était chez Diane. Quand je suis arrivée, la plupart des gens étaient déjà défoncés. Diane la première. Elle m'a vue et elle est venue directement vers moi.

— Qu'est-ce que tu fous là, Gabrielle ?

— Donatien m'a invitée.

Elle s'est marrée et m'a prise par la main.

— Ah oui ? Ben, il a dû oublier alors… Viens avec moi, *Gaby*.

Elle m'a entraînée dans un long couloir puis s'est arrêtée devant une porte.

— Vas-y, entre, je crois que Donatien est là.

Le regard qu'elle m'a lancé à cet instant, ce sourire mauvais qui déformait son visage auraient dû m'alerter, j'aurais dû partir. Mais j'ai ouvert cette putain de porte. J'ai appelé Donatien, il n'a pas répondu. J'ai vu le lit, les draps qui s'agitaient. J'ai allumé la lumière. Il a sorti sa tête.

— Putain, mais qui est-ce qui… ?

Et puis la fille aussi s'est montrée. Son visage était rouge, ses yeux brillants. Elle m'a regardée et elle a rigolé. Il a murmuré :

— Attends, Gaby, je vais t'expliquer.

Je n'ai pas voulu pleurer devant lui. J'ai claqué la porte, je voulais me barrer de cet endroit, m'effondrer dans mon lit, chez moi. Mais Diane était encore là.

— Je sais, ça fait mal. T'as envie de chialer. Mais oublie ce mec, c'est un connard. Y a plein de types cool, ici. Viens avec moi, on va se marrer. Et prends ça, ça va t'aider à « avaler la pilule ».

Elle a rigolé et m'a passé une petite dragée rose en me disant :

— Viens, on va boire un coup.

Après, il y a eu d'autres verres, des lumières, de la musique très forte, des danses. Il y a eu ce garçon brun que je ne connaissais pas. Un tourbillon de sensations, de plaisir aussi. Je suis rentrée au petit matin, hagarde, complètement stone… Et puis, il y a eu d'autres fêtes après celle-là, toutes les mêmes, sauf les garçons. Je suis devenue amie avec Diane. Enfin, amie… Compagne de défonce plutôt. Elle n'est amie qu'avec elle-même. Je me sens de plus en plus sale. Et plus ce sentiment de culpabilité me submerge, plus je prends de la dope pour l'oublier. Pour m'oublier dans un tourbillon de plaisirs factices et instantanés.

Voilà, maman, tu veux vraiment savoir ? Savoir comment en quelques semaines je suis devenue une fille qui couche pour un peu de shit, d'ecsta ou de coke ? Je ne sais même pas si je peux te le dire, si j'en aurai le courage. J'ai tellement honte. J'ai quinze ans et je sais maintenant que l'amour, ça n'existe pas. Et ça, maman, je n'ai vraiment pas envie de te le dire.

Chapitre 44

Marie observe Sarah avec une incroyable intensité. Elles sont assises dans le salon, comme elles le font toujours. L'une en face de l'autre avec, au milieu, comme une frontière, la table basse en verre et leurs tasses de thé en agents des douanes.

— Elle ne va pas bien, je le sais. Depuis la soirée… Je l'avais bien remarqué le lendemain quand j'y étais allée pour l'aider à tout ranger. J'aurais dû lui demander plus d'explications, j'aurais dû insister…

— Tu as fait ce qu'il fallait, Sarah. Tu as parlé à ses parents… enfin, à ses mamans. Tu ne m'ôteras quand même pas de l'idée qu'il lui manque peut-être un père à cette enfant.

— Ce n'est pas ça. Et, non, je n'en ai pas parlé, je ne veux pas que Gaby se sente trahie. Je voudrais qu'elle me dise ce qui ne va pas. Mais quand je lui pose des questions, elle biaise, elle me fuit. Et tu as vu la tête qu'elle a ? Je voudrais tellement pouvoir l'aider. S'il lui arrivait quelque chose… Je ne m'en remettrais pas, Marie, je le sais.

La maîtresse de maison ressert du thé et découpe

deux parts de cake aux raisins. Celui qu'elle fait toujours avec des tonnes de beurre et un peu de rhum.

— Ne t'inquiète pas, il ne lui arrivera rien. C'est l'adolescence... Elle découvre tellement de choses.

Sarah regarde sa montre, il est presque dix-huit heures. Cela fait des jours qu'elle ne dort pas bien, qu'elle s'inquiète pour Gabrielle. En fait, c'est au-delà de l'inquiétude. Il y a dans son ventre, dans sa chair, un monstre d'angoisse qui la consume.

— Si, je m'inquiète, et je crois que je me dois de le faire. Finalement, tu as raison, il faut que je parle à Hélène, je ne tiendrai pas, sinon. Je vais le faire... Tout de suite.

Sarah se lève sans avoir touché à son thé.

— Attends, Sarah. Tu sais, les parents n'aiment pas trop qu'on se mêle des problèmes de leur enfant. De manière générale...

— Mais non, Hélène est une amie, je suis certaine qu'elle comprendra. Et puis, elle aussi doit être inquiète.

Marie la regarde partir. « Hélène est une amie »... Oui, peut-être, mais même les amis n'aiment pas qu'on fourre son nez dans leurs histoires de famille.

Lorsque Sarah sonne, c'est Hélène qui ouvre la porte. Elle invite Sarah à entrer.

— Salut. Comment vas-tu ? Tu as besoin de quelque chose ?... Entre un peu, si tu veux. Je t'offre à boire ?

Sarah semble embarrassée, elle passe dans le salon et s'assoit dans le canapé.

— Non, non, je ne veux rien, merci. Écoute, je suis désolée, je ne savais pas si je devais t'en parler, mais je suis très inquiète pour Gabrielle. Je trouve qu'elle ne va pas bien... Pas bien du tout.

Il y a un changement presque imperceptible sur le visage d'Hélène. Depuis qu'elle est en couple avec Leila, elle a développé une sensibilité particulière sur tout ce qui concerne l'éducation de sa fille. Elle sait ce que disent les gens, ce que la bien-pensance traditionnelle dit des couples sans père. Elle aimerait que ces personnes qui se permettent de juger rencontrent des enfants abandonnés, brisés, placés dans des foyers sordides, des enfants issus de familles que ces gens pensent « normales ». Elle essaie pourtant de se contrôler lorsqu'elle répond à Sarah.

— Oui, oui, je sais… Mais elle est en pleine adolescence, tu sais. C'est une crise passagère. J'en ai parlé avec elle. Elle a pris des engagements avec Leila et moi. Ne t'inquiète pas, on s'en occupe.

Sarah sait très bien ce que signifie cette dernière phrase. Elle a senti le ton d'Hélène se durcir un peu. Cette phrase veut dire, en substance : « Laisse-nous gérer ça, nous sommes ses parents. » Elle sait qu'elle devrait partir, remercier Hélène, s'excuser sûrement de s'être mêlée de ça… Et Hélène lui dirait alors : « Mais non, c'est normal, nous sommes amies et Gabrielle t'aime beaucoup, nous le savons », ou quelque chose comme ça. Mais ce n'est pas ce qu'elle dit.

— Je suis désolée, Hélène, mais je crois que c'est beaucoup plus qu'une crise d'adolescence. Enfin, tu as vu sa tête ? On dirait qu'elle ne dort plus. Elle est hagarde, fuyante. Je n'arrive même pas à retenir son attention plus de quelques secondes. Elle a complètement changé depuis… Depuis cette soirée. Tu sais, je l'ai vue le lendemain et elle était vraiment perturbée…

Le visage de son amie s'est clairement fermé. Elle lui répond d'un ton cassant :

— Écoute, Sarah, je te remercie de te préoccuper de la santé de ma fille mais je crois qu'elle a des parents et que nous sommes les premiers concernés. Et, je te le répète, nous en avons discuté avec elle. Tout va s'arranger… Tu voulais me dire autre chose ?

— Peut-être que vous devriez l'emmener voir quelqu'un, Marc connaît une pédopsychiatre qui…

— Bon, ça suffit, Sarah. J'ai entendu ce que tu avais à me dire. Et je t'ai répondu, me semble-t-il. Maintenant si tu n'as pas d'autres questions sur ma famille, j'ai encore beaucoup de travail…

Lorsque Sarah rentre chez elle, un sentiment atroce d'impuissance lui tord les intestins. Elle traverse le salon, regarde à peine Gaspard qui joue avec sa petite sœur et se précipite dans sa chambre. Elle se jette alors sur son lit et, la tête enfouie dans un coussin, pousse un long gémissement de désarroi.

Chapitre 45

— Ça fait deux jours, tu te rends compte ? Deux jours, et je n'ai toujours pas reparlé à Hélène. Tu avais raison, Marie, je n'aurais pas dû m'en mêler… Maintenant, je sais que ça va être beaucoup plus compliqué avec Gabrielle. Je me sens tellement mal, si tu savais.

Marie ne dit rien, elle voit la détresse de son amie. Cette amie qui est devenue bien plus que cela au fil de leurs discussions, au gré de ses confessions, des chagrins immenses et des joies retrouvées, depuis peu… Ce bonheur fragile semble lui échapper. Marie la connaît si bien, cette précarité de la joie, et elle ferait tout pour aider Sarah. Pour combattre la fatalité qui l'a déjà tant torturée. Elle ressent soudain une grande tristesse mais aussi une immense colère.

— Ne t'inquiète pas. Gabrielle t'adore, tu le sais. Mais je l'ai vue hier et tu as raison, elle ne va pas bien. Je ne l'avais pas croisée depuis quelques jours… Son visage, mon Dieu. On dirait qu'elle a vieilli de plusieurs années, en quelques mois à peine. Elle traverse sûrement de terribles épreuves. J'ai essayé de lui parler mais elle ne m'a pas entendue. Elle ne voulait pas m'écouter. Je le voyais dans ses yeux, c'était vide, tu vois. Rien de ce que je disais ne pouvait l'atteindre. Elle avait le même regard que ceux que j'ai pu voir, il y a bien longtemps… chez des gens qu'on avait drogués, pour les protéger d'eux-mêmes, pour protéger les autres. Elle est en danger, je crois. Il faudrait en parler encore avec Hélène ou Leila.

Sarah a un geste brusque de refus et elle s'écrie :

— Non, non ! Ne fais pas ça, ça serait pire, pire que tout… J'ai si peur, Marie, j'ai tellement peur de la perdre. Et si Hélène décidait de partir, pour l'éloigner de ses nouvelles fréquentations ? Si elles décidaient de retourner vivre à Marly, ou plus loin encore ? Je ne pourrais pas m'en remettre… Je ne mérite pas ça, Marie, pas ça…

Les pleurs de son amie percent le cœur de la femme au chignon blanc, comme des aiguilles chauffées à blanc. Chacun de ses sanglots vient la percuter comme autant de coups violents. Elle ne doit pas la laisser sombrer, elle doit pouvoir la sauver, elle. Elle se souvient de Sarah avant, avant l'arrivée de Gabrielle. De cette femme hantée par son passé, rongée par sa culpabilité. Et puis, avec l'arrivée de ces nouvelles voisines, tout avait changé. C'était si dur d'oublier. Il fallait une force de caractère exceptionnelle pour pouvoir surmonter une chose pareille. La disparition d'un enfant est un tel choc. Alors quand, en plus, vous avez, d'une façon ou d'une autre, contribué à ce drame…

Les sanglots de la jeune femme continuent et ce sont maintenant comme des coups frappés à la porte du passé de Marie. Une porte épaisse, solide, qu'elle a construite depuis tant d'années. Depuis l'accident. Et elle ne l'a jamais rouverte. Elle se souvient de son départ d'Allemagne, de son arrivée à Paris. Des petits boulots qu'elle a enchaînés pour subsister. De l'apprentissage long et complexe de cette langue si particulière, pleine de règles et d'exceptions. Des cours du soir pour s'améliorer, encore et toujours. De sa joie folle quand elle a décroché son diplôme de traductrice. Et puis de ce job à la banque. On cherchait quelqu'un parlant parfaitement allemand pour accompagner un des directeurs sur des dossiers avec la Deutsche Bank. Elle a dû se perfectionner en vocabulaire financier, comprendre les mécanismes bancaires. C'est sa propre banquière, Anne-Marie, qui a accepté de lui donner des cours de finance accélérés. Marie apprenait vite et retenait encore mieux.

Lorsqu'elle était arrivée à l'entretien, elle avait immédiatement retenu l'attention du recruteur. D'abord par sa présence physique. Elle était grande, élégante, ses longs cheveux blonds retenus dans un impeccable chignon. Un imperceptible accent allemand lorsqu'elle s'exprimait en français et sa capacité à comprendre et à traduire la complexité des documents qui lui avaient été soumis avaient fini de convaincre la banque. Et surtout le principal intéressé, celui qui devait devenir son mari.

Jean-Charles de Minviel était marié à l'époque, et père de trois enfants déjà relativement grands. Marie et lui étaient devenus amants pendant un voyage en Allemagne. À leur retour, il avait immédiatement demandé le divorce. La belle photo de famille avait disparu du bureau de Jean-Charles, remplacée par un superbe cliché de sa nouvelle épouse. Cela n'avait pas gêné Marie, il lui arrivait rarement de penser à la famille de son amant. Elle n'avait aucun remords. La vie était cruelle, c'était comme ça. Elle avait gagné cette bataille mais en avait aussi perdu d'autres, bien plus tristes, bien plus cruelles. Pendant ces années de mariage, Jean-Charles l'avait souvent interrogée sur son passé, en vain. Elle avait fini par lui intimer l'ordre de ne plus jamais la questionner sur ce sujet. Et les portes étaient restées closes, jusqu'à sa mort.

Et pourtant, dans le salon de l'appartement que cet homme a acheté pour elle, elle sent que, peut-être, elle pourrait enfin parvenir à protéger sa voisine devenue si proche d'elle, qu'elle saurait conjurer le sort et la protéger du malheur. Mais dans le même temps, elle sait que, au fond de son âme, les portes qu'elle a tenues fermées si longtemps commencent à s'ouvrir. Et ça elle ne le veut surtout pas. Elle supplie intérieurement de ne pas avoir à contempler son passé, de ne pas devoir contempler de nouveau le corps disloqué de Matild.

Chapitre 46

En entendant la sonnerie de la porte d'entrée, Marc regarde sa montre puis se lève. Qui diable peut donc venir sonner un dimanche à sept heures du matin ? Il enfile une robe de chambre, un truc imbécile, une sorte de kimono qu'un client lui a rapporté du Japon. Mais c'est tout ce qui lui tombe sous la main. Sarah ne s'est pas réveillée. Elle a pris des somnifères hier soir. Depuis le début de la semaine, elle se sent mal, il ne sait pas pourquoi, mais elle est totalement obsédée par l'idée de perdre le contact avec Gabrielle. Marc a bien essayé de parler avec elle de son mal-être mais elle refuse. Il faudrait qu'elle retourne voir le psy, c'est impératif. Mais il ne sait pas comment l'y obliger. La sonnerie retentit de nouveau.

— J'arrive, j'arrive, juste une minute…

Quand il ouvre la porte, il a presque du mal à reconnaître la femme qui se tient devant lui. Ses traits sont tirés, ses yeux rougis par les larmes et son visage rongé par l'inquiétude.

— Hélène ? Mais qu'est-ce qui se passe, que t'arrive-t-il ? Entre, je t'en prie.

Sa voisine reste silencieuse, elle va s'asseoir sur le grand canapé du salon. Elle semble totalement perdue.

— C'est Gabrielle… Elle a disparu.

— Comment ça, disparu ?… Depuis quand ?

— Depuis vendredi, elle est partie à une soirée chez des amis… Personne ne l'a revue depuis… On a attendu avant de vraiment s'inquiéter… Tu sais certainement que Gaby ne va pas très bien en ce moment. Et ça lui est déjà arrivé de ne pas rentrer d'une soirée. Mais en général, elle nous appelle le matin pour nous dire qu'elle va revenir. On a essayé de la joindre, on tombe toujours sur sa messagerie.

Marc ne sait pas quoi dire, il sent son angoisse, il sait que rien ne pourra vraiment la rassurer.

— Écoute, elle sera sûrement restée chez ses amies et elles auront glandé toute la journée puis enchaîné avec une autre soirée. Quelque chose comme ça.

— Non, ce n'est pas quelque chose comme ça ! La fille qui organisait la soirée nous a dit que Gabrielle était repartie à cinq heures du matin…

La longue et fine silhouette de Sarah se dessine devant les fenêtres du salon.

— Que se passe-t-il, Hélène ?… Oh, mon Dieu, il est arrivé quelque chose à Gabrielle !

Le visage défait d'Hélène se creuse tout à coup davantage quand Sarah prononce ces mots.

— On ne sait pas ! On ne sait rien ! Elle a disparu. Mais, comme tu as l'air de savoir plus de choses que nous sur notre propre fille, je me suis dit que peut-être tu aurais un truc à nous dire… Je me suis même dit que… qu'elle s'était réfugiée chez toi. Pourquoi pas, après tout ?

Marc ne comprend pas cette soudaine agressivité. Il la met sur le compte de la fatigue et du stress. Sa femme ne lui a pas raconté sa dernière discussion avec leur voisine… Cet échange qui était allé jusqu'à la limite de la rupture.

— Qu'est-ce que tu racontes, Hélène ? Je comprends ton inquiétude mais ce n'est pas une raison pour agresser Sarah !

— Demande à ta femme, qui est venue me voir pour me dire que Gabrielle n'allait pas bien, que nous devions faire quelque chose. (Sa voix se brise.) Comme si nous ne l'avions pas remarqué… Comme si nous devions attendre que la voisine vienne nous voir pour nous en rendre compte ! Et maintenant, Sarah, si tu sais quelque chose, dis-le !

Sarah accuse le coup. La nouvelle de la disparition de Gabrielle lui glace le sang, lui paralyse les lèvres. Elle a l'impression qu'elle va s'effondrer. Son mari s'approche d'elle et la serre doucement dans ses bras. Il lui parle tout bas.

— Ne t'inquiète pas, ma chérie, je suis certain que nous allons la retrouver. Ça arrive que les adolescentes fassent des fugues… Elle va revenir.

Oh, comme elle aimerait le croire ! Comme elle voudrait y croire ! Mais elle sait bien que, parfois, on ne retrouve pas les jeunes filles disparues…

— Elle m'a parlé d'un garçon, un certain Donatien. Elle avait l'air très amoureuse. Et très triste aussi. Je ne sais rien de plus… Mais vous avez appelé tous ses amis ? Il faut peut-être prévenir… la police.

Hélène répond de manière très sèche.

— Merci du conseil, Sarah. Leila m'attend en bas avec la voiture pour que nous allions au commissariat…

Ils voudront sans doute vous entendre aussi… Bien sûr, si vous avez la moindre information…

Marc la raccompagne en lui disant de compter sur eux. Lorsqu'il revient dans le salon, son épouse est prostrée sur le sol. Il se précipite vers elle et prend son visage entre ses mains.

— Chérie, qu'est-ce qu'il y a ? Je suis là. Dis-moi ce qui se passe.

Elle le regarde droit dans les yeux. Son beau visage n'est plus qu'une grimace de tristesse et de souffrance. Elle semble chercher sa respiration, pour enfin articuler quelques mots, dans un souffle pathétique.

— Je ne veux pas, Marc, je ne veux pas revivre ça. Pas encore… Je ne pourrai pas.

Chapitre 47

Jeanne est assise dans son petit bureau. Quelques jouets d'enfants, improbables et perdus, donnent un aspect étrange à la pièce. Elle a fait repeindre le mur, derrière elle, en un magnifique bleu roi, inutile et superbe. Elle est arrivée depuis un peu plus de trois mois à la brigade de protection des mineurs et déjà une grande lassitude mêlée d'un profond dégoût pour les humains en général, et certains parents en particulier, l'assaille du matin au soir. Moins la nuit, grâce à la vodka.

Le seul avantage, c'est que plus elle travaille dans ce service, moins elle regrette de ne pas avoir eu d'enfants. Si c'est pour qu'il finisse violé par un éducateur sportif ou un ami de la famille, martyrisé par ses camarades de classe, camé à mort dans une cave ou enlevé et assassiné par un tueur en série, autant lui épargner ce séjour sur notre terre de cinglés. En peu de temps, elle a déjà vu, à plusieurs reprises, chacun de ces cas se présenter dans le service. À part les serial killers, qui, fort heureusement, restent encore assez exceptionnels et plutôt cantonnés dans l'est de la France.

Elle a tenté de renouer le contact avec Franck en lui proposant d'aller boire un verre mais il a de nouveau refusé. Combien de fois sera-t-elle encore assez conne pour tenter ce coup foireux ? se dit-elle en mordillant son stylo. Quant à la surveillance discrète de Schindler, elle a bien compris que son ancien collègue ne déploierait pas une énergie considérable pour s'y consacrer. Il lui a avoué, un peu honteux, que c'était risqué pour sa carrière de continuer les investigations dans cette voie après la perquisition ratée. Ce passage au commissariat du VIIIe arrondissement s'est soldé par un échec total, sur tous les plans.

Lorsque François Herschell entre dans son bureau, de sa démarche raide de soldat blessé, il a, comme à son habitude, le visage fermé.

— Bonjour, Jeanne. Nous avons une disparition inquiétante de mineure, c'est le commissariat du VIIIe qui a enregistré la déposition des parents. Enfin, des parents… Si tant est qu'un couple de femmes puisse ressembler de près ou de loin à de vrais parents.

Jeanne manque de s'étouffer.

— Parce que vous trouvez que certains des couples hétéros que nous entendons dans ce service ressemblent « de près ou de loin à de vrais parents » ? Ceux d'hier, par exemple, que j'ai écoutés tenter de m'expliquer comment et pourquoi ils prostituaient leurs deux petites filles, vous trouvez qu'ils ressemblent à quoi ? Vous savez, pour moi, les seuls « vrais parents » sont ceux qui aiment et protègent leurs enfants. Le reste, je m'en tape.

Herschell se tortille debout, il n'aime ni les manières ni les façons de penser de cette femme. Déjà quand elle travaillait aux disparus, il faisait son possible pour l'éviter. Alors quand il avait appris qu'elle venait dans son service pour, soi-disant, « l'épauler » dans ses missions, il avait juré. Et pourtant, ça ne lui ressemble pas.

— Oui, oui, on peut se taper de tout, comme vous dites ! Et c'est comme ça que notre société part à vau-l'eau… Enfin, j'ai pensé que cette affaire pourrait vous intéresser, vous connaissez bien ce quartier, n'est-ce pas ?…

La petite pique de son collègue ne lui échappe pas mais elle n'a pas envie d'entamer une discussion avec ce type. Et de toute façon, elle n'a pas grand-chose à dire pour justifier son calamiteux parcours.

— OK, Herschell, passez-moi le dossier, ça me rappellera des souvenirs.

Il lui tend une pochette cartonnée verte.

— Tenez, voici les premiers éléments, sinon tout est dans notre fichier des disparitions. Au nom des… parents. À mon avis, c'est encore une de ces gamines qu'on va retrouver dans trois jours quand elle aura épuisé son argent de poche et sa drogue. Cette jeunesse dorée me dégoûte. Bonne chance quand même !

Elle ne le salue pas. Elle ouvre la pochette et regarde le dossier. D'abord la photo de la jeune fille, Gabrielle Hardy-Lancôme, quinze ans, un mètre soixante-neuf. Elle est jolie… Plus que jolie. C'est la première chose qui frappe Jeanne. Cette jeune fille est d'une beauté saisissante. Ses yeux verts immenses, sa bouche aux lèvres ourlées, ces cheveux frisés qui tombent en boucles fines sur ses minces épaules. Sa longue silhouette, déjà davantage celle d'une femme que d'une adolescente, tout cela fait d'elle, hélas, une proie parfaite pour tous les détraqués et les pervers de la nuit parisienne. Jeanne regarde ensuite son dossier scolaire. Elle tique immédiatement sur le nom de l'établissement que la jeune fille a rejoint en cours d'année. La réputation de ce lycée n'est plus à faire. Tout ce que le Triangle d'or parisien compte de jeunesse dorée ultrafriquée, camée et désœuvrée se retrouve joyeusement dans cette boîte. Ma pauvre Gabrielle, je ne sais pas encore ce qui t'est arrivé mais j'imagine que quand tu t'es pointée là-bas, avec ton physique de top model, tu n'as pas dû laisser indifférente la meute de petits connards égoïstes et cyniques qui y prospèrent. Jeanne regarde sa montre. Elle va aller rencontrer Hélène Lancôme et sa compagne. Dans ce genre de disparition, il est toujours très important d'aller sur place pour sentir l'ambiance, palper les tensions, les non-dits, les petits secrets… Ellc prend son téléphone.

Chapitre 48

Marc est parti à son bureau. Il n'en peut plus de voir Sarah traîner comme un zombie dans l'appartement. Il a réussi à la convaincre d'envoyer les enfants quelques jours chez ses parents, qui habitent à deux arrondissements de chez eux. Sa mère est ravie d'avoir ses petits-enfants. Son père a bougonné mais il sait que c'est sa façon à lui de réagir et qu'au fond il est lui aussi heureux de voir Gaspard et Louise. Marc a beaucoup parlé avec Gaspard. Il ne sait pas s'il pourra tenir la promesse qu'il lui a faite, celle de redevenir une famille normale. Sur le trajet pour aller chez leurs grands-parents, ils ont eu une longue discussion. Et son cœur se serre quand il se remémore les phrases qu'a prononcées son fils.

— Tu vois bien, papa, elle s'en fiche de nous ! Il n'y a que Gabrielle qui compte. Elle a juste peur de ne plus la revoir. Je suis sûr que si je disparaissais, elle s'en ficherait complètement !

— Tu ne peux pas dire ça, Gaspard. Ce n'est pas vrai et tu le sais. Je t'interdis de dire des choses pareilles. Et surtout pas à papi et mamie. Je ne veux pas que tu les inquiètes avec cette histoire. Et je veux aussi que tu veilles sur ta petite sœur.

À peine ces mots ont-ils franchi ses lèvres qu'il a compris son erreur. Gaspard lui a répondu du tac au tac :

— Tu veux que je veille sur elle comme j'ai fait pour Clémentine ?... C'est vraiment ça que tu veux ?

Il était blême et les larmes grossissaient dans ses yeux.

— Excuse-moi, mon chéri, je ne voulais pas dire ça, je... je suis désolé.

Gaspard s'est mis à crier, faisant pleurer Louise dans la poussette.

— Et moi, papa, qui veille sur moi, hein ? Qui s'occupe de ce que je pense, de ce que je ressens ? Pas maman en tout cas. Ce n'est plus la même de toute façon. Je n'en ai plus de maman depuis que Clémentine est morte. Car elle est morte, tu vois, et elle ne reviendra pas. Dis-le à maman... Et reviens nous chercher quand elle aura compris ça ! Si elle le comprend un jour.

Il n'avait plus ouvert la bouche sauf pour consoler sa petite sœur. Lorsque Marc les avait laissés chez ses parents, Gaspard ne l'avait même pas embrassé...

Quand Clémentine avait disparu, ses parents l'avaient étonné par leur capacité de résilience et leur force morale. Ils avaient été un soutien formidable, surtout pour Gaspard. Pour lui et Sarah, ils avaient fait le maximum. Mais cela n'avait pas pu endiguer le tsunami de chagrin qui les avait submergés. Quant aux parents de Sarah, l'accident avait marqué une rupture définitive avec eux. Marc n'avait jamais vraiment apprécié ce couple. Sa belle-mère, une espèce de grande bourgeoise uniquement préoccupée par l'apparence et l'image que pouvait renvoyer sa famille, avait eu des mots impardonnables. Son mari, depuis longtemps écrasé par la personnalité de sa femme, ne réagissait guère plus aux sorties de son épouse. Sarah, qui prenait à ce moment-là des doses importantes d'anxiolytiques et de somnifères, qui l'empêchaient de sombrer mais l'isolaient dans une bulle d'indifférence, avait décidé de couper les ponts avec eux et cela n'avait pas vraiment chagriné Marc.

Cela fait trois jours maintenant que Gabrielle a disparu. Marc est allé voir Leila et Hélène avant de quitter l'appartement, en début d'après-midi. Lorsqu'elles lui ont ouvert, il a tout de suite senti une hostilité à peine voilée. Sa profession l'a habitué à être confronté à des interlocuteurs agressifs. Il sait qu'il faut aborder rapidement les sujets qui fâchent.

— Écoutez, j'ai conscience que votre situation est très difficile, que vous êtes rongées par l'inquiétude… Mais je veux que vous sachiez que Sarah et moi sommes de tout cœur avec vous, que nous partageons votre détresse… Nous sommes vos amis…

C'est Hélène qui a tiré la première, les traits durcis, marqués par la fatigue.

— Tu sais, Marc, si Sarah avait été vraiment notre amie, elle nous aurait peut-être prévenues plus tôt de ce qui s'était passé au cours de la soirée organisée par Gabrielle… Peut-être que nous aurions pu en parler avec notre fille, peut-être que cela aurait évité qu'elle sombre dans le silence et l'isolement. Mais pour cela, il aurait fallu que ta femme ne s'imagine pas être la confidente de Gabrielle, qu'elle n'ait pas créé dans son esprit malade une relation imaginaire et exclusive avec une enfant qui n'est pas la sienne, quoi qu'elle en pense !

Marc avait été estomaqué par cette réponse et, malgré les efforts de Leila pour tenter ensuite d'atténuer les propos de sa compagne, il avait compris que quelque chose s'était définitivement brisé. Il essayait d'imaginer comment Hélène avait pu en arriver à de telles conclusions. Et puis, il s'était souvenu lui aussi de cette relation si particulière que sa femme et leur fille pouvaient avoir. Cette complicité qui était née si rapidement, l'investissement constant de Sarah dans tous les projets qui tournaient autour de Gabrielle, l'affection mutuelle qu'elles se portaient… C'est vrai que tout cela avait pu sembler un peu intrusif à Hélène. Mais de là à tenir des propos pareils… Il fallait certainement mettre ça sur le compte de la fatigue et du stress. En garant sa voiture dans le parking de son bureau, Marc ressent néanmoins une sourde inquiétude. Qui sait ce que les deux femmes ont pu raconter à la police sur Sarah ?

Chapitre 49

Je crois que je n'ai jamais eu aussi mal à la tête de toute ma vie. C'est comme si des dizaines de forgerons complètement dingues cognaient à l'intérieur de mon crâne avec des gros marteaux chauffés à blanc. Je ne me souviens de rien, j'ai beau creuser dans ma petite tête de gamine de quinze ans je n'arrive pas à recoller les morceaux. Il faut dire qu'avec toutes les saloperies que je m'envoie dans le corps depuis trois mois, c'est pas vraiment étonnant que je n'arrive pas à faire fonctionner ma mémoire.

J'essaie de comprendre où je suis, mais j'ai juste mes oreilles pour me repérer. Et pas de bol, je n'entends rien. J'ai tellement soif. Et le manque qui commence à se faire sentir n'arrange rien. Je donnerais tout pour une bouteille d'eau… et une ligne de n'importe quoi. Je dois avoir un masque sur les yeux et un bâillon sur la bouche, j'arrive à respirer par le nez mais il ne faut surtout pas que je panique… Et pourtant je commence à paniquer, sévère. Le pire est sûrement que je ne me souviens de rien. Ça m'est déjà arrivé de ne pas me souvenir de ce que j'ai fait la veille. Trop souvent ces derniers temps. Mais les réveils étaient moins flippants.

Que ce soit dans mon lit ou dans celui d'un mec ou d'une fille, ça ressemblait à des choses connues et surtout, je pouvais me barrer. Là, il n'y a rien. Je me souviens vaguement du début de soirée chez Diane. Comme d'habitude. Se défoncer le plus vite possible et puis faire la fête, danser, chanter, hurler, draguer. Un déluge de lumière et de bruits et puis… plus rien. Mes mains sont attachées aux bras d'un fauteuil ou d'une chaise, je ne sais pas. J'essaie de tirer, de plus en plus fort, mais ça résiste. Au bout de deux minutes, je suis exténuée. Et j'ai de plus en plus de mal à respirer. Je sais que je ne dois pas trop m'agiter. Je me concentre sur ma respiration, sur mon ventre, j'inspire lentement l'oxygène et je souffle par le nez. Je peux bouger mes jambes mais quand j'essaie de pousser dessus de toutes mes forces, rien ne se passe. Comme si les pieds de mon siège étaient fixés dans le sol. Diane m'a dit que le manque de coke pouvait rendre anxieux, paranoïaque… Et quand, en plus du manque, on est enfermée dans un endroit inconnu, qu'on est muette et aveugle, on devient quoi ? Folle ?… Ça ne sent rien, je renifle à fond, peut-être un peu d'humidité, de poussière… Je ne sais pas, je n'ai jamais fait attention à ce que ça pouvait vraiment sentir, ces trucs-là. J'ai envie de pleurer, ça faisait longtemps que cela ne m'était plus arrivé mais, là, tout de suite, j'ai envie de chialer.

Peut-être que ce sont des mecs de la soirée qui me font une blague à la con ? Ils sont tellement défoncés parfois qu'ils sont capables de n'importe quoi. Diane m'a raconté que l'année dernière, ils ont retenu deux filles de première pendant deux jours dans un studio. Ils étaient shootés H24 et ils ont fait des films avec elles, des trucs dégueu… Elles n'ont pas porté plainte, elles ont juste changé de bahut. La honte, sûrement, la peur, aussi. Celle d'affronter leurs parents, les flics. J'espère qu'un jour, elles trouveront quand même le courage de balancer ces ordures. J'imagine bien la tête de leurs parents quand leurs petits garçons si gentils seront mis en examen pour séquestration et viol... Mais, même moi, je ne sais pas si j'aurais eu le courage. J'ai bien fermé ma gueule pour Ange, c'est tellement plus simple. Mais ça fait tellement plus mal encore. Enfin, avec #MeToo, Weinstein et compagnie, j'espère que ça sera plus facile de parler. Et là, tout de suite, franchement, je préférerais que ce soient les garçons de la bande qui m'aient fait une blague pourrie. Au moins, je saurais à quels tarés minables j'ai affaire. S'ils veulent faire un film avec moi, je le ferai... Après tout, filmée ou pas, j'ai déjà couché avec la plupart d'entre eux. Je les connais, eux, au moins.

Je me concentre encore, j'écoute le silence, espérant y déceler quelque chose, un repère. Mais je n'entends que le bruit de ma respiration, comme une forge, de plus en plus rapide, de plus en plus saccadée. Et les battements de mon cœur qui s'emballent, eux aussi. Je n'arrive plus à me contrôler, je sens monter en moi la panique, comme une vague, une sombre déferlante qui noie mon esprit et inonde mon cerveau. J'ai envie de hurler mais ce putain de bâillon étouffe mes cris et renforce encore mon impression de suffoquer. Soudain, je suis prise d'une quinte de toux qui achève de me plonger dans un état d'affolement total. Il me semble que je n'arrive plus à aspirer la moindre parcelle d'oxygène, que je me noie à l'air libre. Je ressens quelque chose de nouveau et d'étrange. À cet instant-là, je pense que je vais peut-être mourir. Je vais mourir dans un lieu inconnu, personne ne retrouvera mon corps. J'imagine maman et Leila, mon père, leur inquiétude, leur tristesse. Et à la panique vient s'ajouter la culpabilité. Comment ai-je pu laisser ainsi filer ma vie ?

J'ai entendu un bruit ! Un bruit familier… Une serrure, une clef que l'on actionne. Ce brusque retour au monde réel m'envoie une grande giclée d'adrénaline et j'arrive à me concentrer sur ce qui se passe autour de moi.

L'atmosphère est différente, je sens un léger courant d'air. Une vague de lumière crue traverse mon masque. J'entends des pas, quelqu'un s'avance dans la pièce… Je pousse des petits cris étouffés d'animal blessé. La panique revient. Lorsqu'une main se pose sur mon épaule, un frisson intense agite tout mon corps et d'un seul coup, un océan de larmes inonde mon visage.

Chapitre 50

Jeanne a garé sa voiture au pied de l'immeuble d'Hélène Lancôme et de Leila Mallet. Elle rabat le pare-soleil pour que l'on puisse lire « POLICE » écrit en blanc sur fond bleu. Elle n'a pas pris une des voitures du parc. Maintenant qu'elle n'est plus obligée de se trimballer en bagnole électrique, elle conduit son véhicule personnel. Cette voiture, elle l'a achetée il y a deux ans. Elle avait d'abord revendu sa Porsche 911 Carrera 4, un peu plus cher que ce qu'elle lui avait coûté. C'est ça, la magie des Porsche, quand vous achetez le bon modèle, au bon moment. Elle sait qu'elle ne fera pas la même opération avec sa Maserati Gran Turismo mais elle s'en fout. Elle rêvait de s'acheter une italienne depuis toujours et celle-ci, comble de la folie automobile, possède un moteur Ferrari. Elle l'a eue à un bon prix, la bagnole avait été saisie et les enchères étaient restées raisonnables. Bien sûr, il lui arrive assez rarement d'exploiter les plus de quatre cents chevaux de la bête, mais le seul bruit du moteur la rend dingue. Et puis, elle trouve ça rigolo, le sticker « POLICE » sur un véhicule de cette trempe. Ça lui rappelle les vieux épisodes de *Miami Vice* quand Don Johnson roule cheveux au vent dans sa Ferrari blanche.

Elle regarde l'immeuble, un haussmannien comme il y en a tant dans ces quartiers chics de Paris. Mais celui-ci lui semble particulièrement élégant avec sa façade ravalée de frais, ses larges balcons et ses immenses fenêtres. Elle compose le code de la grande porte de fer forgé ouvragé et de verre qui donne sur un premier hall. Elle actionne ensuite l'interphone. Une voix de femme répond presque immédiatement, elle était attendue.

— Bonjour. Commissaire Muller.

— Oui… Montez, c'est au troisième.

Dans l'ascenseur ancien aux parois vitrées, clle regarde les paliers défiler. Elle a l'impression étrange d'être plongée dans les tripes du vieil immeuble, elle s'attend presque à voir des organes apparaître entre chaque étage. Au troisième, la porte de l'appartement est ouverte et Hélène se tient devant l'ascenseur. Elle lui ouvre.

— Bonjour, commissaire. Je suis Hélène Lancôme, la mère de Gabrielle. Entrez, je vous en prie.

Jeanne le sait déjà, elle a vu les photos d'identité de cette femme dans le dossier. Mais elle n'est pas certaine qu'elle l'aurait reconnue. Son visage est tiré, ravagé par la fatigue et sans doute l'inquiétude et le chagrin. Quand elle entre dans le salon, une autre femme se lève et vient à sa rencontre. C'est une véritable beauté orientale, elle aussi est sans doute crevée mais cela se voit moins. Elle se présente.

— Bonjour, madame. Je suis Leila Mallet, je suis la compagne d'Hélène.

La commissaire regarde les meubles et la décoration du salon. Tout est beau, pensé, agencé. Avec une volonté affirmée d'harmonie dans les couleurs et dans les formes. Quand elle songe à son propre appartement, elle a juste envie de disparaître sous terre. Mais bon, elles sont archis toutes les deux, ça doit aider à imaginer son intérieur. Chacun son job.

— J'imagine que vous êtes inquiètes mais dans la très grande majorité des cas, on retrouve assez vite les adolescents qui fuguent. La plupart du temps, ils reviennent d'eux-mêmes. Vous avez contacté tous ses amis ? Les anciens… et les nouveaux…

— Oui… Nous l'avons déjà dit à vos collègues, au commissariat. Personne ne sait ce que Gabrielle est devenue.

— Ou personne ne veut le dire… Je crois que votre fille avait un comportement différent ces derniers mois. Elle a aussi changé d'établissement scolaire, n'est-ce pas ?

Hélène prend la parole.

— Oui, elle est à l'institut Corneille. C'est un établissement privé hors contrat mais comme elle est arrivée en cours d'année… Et leurs résultats sont plutôt bons.

Pour une boîte à bac, comme on les appelait il y a quelques années encore, c'est vrai que cet institut sort du lot. Mais il accueille aussi volontiers tous les élèves qui se sont fait virer des autres établissements pour leur comportement ou pour leur carnet de notes. Du moment que les parents y mettent le prix…

— Oui, c'est vrai… Mais je ne vous cache pas que si j'avais dû choisir une école pour ma fille, surtout si elle était aussi jolie que la vôtre, j'aurais peut-être opté pour un autre établissement… Bon, en même temps, je n'ai pas de fille. Ni de garçon non plus.

— Pourquoi dites-vous ça ?

— Je vais être franche avec vous, cette boîte est un repaire de fils et de filles à papa qui peuvent dépenser plus de fric en une semaine que ce que la plupart des gens gagnent en un mois. Et pas seulement en fringues, en téléphones, en restos et en bijoux… Si vous voyez ce que je veux dire.

— De la drogue ? C'est ça ?

Elles ne semblent pas vraiment surprises, Jeanne imagine que le changement brutal de comportement de leur fille a dû éveiller leurs soupçons, depuis un certain temps déjà.

— Oui, ils en ont hélas plein les poches, et de toutes sortes, en cachets, en buvards, en poudre, en barrettes… Bref, le supermarché de la défonce. Est-ce que Gabrielle avait un petit copain ?

Hélène et Leila se regardent, un peu embarrassées. C'est Leila qui se lance.

— On ne sait pas grand-chose. Elle ne nous en a pas parlé directement, pas à nous… Elle est sortie avec un certain Donatien, il est en première, mais apparemment, ça n'a pas duré. Il faudrait demander à notre voisine, Sarah Cygnac. Elle est très proche de Gabrielle… C'est à elle que notre fille en a parlé.

La commissaire a clairement senti le malaise planer. Enfin planer, façon de parler, elle a l'impression qu'il vient de s'écraser au milieu du salon. Est-ce que dans ce « très proche », Jeanne n'a pas plutôt entendu un « trop proche » ? Elle note dans un coin de sa tête d'aller rendre visite à cette voisine au plus tôt. De toute façon, retrouver ce Donatien ne devrait pas être très difficile. Elle est certaine qu'il doit avoir beaucoup de choses à raconter. Et pourquoi pas, à avouer. Elle demande à voir la chambre de Gabrielle. C'est la pièce dans laquelle les émotions des parents seront à leur paroxysme. Si des choses doivent ressortir, ce sera dans cet endroit, elle le sait.

Chapitre 51

Marc est encore au bureau. Il regarde l'heure. Dix-neuf heures trente. Il doit rentrer. Il ne veut pas retomber dans ses travers, il sait jusqu'où son obsession du travail peut le mener. Lorsqu'un dossier serait terminé, il irait rechercher ailleurs l'adrénaline et le stress qui le poussent au quotidien. Dans le sexe, l'alcool, le jeu. Toutes sortes de jeux… Et il ne veut revivre ça pour rien au monde. Hier, il a viré Justine, sa jeune stagiaire aux multiples compétences. Il lui a fait une lettre de recommandation. Il est certain qu'elle retrouvera très vite un stage chez ses confrères. La réaction de la jeune femme avait été surprenante. Enfin pas tant que ça, puisqu'elle l'avait habitué à des sorties plutôt vives.

— Tu me vires parce que tu trouves que je suis nulle comme juriste ou parce que tu en as marre de mon cul ?

Il avait tout de même été un peu scotché par sa question. Mais, après tout, elle avait eu le mérite de poser le problème. Il pensait avoir fait preuve de tact. Enfin il l'espérait. Il la savait assez retorse pour lui attirer tout un tas d'emmerdements… Tout à fait justifiés.

— Écoute, Justine, comme juriste je dois avouer que tu t'es très nettement améliorée, tes dernières notes étaient vraiment pertinentes. Pour le reste… Eh bien, cela n'aurait jamais dû arriver. Mais je suis tout à fait conscient que c'est de ma responsabilité… Et j'en suis désolé.

Il lui avait tendu l'enveloppe contenant la lettre.

— Tu peux dire à mes confrères de m'appeler, je leur confirmerai tout le bien que je pense de toi.

— Merci… Moi, je la trouvais intéressante, cette relation. D'un point de vue sexuel en tout cas, je me suis bien éclatée. Pour le reste, eh bien, j'espère que toi, tu vas aller mieux.

Elle avait déposé un baiser sur sa joue et était repartie en faisant virevolter les volants de sa robe. Elle ferait certainement une excellente avocate.

Quand il arrive, leur appartement est vide. Il fait le tour de toutes les pièces et, au fur et à mesure qu'il progresse, il ressent un malaise croissant. Il est déjà plus de vingt heures. Il appelle Sarah sur son portable mais tombe sur sa messagerie. Il compose ensuite le numéro de ses parents.

— Oui, maman, c'est Marc. Comment vont les enfants ?… Ah, très bien, tu me les passeras après. Est-ce que Sarah est chez vous ?… Non, non pour rien, elle est peut-être chez les voisines. Oui, passe-moi Gaspard.

Le fait d'entendre ses enfants le rassérène un peu. Il aime le son de la voix de son fils. Depuis l'accident, Gaspard a une tendance marquée à la morosité et Marc l'a souvent surpris le regard perdu dans la triste étendue de ses souvenirs. « Tu penses à ta sœur ? — Oui, papa, ça me rend triste… J'ai peur… Tu crois que c'est ma faute ? » Il a passé des heures à lui parler, à lui expliquer que ce n'était la faute de personne. À part peut-être de son père. Mais cela, il ne le lui a pas dit. Les séances chez le pédopsychiatre ont été efficaces. Le médecin l'a cependant alerté sur la grande fragilité qu'un tel traumatisme pouvait créer chez un enfant. Depuis, il veille à ce que son fils soit toujours entouré. Il a à peine raccroché que la porte d'entrée s'ouvre. Lorsque Sarah entre dans le salon, il se précipite vers elle et la serre dans ses bras.

— Tu es là, ma chérie… Tu aurais pu me prévenir. J'étais inquiet.

Sarah ne sait pas si elle doit être touchée ou exaspérée. Quand son mari rentrait au milieu de la nuit à moitié ivre, elle ne lui faisait pas part, elle, de son « inquiétude »… Mais elle décide de calmer le jeu.

— Oui, excuse-moi, j'étais chez Marie. J'ai parlé longtemps avec elle. Tu sais comme elle me comprend. Elle m'a rassurée, elle pense que Gabrielle va revenir ! Je crois bien qu'elle a réussi à me convaincre. Je me sens beaucoup mieux, vraiment.

Visiblement, oui, Marie a réussi, il ne sait par quel miracle, à faire revenir sa femme dans le monde des vivants. Sarah a l'air plus apaisée. Il n'aime pas particulièrement cette voisine… Enfin, ce n'est pas qu'il ne l'aime pas, c'est plutôt que le côté autoritaire et donneur de leçons de cette femme a tendance à l'agacer. Mais elle apporte tant à Sarah qu'il peut bien passer sur ces aspects du personnage.

— C'est super, chérie. Je suis heureux que tu ailles mieux. Et puisqu'il est déjà tard, si nous allions dîner dehors ?

Un faible sourire éclaire le visage de Sarah.

— Oui, c'est une bonne idée. Je vais me remaquiller et j'arrive.

Quand enfin ils sortent sur le palier, la porte de leurs voisines s'ouvre et dans l'entrebâillement apparaît Hélène. Marc fait quelques pas pour la saluer et lui tend la main.

— Bonsoir, Hélène, vous avez eu des nouvelles ?

Elle recule brusquement et secoue lentement la tête dans un signe de dénégation. Elle essuie une larme puis répond sur un ton acerbe :

— Non, aucune. Mais surtout que cela ne vous coupe pas l'appétit !

Et elle claque violemment la porte. Sarah sursaute et pousse un petit cri de surprise. Quand Marc s'approche d'elle, son visage reflète de nouveau une immense détresse.

— Rentrons, Marc, je n'ai plus faim.

— Il ne faut pas lui en vouloir, tu sais bien qu'elle n'est pas dans son état normal.

— Oui… Enfin, si elle avait pris soin de Gabrielle, si elle avait juste ouvert les yeux sur ce que vivait sa fille, on n'en serait certainement pas là.

La dernière phrase de son épouse vient immédiatement réveiller ses inquiétudes.

Chapitre 52

Pour Jeanne, retrouver Donatien de La Chartrie n'avait pas été très difficile. D'abord parce que Gabrielle avait gardé des photos de lui sur son MacBook, ensuite parce que le directeur de l'institut Corneille l'avait immédiatement orientée vers lui.

— Oui, madame la commissaire, nous avons deux élèves de première qui portent ce prénom. Mais d'après ce que vous me racontez, celui que vous cherchez est certainement Donatien de La Chartrie, le tombeur de ces dames. C'est un excellent élève. Enfin, ses notes sont excellentes, quant à son comportement… C'est autre chose. Mais je dois dire que c'est la première fois que la police m'appelle à son sujet.

La mission d'éducation de l'école ne semblait pas être une priorité pour l'institut, mais Jeanne s'en serait doutée. Elle avait convoqué le jeune homme en audition libre. Les parents avaient été prévenus mais il s'était néanmoins pointé tout seul. Il est assis en face d'elle dans une attitude plutôt calme et détendue. Ça va sûrement changer. La commissaire détaille le jeune homme. C'est effectivement un très joli garçon. Il est habillé avec des vêtements de marque et ses Weston semblent tout droit sorties du magasin. Il a posé son blouson de cuir sur le dossier de sa chaise et observe le plafond de la pièce, puis le mur derrière Jeanne. Il semble trouver la couleur étonnante. Jeanne ne dit rien, elle attend. Au bout de quelques minutes, c'est inévitable, il craque.

— Sinon, je peux savoir pourquoi vous m'avez demandé de venir ?

Elle semble réfléchir, prend son temps, puis répond en souriant :

— Je suis certaine que vous avez une petite idée des motifs de cette invitation. Réfléchissez un peu, jeune homme.

— Je n'ai rien à me reprocher, madame.

— Réfléchissez encore…

Il lève les yeux au ciel puis soupire comme pour marquer son agacement.

— C'est à cause de Gabrielle, c'est ça ?

Jeanne acquiesce en secouant la tête de haut en bas, elle affiche un mince sourire.

— Je ne sais rien, je suis juste sorti avec elle… Et la dernière fois que je l'ai vue, c'était à la soirée chez Diane, vendredi. Elle avait picolé, je crois qu'elle est partie vers deux ou trois heures. Moi, je suis resté là-bas, j'ai même dormi chez Boris. Vous pourrez lui demander.

— Je le ferai… Mais vous n'avez pas besoin d'un alibi. Pas pour l'instant. Ce que je voudrais, c'est que vous me parliez de Gabrielle, de votre histoire avec elle.

Il se met à rire.

— Notre… « histoire » ? Faut pas exagérer, hein. On est sortis un soir ensemble, c'est tout. Après, je la croisais au bahut ou aux soirées mais ça s'arrête là.

— Qui a décidé de rompre, elle ou vous ?

— C'est pas une décision officielle avec publication et tout… On a décidé d'arrêter, ça s'est fait comme ça.

— Comme ça… ? Et il ne vous est pas venu à l'idée que pour une jeune fille de quinze ans, cette histoire avait peut-être plus d'importance que celle que vous avez l'air de lui accorder ?

Donatien continue à sourire.

— Vous savez, les relations entre les filles et les garçons, ça a un peu changé… On est en 2020. Ça va, ça vient… C'est comme ça. Ce n'est pas parce qu'on sort avec une nana qu'on va se marier avec elle. Sinon, Gabrielle était cool, elle s'est bien intégrée à l'institut, ça allait, quoi.

Muller imagine très bien ce que cette phrase signifie pour lui. Elle voit de quel type d'intégration il s'agit. Une intronisation à coups de dope, de fêtes et de coucheries. Une opération de destruction massive pour une gamine de cet âge. Elle décide qu'il est temps que Donatien perde un peu de sa superbe. Elle le trouve définitivement trop à l'aise.

— Oui, j'ai l'impression que les relations entre les hommes et les femmes se sont bien détendues depuis ma propre expérience du lycée. Mais ça remonte à loin, n'est-ce pas ? Et il paraît aussi que vous êtes plutôt expert en la matière… Vous et votre ami Boris. On ne compte plus vos conquêtes, il me semble ?

Cet imbécile continue à sourire, il a même l'air d'éprouver une certaine fierté.

— L'administration de l'école et surtout vos professeurs se sont montrés très prolixes sur vous. Surtout vos professeurs de sexe féminin… Vous savez ce que veut dire « prolixe » ?

Donatien arbore une moue méprisante.

— Oui merci, je sais ce que ça veut dire… Et ils, enfin elles, ont dit quoi, alors ?

— Que vous multipliez les conquêtes d'un soir, que vous traitez les filles comme du bétail, que vous n'avez aucune forme de sensibilité dans vos relations avec elles. Bref, ce n'était pas le portrait d'un chic type. Il paraît même que des jeunes filles ont quitté l'institut à cause de vous. Deux en particulier. (Elle reprend ses notes.) Jessica Larer et Adélaïde Bronstein. C'est Mme Breton, votre prof de français, qui m'a raconté une histoire assez sordide à propos d'elles… et de vous. Une histoire dont vous seriez l'instigateur. Vous savez ce que veut dire « instigateur » ?

Le jeune homme ne sourit plus. Jeanne constate avec une certaine satisfaction qu'il montre des signes d'énervement et même d'inquiétude.

— Arrêtez avec ça, oui, je connais ce mot… Et Breton est une folle, elle raconterait n'importe quoi pour me nuire. Elle me déteste.

Et elle a certainement de bonnes raisons pour le faire, se dit Jeanne avant de continuer.

— Vous savez, on se connaît depuis peu de temps, mais moi non plus, je ne vous aime pas beaucoup. Et c'est drôle mais j'ai plus tendance à croire cette chère Mme Breton que vous. Alors, voilà ce que je vais faire. Je vais retrouver les deux jeunes filles en question et je vais leur demander de venir me raconter leur version de l'histoire. Je sais être très convaincante quand il faut. Et je pense qu'elles ont beaucoup de choses à dire sur vos petites soirées d'intégration…

À présent, Donatien panique complètement. Le beau jeune homme si sûr de lui s'est ratatiné sur sa chaise et la peur a recouvert son visage, devenu blanc.

— Mais c'est n'importe quoi ! Il s'est rien passé de grave, putain. On s'est juste marrés avec elles mais elles étaient d'accord. Et ça sert à rien de leur demander. Et puis, si ça se trouve, elles vous raconteront des conneries.

— Pour vous nuire encore sans doute… C'est fou, non, le nombre de gens qui ne vous aiment pas ! Vous devriez peut-être repenser votre manière de vous comporter avec eux. Et sinon… Est-ce que Gabrielle prenait de la drogue ?

Le garçon a un mouvement de recul.

— Quoi ?… Euh, non, enfin, je ne sais pas.

— Bon, allez, Donatien, il faut que tu arrêtes les conneries, maintenant. Je connais la réputation de ton lycée… Et la tienne, et celle de ton copain Boris. Tu veux que j'envoie des flics perquisitionner chez toi ? Chez lui ? C'est vraiment ça que tu veux ? Qu'est-ce qu'on va trouver dans vos tiroirs, sur vos disques durs, caché sous vos lits ?…

— … Non, madame, faites pas ça, s'il vous plaît. Mon père, il va me tuer. Il s'en fout de ce que je fais, mais si des flics viennent à la maison, je vais me faire démonter. J'ai couché avec elle, c'est vrai. Et après, je l'ai quittée. C'est là qu'elle a commencé à déconner, vraiment. Avec Diane, la sœur de Boris, elles étaient tout le temps défoncées… Mais à la soirée, je vous jure que je sais pas ce qu'elle a fait. Elle était capable de rentrer avec n'importe qui… D'ailleurs, je me souviens maintenant, elle n'arrêtait pas de flirter avec un gars qui vient de temps en temps aux soirées. C'est la vérité, je vous jure.

Jeanne Muller se lève et fait quelques pas dans le bureau. Elle a très envie de gifler ce petit con. Mais elle pense qu'il est sincère. Enfin, il est surtout mort de trouille.

— Tiens, on avance, finalement. Et c'est qui, ce gars ? Je peux avoir son nom ?

Donatien hésite, il semble déjà regretter d'avoir raconté cette histoire.

— C'est juste un type qui… Qui nous fournit, quoi, vous voyez ce que je veux dire.

— Non, pas vraiment, sois plus clair.

— C'est un dealer, madame. Vous savez ce que ça veut dire, non, vous êtes flic !

— Oui, je sais… Je veux son nom, son numéro de téléphone, son adresse, ses habitudes, tout ce que tu sais…

— Je ne peux pas… Ces gens-là… Ils sont dangereux. Je peux pas vous dire ça.

— Si, si, tu vas me le dire. Non pas parce que tu penses que cela peut m'aider à retrouver Gabrielle, ça, j'ai bien compris que ce n'était pas ton problème. Tu vas le faire parce que sinon je te jure que je te colle en garde à vue et que j'envoie chez ton père les plus casse-couilles de tous les flics de Paris.

Cinq minutes plus tard, Donatien de La Chartrie prend son blouson, il a les larmes aux yeux. Avant de sortir du bureau, il trouve tout de même la force de poser une question à la commissaire.

— Vous allez faire rechercher Jessica et Adélaïde ?…

— Ça, ça t'inquiète, hein, Donatien… Je ne sais pas. J'aime imaginer que tu ne puisses plus dormir tranquille pendant les jours qui viennent. Et profite de tes insomnies pour penser un peu à ces gamines avec lesquelles tu as joué… Au revoir.

Quand la porte se referme, Jeanne sent une colère froide monter en elle. Elle regarde de nouveau la photo de Gabrielle et se demande dans quel état ils vont la retrouver. Elle sait que les très jolies filles ne font pas de beaux cadavres. Elle sait aussi que les dealers, par nature, ont peu de considération pour la vie. Elle range la photo et allume une cigarette.

Chapitre 53

Les mains de mon ravisseur continuent à explorer mon corps. Après mes épaules, elles passent sur mon visage, caressent mes cheveux, se posent sur mes cuisses puis reviennent de nouveau dans mes cheveux. Je suis terrifiée, j'ose à peine respirer. Soudain, je sens que mon bâillon se détend. Lorsqu'on me l'enlève, j'aspire une grande goulée d'air. J'avale le plus d'air possible, je voudrais faire exploser mes poumons. Et puis d'un seul coup, je me mets à hurler. Pas longtemps. Une décharge électrique me paralyse. J'ai l'impression qu'un éclair a brusquement traversé tout mon corps. Je suis complètement sonnée. Mes jambes se mettent à trembler et je crois bien que je suis en train de me pisser dessus.

— Chuuut… Chut.

Un bras entoure maintenant mon cou, il y a à la fois de la fermeté et une forme étrange de tendresse dans ce geste. Mais je n'ai plus la force de me battre. Et il y a la peur aussi, celle de la douleur. Je sens qu'on presse quelque chose contre mes lèvres, quelque chose de familier ? C'est un goulot, le goulot d'une bouteille en plastique, c'est de l'eau ! Je ne peux pas me retenir, j'aspire le liquide comme si ma vie en dépendait, je ne suis plus qu'un animal, une bête assoiffée qui étancherait sa soif dans n'importe quelle flaque d'eau boueuse. Elle a un goût normal. Je ne me serais pas arrêtée si on ne m'avait pas retiré la bouteille.

— Chut… Chut.

On me remet le bâillon. Tout m'est indifférent, je me repais de toute l'eau que j'ai ingurgitée. Une étrange torpeur m'envahit rapidement. Je n'ai pas envie de lutter. Dans les brumes d'un endormissement soudain, les visages de maman, de Leila, de Sarah, de Donatien dansent devant mes yeux. Ils rient, j'ai l'impression qu'ils se moquent de moi, qu'ils me disent que c'est bien fait, que je mérite ce qui m'arrive. Et puis, d'un seul coup, je sombre.

Quand je reprends connaissance, j'ai un peu froid. Je ne sais pas si c'est à cause de la température ou de la fatigue, du manque aussi. Je suis toujours aveugle… Et muette. Je me secoue lentement sur ma chaise mais je suis encore sanglée, immobile. En bougeant mes jambes, je sens quelque chose entre mes cuisses… On m'a mis une couche ! Pendant que j'étais droguée, inerte, on m'a mis une putain de couche. Je ne me suis jamais sentie aussi misérable. Pas depuis qu'Ange m'a violée dans ce foutu parc. De nouveau, les larmes. Je pousse sur mes pieds comme une folle, je tire sur mes poignets. J'ai mal partout, des crampes affreuses qui me scient les jambes, me dévorent les mollets.

Je ne sais même pas comment j'ai pu dégringoler aussi vite, me retrouver dans cette situation absurde, horrible. C'est quand j'ai compris que Donatien n'en avait rien à battre que j'ai pété un câble. Au fond, je l'ai deviné dès le lendemain de la fête mais le voir avec cette autre fille a fini de bien me convaincre. Et péter un câble quand on est « copine » avec Diane Davidoff, ça veut dire déconner à fond. Cette fille n'a que seize ans et on a l'impression qu'elle a déjà vécu plusieurs vies. Elle possède le cynisme d'un vieillard, la lucidité d'un banquier, la perversité d'une sorcière et le visage d'un ange. Ajoutez à ça des finances sans limites ou presque et vous obtenez une véritable machine à détruire l'adolescence. Il y a eu des moments où j'ai voulu discuter avec elle, ces moments où nous émergions d'un lendemain de fête dans son appartement, où un premier rail de coke nous réveillait totalement. Je lui ai posé des questions sur elle, sur sa vie.

— Ils font quoi, tes parents, Diane ? Pourquoi on les voit jamais ?

Elle a soufflé la fumée de sa cigarette d'un air dégoûté.

— Crois-moi, c'est mieux comme ça. Mon père est un homme d'affaires, il travaille avec les Russes. Il fait du fric, matières premières, céréales, bois… Des tonnes de fric. Quant à l'autre pute, c'est pas ma mère. Ma vraie mère est morte. Cancer. Ou suicide, je ne sais pas bien. J'avais cinq ans, alors tu penses si je m'en souviens. Mais j'ai une photo… Mon père est là-bas en Russie avec sa copine en ce moment, il part plusieurs fois par an avec elle, pour des semaines. Depuis que Boris a seize ans il nous laisse tout seuls. Heureusement, parce que avant on se tapait des *nannies* hystériques. Si tu savais le nombre de fois où on les a fait criser, ces connasses… Enfin, voilà, quoi, on est juste des gosses de riches désœuvrés et dépressifs qui repoussons les limites de l'ennui par une succession de comportements autodestructeurs. C'est ce que disent les psys en tout cas. Ils ont sûrement raison.

J'ai été scotchée par sa lucidité. Mais la lucidité, ça ne sert à rien : moi, je sais bien qu'en la suivant dans ses délires, je me suis détruite. Mais c'est si bon, en fait. Si bon d'oublier Ange, d'oublier Donatien, d'oublier mon père… Et quand la culpabilité et le dégoût de soi remontent trop vite, on a plein de trucs à gober, à sniffer, à fumer pour renvoyer tout ça aux oubliettes. Ma vie, ces derniers temps, a été une succession de fêtes, de mecs, de drogues… Je ne suis plus vraiment allée en cours, juste pour quelques devoirs sur table, histoire de maintenir ma moyenne. Quand ils n'étaient pas trop tôt. Bien sûr, ça s'est vu, et maman et Leila n'ont pas arrêté de me prendre la tête. J'ai voulu fuguer, pour de vrai. J'en ai parlé à Sarah. C'est la seule adulte avec laquelle j'arrivais encore à communiquer. Elle, elle m'écoute vraiment. Mais elle a vu aussi que je déconnais à plein tube. Je sentais dans ses yeux toute la peine que ça lui faisait et ça me faisait mal aussi, vraiment. Elle a réussi à me convaincre de ne pas partir. Elle m'aime beaucoup… Bon, mes parents m'aiment aussi mais ce n'est pas pareil. Les parents, eux, ils vous aiment par devoir. Ils vous prennent par la main et parfois ils la serrent trop fort. D'autres fois, ils ne la serrent pas assez, ou ils la lâchent trop tôt, ou au mauvais moment. Et ça donne Diane ou… Clémentine.

J'entends le bruit de la clef… J'ai encore si soif.

Chapitre 54

La commissaire Muller gare sa voiture en bas de l'immeuble. Comme à son habitude, elle ne prend pas la peine de régler le stationnement. Elle est en mission. Elle termine sa cigarette. Elle tousse en recrachant la fumée. Ce truc la tuera un jour, mais... ça ou autre chose. Elle peut crever, elle. Elle n'aura rien accompli d'inoubliable mais elle se sera tout de même rendue un peu utile pour la société. Elle n'aura pas vécu de très belles et très grandes histoires d'amour mais elle en aura vécu quelques-unes quand même. Elle n'aura pas eu d'enfants mais elle aura au moins essayé... Toutes ces choses que Gabrielle, du haut de ses quinze ans, ne pourra peut-être jamais réaliser. Sauf si elle la retrouve vivante. Elle croit, hélas, de moins en moins à la thèse de la fugue. Le profil de la jeune fille, son milieu social, son parcours... Ça ne colle pas. Et le type avec qui elle aurait quitté la soirée, Abdel Beikrich, a déjà un lourd pedigree. Les stups lui ont remis une fiche sur le bonhomme. Il est jeune mais très précoce, surtout pour les emmerdements et les magouilles. Et comme il est un peu con, il n'a pas pu s'empêcher de faire le malin avec ses jeunes clients. Il a parlé, raconté des trucs, vrais, pas vrais… À part son nom. Elle a demandé qu'on le loge et, vu le phénomène, cela ne devrait pas être très long.

En attendant, elle a décidé d'aller discuter avec Sarah et Marc Cygnac, les voisins de Gabrielle. Elle aurait dû les convoquer mais, fidèle à son habitude, elle préfère rencontrer les protagonistes *in situ*. Ils sont plus à l'aise, ils se confient davantage, se méfient moins… Et Jeanne est curieuse. Elle adore découvrir de nouvelles vies, elle s'en nourrit. Peut-être pour combler le vide sidéral de la sienne. Elle sonne à l'interphone, attend quelques secondes puis entend le déclic caractéristique de l'ouverture électrique. Elle a prévenu qu'elle passerait. *A priori*, ils ne doivent pas recevoir beaucoup de visites puisqu'ils n'ont pas pris la peine de vérifier qui sonnait. En montant dans l'ascenseur, elle se remémore ce que lui ont raconté Hélène et Leila. Ça n'a pas loupé, une fois dans la chambre de leur fille, les langues s'étaient déliées. Même Leila s'était un peu lâchée sur la voisine.

— On la trouvait très sympa… Non, à vrai dire, au tout début, elle a plutôt été étrange. Mais après, Marc, son mari, nous a raconté leur histoire…

Effectivement, les Cygnac traînent un fardeau plutôt lourd. Dans sa carrière, Jeanne avait eu à annoncer des décès d'enfant à des parents. Elle avait vu toutes sortes de réactions. La stupeur, la colère, le déni, le désespoir, parfois tout cela en même temps. Mais aussi, chaque fois, la culpabilité. Même lorsque la cause du décès n'avait rien à voir avec eux. Il y avait toujours, quelque part au fond de leur esprit, ces questions lancinantes : « Qu'aurais-je pu faire pour protéger mon fils ? Et si j'avais fait ci au lieu de ça, est-ce que ma fille serait vivante ? Pourquoi est-ce que je n'étais pas là ? Qu'avais-je donc à faire de plus urgent que de protéger mon enfant ? » Mais dans le cas des Cygnac, la question de leur responsabilité et la réponse qu'elle entraînait inévitablement offraient peu d'échappatoires. Vivre avec ça avait dû et devait encore être un cauchemar. Lorsqu'elle arrive sur le palier, la porte est entrouverte. Elle s'avance puis entend une voix de femme.

— Entrez, commissaire, entrez, je suis dans le salon.

Elle est surprise que Sarah Cygnac ne soit pas venue l'accueillir mais après tout, elle n'est pas une invitée comme les autres. D'ailleurs, elle n'est même pas invitée. Dans le salon se tient une femme d'une quarantaine d'années dans un joli tailleur vert qui fait ressortir ses yeux. Sa fatigue ne cache pas sa stupéfiante beauté. Un instant, Jeanne a l'impression d'une ressemblance troublante, étonnante, avec Gabrielle.

— Je suis désolée, je ne voulais pas venir sur le palier… Nos relations avec les parents de Gabrielle se sont un peu tendues, ces derniers jours. Mais je les comprends, elles sont à fleur de peau, évidemment. On ne peut pas leur en vouloir, n'est-ce pas ? Et… vous avez avancé sur l'enquête ?… Gaby me… nous manque tant.

Jeanne ne répond pas immédiatement, elle observe l'environnement, remarque un jouet d'enfant sur le sol du salon.

— Oui, nous avons des pistes. Enfin, une piste, mais aucune certitude. Vous avez des enfants ?

Sarah Cygnac a un brusque mouvement de tête, comme si elle était agacée par la question.

— Pourquoi ?… Oui, deux, une fille et un garçon. Et cette piste, c'est quoi ? Vous savez quelque chose ?

— Il est trop tôt pour en parler, madame, bien trop tôt. Quelle est la nature de vos relations avec Gabrielle ? Vous êtes proches, je crois.

Sarah a un peu rougi. Jeanne ne sait pas encore si c'est de la gêne ou de la satisfaction.

— Oui, enfin, je pense que l'on peut dire ça. Elle se confiait beaucoup à moi. Nous avons beaucoup d'affection l'une pour l'autre. En tout cas, moi, j'adore cette gamine. Sa disparition m'a anéantie. Il faut la retrouver, vous allez la retrouver, n'est-ce pas ?

La policière semble réfléchir quelques instants, peut-être hésite-t-elle à poser sa question ? Mais cela ne dure que deux ou trois secondes.

— Est-ce que le fait que Gabrielle soit née le même jour que Clémentine, votre fille disparue, pourrait expliquer que vous ayez eu cette si étonnante et si rapide proximité ?

Jeanne observe Sarah Cygnac avec une impressionnante acuité. Mais même sans être attentive, elle n'aurait pas pu ne pas voir le visage de son interlocutrice se décomposer, littéralement. Sarah se lève brusquement et pose ses mains sur son visage. Lorsqu'elle les retire, des larmes perlent à ses yeux.

— Comment osez-vous ? Qui vous a raconté ça ? Vous êtes venue ici pour me rappeler le pire souvenir de ma vie ? Comme si chaque jour je n'y pensais pas moi-même… Si vous aviez la moindre idée de ce que j'ai vécu, vous n'oseriez pas prononcer le prénom de ma fille… Demandez plutôt à la mère de Gabrielle comment elle a pu laisser sombrer sa propre fille de cette façon-là. Comment ont-elles pu être aussi aveugles ! Et maintenant, sortez !

— J'ai encore d'autres petites questions à vous poser, madame Cygnac, je suis désolée…

Mais Sarah s'approche de Jeanne et se met à hurler.

— Je ne veux plus de vos questions, plus une seule, vous m'entendez ? Partez tout de suite. Je ne veux plus vous entendre.

Jeanne s'apprête à insister quand une voix d'homme les interrompt soudain.

— Bonjour, commissaire. Je suis Marc Cygnac, le mari de Sarah. Je suis désolé, je suis un peu en retard, j'étais à mon cabinet. Je suis avocat.

C'est marrant, pense la commissaire, comme les avocats éprouvent toujours cette nécessité de vous dire rapidement qu'ils le sont, surtout quand vous êtes flic. Enfin, là, elle sait pourquoi. Sa femme se précipite sur lui.

— Fais-la partir, chéri, s'il te plaît. Elle… elle a posé des questions sur Clémentine…

L'avocat regarde Jeanne d'un air interrogateur. Jeanne hausse les épaules.

— Je suis dans le cadre d'une enquête sur une disparition inquiétante de mineure, je ne dois rien négliger, maître. Je dois comprendre et connaître l'environnement de Gabrielle, c'est primordial.

— Peut-être, commissaire, mais je crois qu'il serait vraiment préférable que vous partiez. Je me permets d'insister.

— Très bien… La prochaine fois, c'est donc vous qui me rendrez visite. Passez une bonne soirée. Bonsoir, madame.

Lorsque la commissaire Muller quitte l'appartement, elle reste un instant devant la porte fermée. Le bois et le blindage sont épais mais ils ne couvrent pourtant pas les cris et les pleurs de Sarah. On ne se remet jamais de la disparition d'une enfant, pense Jeanne. Et quand cette disparition a quelque chose à voir avec la conduite irresponsable de votre époux, on ose à peine imaginer quel bouleversement cela peut faire naître dans l'esprit d'une mère.

Chapitre 55

Hélène est prostrée dans le canapé du salon. Elle regarde encore et encore les derniers messages que Gabrielle a envoyés… et reçus. Ce sont les policiers qui les lui ont fournis après avoir « craqué » sa boîte mail. Elle relit les mots, les phrases qu'elle a écrites, en majorité à Diane. Ajouté à ce qu'elle a trouvé ce matin dans le tiroir de la commode de la salle de bains… Elle a l'impression de découvrir la vie d'une inconnue, la vie de sa propre fille… Elle regarde une fois encore le dernier mail qu'a écrit Gaby.

> « J'en peux plus, D, ma mère me saoule grave. Et le prof qui a appelé à la maison, en panique, quel con ! Sinon, toujours OK, ce soir, pour la teuf chez toi ? Bien sûr… je dors chez toi. Si ma mère ou Leila appellent, ton frère raconte les conneries habituelles. C'est un gros naze mais c'est vrai que pour faire le daron, il n'est pas si mauvais. Et demain, on dit qu'on bosse toute la journée l'exposé sur… ? On s'en fout, je trouverai bien. »

Elle a vu cette fille, cette Diane, une seule fois. Elle était venue déjeuner à la maison avec Gaby. Elle l'a trouvée très mûre, bien élevée. Une jolie blonde, possédant tous les codes pour rassurer des parents trop naïfs. Comment avaient-elles pu être aussi crédules ? Les deux filles étaient dans la même classe mais des années-lumière de maturité les séparaient. Elle repense aux échanges qu'elle a eus au téléphone avec le frère de Diane, croyant dialoguer avec son père. Comment a-t-elle pu être aussi conne ?

Mais il y avait le grand projet... Celui que le fondateur du cabinet d'architecture Diapason, leur patron, l'immense Karl Von Hepp, voulait gagner à tout prix. L'Arena de Vincennes. Un projet à plus de 450 millions d'euros, une salle de spectacle pharaonique, un dossier qui les a fait rester très tard au bureau, elle et Leila. On accepte toujours mieux les mensonges quand ils vous permettent de gérer vos priorités avec plus de sérénité. Et dire que Sarah savait ! Qu'elle avait tout compris ! Pourquoi ne l'a-t-elle pas alertée avec plus de force, plus de conviction ? Pourquoi n'est-elle pas revenue à la charge ?... Hélène a bien une explication. Surtout depuis qu'elle a trouvé cette lettre. Sarah voulait garder tout ça pour elle, enfin, pour elles... Garder leurs petits secrets, cette insupportable complicité. Celle-là même qu'au début Hélène a trouvée si touchante, qui pouvait peut-être apaiser Sarah, atténuer un peu le drame qui l'a si profondément marquée. Mais elle s'est juste accaparé sa fille. Elle l'a entourée de son indéfectible affection, l'a écoutée sans cesse, a créé des secrets avec elle... Qu'a-t-elle bien pu lui raconter pour tant l'éloigner d'elles ?

Leila entre dans la pièce et va ouvrir les rideaux.

— Tu ne devrais pas rester dans le noir, chérie. Et arrête de relire ces messages… Tu te fais du mal. Les adolescents cachent des choses à leurs parents, c'est normal. Je suis certaine qu'on va bientôt la retrouver, je le sens. Veux-tu qu'on appelle la commissaire Muller pour savoir où ils en sont ? J'ai son portable.

— Pour quoi faire, Leila ? S'ils avaient avancé, appris quelque chose, elle nous aurait contactées, non ? Je pense qu'ils sont paumés, comme nous. Tu veux que je te dise ce que je crois, moi ? Je crois que Sarah nous cache encore des choses. Je n'arrête pas de repenser à cette façon qu'elle avait de toujours excuser Gabrielle, de la protéger, de l'emmener partout, au cinéma, au resto, au théâtre, au musée… En fait, de s'enfermer avec elle. C'est elle qui nous a éloignées de notre fille, Leila, et nous, ça nous arrangeait bien, n'est-ce pas ? Pendant ce temps-là, on pouvait bosser tranquille, pendant que cette femme nous volait notre fille, putain !

Leila vient s'asseoir sur le canapé, à côté d'elle, et entoure ses épaules.

— Calme-toi, tu ne crois pas que tu exagères un peu, non ?

Hélène se dégage des bras de sa compagne.

— Non, pas du tout. Nous aurions dû rester sur ta première impression, avec Sarah… Quand elle pétait les plombs pour rien, ça aurait dû nous alerter. Et si elle était folle ?… Ça peut rendre fou quand ça vous arrive, un truc pareil… Regarde-nous ! Peut-être qu'elle nous dit n'importe quoi, qu'elle en sait bien plus que ce qu'elle veut bien raconter !…

— Qu'est-ce que tu veux dire, Hélène ?

— Tu sais très bien ce que je veux dire… Et puis… Et puis, merde, regarde ça !

Elle tend à Leila une enveloppe sur lequel le prénom de leur fille est écrit en lettres minuscules.

— J'ai trouvé cette lettre tout à l'heure, planquée dans un tiroir de sa salle de bains. Regarde ce que Sarah lui a écrit. Non, mais regarde ! Et dis-moi si c'est normal !

Leila parcourt la lettre puis, la reposant sur la table basse, elle prend son téléphone et compose un numéro.

— Qu'est-ce que tu fais ?

— J'appelle la commissaire Muller.

Chapitre 56

Abdel Beikrich est assis dans le bureau de Jeanne. Il a fallu moins de douze heures à la BRI pour mettre la main sur lui. Il prenait tranquillement un café dans son repaire, un petit bar du IXe arrondissement. Il n'a pas l'air très inquiet. Pas encore. Et puis il a l'habitude de ce genre d'interrogatoire. Une bien trop grande habitude.

— J'ai rien fait, madame. Pourquoi ils m'ont embarqué, vos potes ?

— Si vous saviez le nombre de gens qui n'ont rien fait et qui, pourtant, se retrouvent dans ce bureau. C'est tout simplement dingue ! Et puis, vraiment, vous n'avez rien fait ? J'ai votre casier sous les yeux et je pense pouvoir affirmer qu'à vingt-deux ans, vous avez déjà accompli pas mal de choses.

Abdel Beikrich se balance d'avant en arrière sur sa chaise.

— C'est des vieux trucs, ça, madame, je suis rangé maintenant. Je me suis calmé, c'est la vérité ! C'est fini, les conneries, je touche plus à ça. Je cherche du travail et tout…

— Et tu en cherches quand, du travail ? Le vendredi soir, en allant dans des soirées d'étudiants pleins aux as ? Chez Diane et Boris Davidoff, par exemple ? C'est drôle, parce que je suis presque certaine que leur appartement ne ressemble pas du tout à une agence Pôle Emploi.

Quand elle a prononcé le nom de Boris, elle a vu les sourcils d'Abdel se froncer.

— Je sais pas qui c'est, moi, ces gens. C'est n'importe quoi !

— OK, mais je préfère te dire que j'ai quinze personnes qui sont prêtes à affirmer que tu étais présent à cette soirée… Et au moins trois qui t'ont vu repartir à cinq heures du matin, avec Gabrielle Lancôme. Une jolie jeune fille. Très, très jolie et très, très mineure… Tu vois de qui je veux parler ?

Il y a probablement une sorte de tempête dans la tête de son interlocuteur. Il doit être en train d'essayer de trouver les portes de sortie qui lui permettraient de s'extraire de cette situation. Mais quinze témoins, ça fait quand même beaucoup. Il frotte sa barbe de trois jours puis se lance.

— OK, c'est bon, j'y étais. Mais j'étais invité, quoi. J'ai le droit d'aller à des soirées, non ?

— Écoute, pour l'instant, je me fous de savoir ce que tu faisais là-bas, même si j'ai bien une petite idée… Moi, ce qui m'intéresse, c'est ce que tu as fait après la soirée, avec Gabrielle.

— Rien, elle était complètement défoncée… Je dis pas que j'ai pas essayé mais franchement, je vous jure, je savais pas qu'elle était mineure. Parce que ça se voyait vraiment pas. Bon, elle a quand même réussi à me donner son adresse et puis je l'ai déposée juste devant chez elle. J'ai attendu qu'elle rentre dans l'immeuble et je suis retourné chez moi. Voilà, fin de l'histoire.

— T'es un vrai gentleman, en fait, Abdel… Et du coup, je m'en voudrais de te renvoyer tout de suite chez toi, sans t'offrir mon hospitalité. Donc, je vais te placer un peu en garde à vue, histoire de vérifier tout ça. Parce que, figure-toi que la petite Gabrielle, elle n'est jamais rentrée chez elle…

Quand ses collègues raccompagnent le dealer dans sa cellule, elle l'entend gueuler et insulter tout le monde dans le couloir. Il a bien vite repris ses mauvaises habitudes, le gentleman… Elle le reverra, dans quelques heures. Elle a encore un tas de choses à lui demander. Elle regarde son portable, la petite icône de sa messagerie indique que Leila Mallet a essayé de la joindre. Elle écoute le message, raccroche, prend son manteau et quitte son bureau en oubliant ses cigarettes.

Chapitre 57

Je suis assise dos à la porte. Je sens encore ce petit courant d'air frais qui m'indique qu'elle est ouverte. Pas longtemps, on la referme aussitôt. J'ai toujours soif et faim. Et j'ai cette envie formidable, odieuse, de prendre de la coke. Chaque fois qu'on avait un coup de mou avec Diane, chaque fois que je me sentais si mal en regardant ce que j'étais en train de faire de ma vie, elle sortait son petit étui en argent massif.

— Cadeau de ma belle-mère, je suis sûre qu'elle a le même. Et qu'elle s'en sert exactement pour la même chose que nous…

Et on se faisait une ligne, puis deux, puis trois et plus rien ne semblait compliqué. Ma vie était incroyable, riche, je me sentais forte, invincible. Je suis devenue accro à cette merde à une vitesse prodigieuse. Avec ça, tu peux boire trop, pas grave, tu sniffes un coup et tu repars. Plus de fatigue, plus rien, juste du fun. Et là, maintenant, je me dis que si j'en prenais, je pourrais trouver une solution. Me sortir de ce piège.

De nouveau, cette main qui se pose sur mes épaules puis me caresse le visage, le dos, les cheveux, comme un rituel. On m'ôte mon bâillon. Bien sûr, je ne crie pas, j'ai retenu la leçon. Je sens quelque chose sur mes lèvres, ça sent bon, tout à coup. Ça sent le pain de mie, ça sent le Nutella… Mon ventre gargouille, j'ouvre la bouche et j'engloutis la première bouchée. Jamais je n'aurais pensé trouver si bon un truc aussi simple. Évidemment, j'aime bien le Nutella, mais pas de malade non plus. Pourtant, j'avale toute la tartine en un temps record. J'ai encore faim. On approche de mes lèvres une deuxième portion, je la dévore aussi vite que la première. Je crois qu'on pourrait m'en tendre encore et encore, je les mangerais toutes. Mais ça s'arrête. On approche alors le goulot d'une bouteille. J'ai encore plus envie de boire depuis que j'ai bouffé toute cette foutue pâte à tartiner pleine de sucre. Pourtant, je détourne légèrement la tête, tout doucement. J'ai envie de parler, j'ai envie de dire quelque chose à mon ravisseur. Je crois que ça fait trois jours que je suis là, je n'en suis pas certaine mais je pense que c'est ça. À quoi va donc ressembler ma voix ?…

— Qu'est-ce que vous voulez ? Pourquoi vous me faites ça ?

Au début, ça ressemblait un peu à un croassement mais je crois que c'était compréhensible. J'attends une réponse qui ne vient pas.

— C'est toi, Boris ?… Donatien ?… Vous me faites une blague bien lourde, un de vos trucs à la con, c'est ça ?… Mais répondez, merde !

Ma voix se brise et je pleure. Simplement, comme une enfant. La fatigue, le stress, la peur, le manque, l'absence de ma mère, c'est tout ça que je pleure. À grosses et chaudes larmes.

— Chut, chut…

— Mais c'est tout ce que vous savez dire, je ne veux pas de vos chut ! Je veux que vous me répondiez… Qu'est-ce que vous me voulez ?

J'ai presque failli crier et tout à coup, j'ai peur, mon corps se raidit dans l'attente de la décharge électrique… Qui ne vient pas. Au lieu de ça, on me recolle le goulot de la bouteille sur les lèvres. Cette fois en insistant un peu plus. Je sais très bien que si je bois ça, je vais de nouveau sombrer. Qui sait ce qu'ils peuvent me faire quand je suis inconsciente, à leur merci. J'ai vu des trucs sur Internet, j'ai lu des tas d'histoires sur des filles enlevées, droguées, prostituées… Deux fois déjà, je me suis réveillée entravée ici. Mais changée et, je crois, lavée. Je n'ai rien ressenti de particulier et je n'ai pas l'impression que l'on m'ait fait subir quoi que ce soit, mais en suis-je vraiment certaine ? De toute façon, je n'ai pas le choix et ma soif est incontrôlable. Je veux sentir ce putain de liquide couler dans tout mon corps, inonder ma bouche, mon ventre. Empoisonnée ou pas ! Alors j'ouvre grand mes lèvres et je bois, sans pouvoir m'arrêter.

Chapitre 58

— Et vous avez trouvé cette lettre à quel endroit ?

Jeanne Muller s'est rendue chez Hélène Lancôme le plus vite possible. Elle s'est quand même arrêtée en chemin dans un tabac, se maudissant d'avoir oublié ses cigarettes. Il fallait vraiment que la belle-mère de Gabrielle lui ait donné envie d'en savoir plus pour que cela lui arrive. En général, la première chose qu'elle vérifie en quittant un endroit, c'est où se trouvent ses clopes et son briquet.

— C'était dans le tiroir de la commode de la salle de bains de Gaby. Elle avait glissé à l'arrière entre le tiroir et le fond du meuble…

— Sacré coup de chance… Vous cherchiez quoi, au fait ?

Hélène regarde Leila, qui lui fait un signe d'encouragement de la tête.

— Eh bien… Après avoir lu ses mails, après ce que vous nous avez dit sur son lycée, je cherchais, je ne sais pas, moi, de l'argent liquide, de la drogue… Quelque chose qui pourrait expliquer sa disparition.

— Et… ?

— Rien, je n'ai rien trouvé, rien du tout.

— C'est plutôt bon signe. Si elle a décidé de partir de son plein gré, il est probable qu'elle ait emporté ça avec elle. Enfin, si elle en avait…

Malgré l'audition du dealer, Jeanne n'a pas complètement écarté la possibilité d'une fugue. Après tout, il est possible que Gabrielle soit finalement repartie de chez elle le matin même, en taxi. Elle n'était peut-être pas si « défoncée » que ça. Peut-être que le faire croire a été le seul moyen qu'elle ait trouvé pour échapper aux avances de son chevalier servant… Pourtant, en lisant de nouveau le courrier envoyé à Gabrielle par sa voisine, Jeanne ressent un malaise profond. Un malaise qui se transforme très vite en inquiétude. Il y a des mots étranges dans cette lettre, des mots trop forts, trop lourds…

> « Ma petite Gabrielle chérie, tu dois me dire la vérité… Je sais que tu me caches des choses… Je dois savoir ce que tu vas faire… Je ne supporterai pas de te perdre… J'ai déjà tellement souffert… Mais cette fois, je saurai te protéger, je te le jure… Tu dois me croire… Personne d'autre que moi ne le pourra… Si tu ne me dis rien, je ne pourrai rien faire… Je ne peux pas te laisser sombrer, jamais… Si tu disparaissais, je pourrais mourir… Donne-moi ta main, Gaby, je ne la lâcherai pas, je te le jure. Je t'emmènerai, si tu le souhaites, nous pourrions aller où tu veux, ensemble… Nous serions heureuses, j'en fais le serment… Viens me voir, Gaby, viens me parler, viens te confier à moi… Je t'en supplie, mon amour… »

Brusquement, Leila se met debout, elle lève les bras, secoue la tête puis se ressert un café.

— Bon, commissaire, qu'est-ce que vous comptez faire ? Cette femme est folle, ça crève les yeux, vous avez vu, vous avez lu ! « Nous pourrions aller où tu veux »... Imaginez un instant que Gabrielle ait pris ça au sérieux. À son âge, dans son état, qui sait ce qui a pu lui passer par la tête... Et si ce n'est pas vous qui faites quelque chose, je vous promets que moi, j'irai lui demander des explications, à cette cinglée !

Jeanne se lève à son tour. Elle n'aime pas s'adresser à un interlocuteur qui la domine. Elle regarde la compagne d'Hélène droit dans les yeux puis essaie de trouver le ton juste pour lui répondre. Un mélange de fermeté et de bienveillance.

— Je ne sais pas si elle est cinglée ou juste désespérément malheureuse... Et, oui, certes cette lettre est pour le moins inappropriée. Mais par pitié, n'intervenez pas, laissez-moi faire. J'ai placé en garde à vue une personne qui a rencontré votre fille le soir de sa disparition. Sans doute la dernière personne à l'avoir croisée. Je dois l'interroger de nouveau, tout à l'heure. Donnez-moi un tout petit peu de temps et je vous promets d'aller voir Sarah Cygnac pour lui demander des explications. Mais si vous allez lui parler maintenant, elle pourrait très bien faire disparaître des éléments essentiels à la découverte de votre fille.

Hélène s'agite et quitte le canapé du salon. Elle tente en vain de conserver son calme.

— Comment ça, la dernière personne à avoir vu Gabrielle ? Où est-elle ? Je veux lui parler. Et à quel endroit, à quelle heure, quand, elle faisait quoi ? Nous avons le droit de savoir.

— Écoutez, elle allait bien, c'est tout ce qui importe… C'était vendredi soir… Encore quelques heures et je vous en dirai plus. J'ai besoin de vérifier certaines choses. Nous progressons, c'est le principal. Je vous le répète, ne faites rien pour l'instant, je vous en conjure.

Jeanne regarde sa montre et reprend son manteau. Hélène s'est rassise et fait de gros efforts pour ne pas exploser. Lorsque Leila raccompagne la commissaire à la porte, elle ne peut s'empêcher de la retenir un instant.

— Tout à l'heure, vous avez dit que vous ne saviez pas si Sarah était folle ou simplement malheureuse… Vous savez ce qu'a écrit Emil Cioran à ce sujet ?

— Sans doute quelque chose de pas très gai…

— Non, pas très, mais de très juste. Il a dit : « La folie n'est peut-être qu'un chagrin qui n'évolue plus »… Revenez vite, commissaire, Hélène est à bout.

En remontant dans sa voiture, Jeanne allume une cigarette et se dit que, peut-être, elle devrait lire Cioran. Elle appelle son bureau.

— Oui, c'est moi, je vais revenir. Faites-moi remonter Beikrich… Au fait, il a demandé à voir un avocat ?… Très bien. J'arrive.

Le dealer ne veut pas d'avocat. Ça ne veut rien dire mais c'est toujours plus simple. Enfin, plus simple, on a surtout les mains plus libres pour faire monter la pression. Et elle sent que si elle veut tirer tout le potentiel de son « témoin clé », il va falloir lui mettre une très grosse pression. Mais avec ce qu'elle sait sur lui, les témoignages des gamins, cela ne devrait pas être trop compliqué. Elle démarre en trombe, manquant d'écraser un petit chien dont la maîtresse pousse des cris outragés. Pardon, madame, pense-t-elle, mais moi j'essaie de sauver des êtres humains, alors si, pour ça, il faut sacrifier un clebs moche, je n'hésiterai pas. Elle abaisse sa vitre et se fend tout de même d'un petit signe d'excuse avant d'appuyer à fond sur l'accélérateur et de s'éloigner à toute allure en jouissant du bruit infernal de son V8 Ferrari.

Chapitre 59

Donatien de La Chartrie n'a effectivement pas très bien dormi ces derniers jours. Il sait que cette maudite flic ne va pas le lâcher et que, dès qu'elle le pourra, elle ira rechercher ces deux petites connes, Adélaïde et Jessica… Et là, ils pourraient très bien être dans la merde. Lui et Boris. Il savait pourtant que ce n'était pas une bonne idée de jouer avec ces filles mais une fois de plus, il s'était laissé entraîner dans les petits jeux bien sordides de son meilleur – ou pire ? – copain. Le père de Boris possédait un studio pas très loin de leur appartement, une sorte de garçonnière dans laquelle il emmenait ses conquêtes d'un jour. Les deux filles n'avaient pas été difficiles à convaincre, elles étaient raides dingues de lui et Boris les intriguait beaucoup.

— Allez, venez, on va se faire un trip sympa dans le studio, j'ai des ecstas et Boris a fait le plein de coke. On va passer le week-end à se mater des films sur Netflix et à se marrer. Allez, les filles, dites oui.

Pour les parents, elles avaient prétendu qu'elles partaient toutes les deux dans la maison de campagne d'Adélaïde pour bosser sur un exposé. Une heure et demie de train et un kilomètre de marche, ce n'est pas grand-chose pour deux filles de seize ans. Elles avaient débarqué le vendredi soir, maquillées et fringuées à mort. C'est Donatien qui leur avait ouvert la porte.

— Eh ben, les filles, si vous êtes parties de chez vous comme ça, ça m'étonnerait beaucoup que vos vieux pensent que vous allez bosser. À part dans un hôtel…

— On s'est changées au McDo, tu aurais vu la gueule des mecs quand on est ressorties des toilettes.

— C'est vrai que vous êtes magnifiques. Et maintenant… champagne !

La première soirée avait été sympa, ils avaient fumé, pris des ecstas, beaucoup picolé et mangé du caviar. Boris en avait toujours un stock phénoménal, il mangeait ça comme si c'était du Nutella, à la petite cuillère. Les nanas avaient beaucoup rigolé et puis il avait couché avec Adélaïde pendant que Boris s'occupait de Jessica. Une soirée presque normale. C'est le lendemain que les choses avaient commencé à mal tourner. Donatien l'avait vu dans le regard de Boris, il avait vu cette petite lueur malsaine qui annonçait toujours chez lui des dérapages incontrôlés. Ensuite… Ils avaient pris beaucoup de drogues et puis ils avaient commencé à demander des choses aux deux gamines. Des choses qu'elles avaient d'abord refusé de faire. Mais Boris avait su se montrer très convaincant… Donatien se souvenait parfaitement des pleurs et des supplications de Jessica, des cris d'Adélaïde. Mais rien n'avait pu les arrêter, ils avaient passé le week-end à assouvir leurs fantasmes. Le dimanche soir, ils avaient montré les films aux filles. Sur l'iPhone de Boris, on les reconnaissait parfaitement…

— Si vous voulez que tout ça reste entre nous, ça serait bien de ne pas trop parler de notre petit week-end à vos copines ni, bien sûr, à vos parents… On est bien d'accord ?

Il avait vu de la haine dans les yeux des filles, de la haine, mais aussi de la peur et de la honte. Et c'étaient cette peur et cette honte qui allaient garantir leur silence. Mais si demain une flic un peu insistante venait leur reparler de cette histoire, venait leur dire qu'elles devaient porter plainte, elles ne tiendraient pas très longtemps, et là… Donatien réfléchit déjà à la manière de charger à mort Boris mais il sait que les deux filles ne lui pardonneront rien. Il accélère le pas, il sera arrivé chez lui dans cinq minutes à peine, il est lessivé, il ne rêve que d'une chose, dormir. Il va prendre des somnifères et pioncer comme un bébé. Après il aura peut-être les idées plus claires. Et peut-être qu'il pourra aussi appeler les filles pour essayer de renouer le contact…

Il n'a plus que quelques mètres à parcourir, plus qu'une rue à traverser. Il est perdu dans ses pensées, dans ses angoisses, il ne voit pas la petite voiture qui vient d'accélérer soudainement au moment où il est sur la chaussée. Le choc est d'une violence inouïe, Donatien est projeté dans les airs comme une poupée de chiffon et lorsque son corps retombe à une dizaine de mètres du point d'impact, son cœur a déjà cessé de battre. La boulangère pousse un cri, elle sort et se précipite vers le jeune homme. Un filet de sang s'écoule lentement de sa bouche et une tache écarlate commence à grandir autour de sa tête, comme l'auréole maudite d'un ange déchu. Puis d'autres passants s'approchent. L'un d'eux, un homme d'une soixantaine d'années, prend les autres à témoin.

— J'ai vu la voiture, on aurait dit que le conducteur l'a fait exprès, d'ailleurs il ne s'est pas arrêté. Il faut prévenir la police.

— Et vous avez vu sa plaque ? demande la boulangère.

L'homme secoue tristement la tête.

— Non, hélas, mais le conducteur… J'ai eu l'impression qu'il s'agissait d'une femme. J'en suis presque certain. C'était une femme !

Chapitre 60

Abdel Beikrich est assis en face d'elle. Il a l'air plus inquiet qu'à la première audition. Il faut dire qu'être le dernier à avoir vu vivante une gamine ivre, laissée à cinq heures du matin au pied de chez elle, ce n'est pas un début d'histoire formidable pour un type avec un casier long comme la shopping list de Kim Kardashian en pleine fashion week.

— Mais j'ai rien fait, je vous dis. Je l'ai juste déposée et je me suis barré chez moi, tranquille. J'ai pas touché à la petite. Et quand je l'ai laissée, elle était bien... Enfin, un peu stone, mais bien, elle m'a même dit merci, je vous jure.

— Ouais... T'es mal quand même, là, Abdel. Ton histoire de chevalier qui ramène la petite princesse chez elle et qui repart dans son carrosse, moi, j'y crois pas. Mais alors le procureur, lui, il va carrément se marrer. À vue de nez, ça sent la mise en examen, l'instruction rapide et puis une vague odeur de cour d'assises. On rigole plus, mon petit bonhomme, tu vas jouer chez les grands. T'as de la chance, je connais de très bons avocats. Mais j'espère que tu as fait des économies parce qu'ils sont un peu chéros.

Le dealer remue de plus en plus sur sa chaise. Ses yeux s'agitent de droite à gauche et il frotte ses mains l'une contre l'autre.

— Mais de quoi vous parlez, madame, quelles assises ? Je suis innocent, je vous dis, je lui ai rien fait, à cette meuf.

— Je ne sais pas, moi, à cette heure-là, il n'y avait personne pour le dire… Peut-être que tu as été plus insistant que tu ne le dis, peut-être qu'elle a résisté, que tu t'es énervé. Un mauvais geste, ça arrive vite et les filles, tu sais, c'est fragile. Tu ne te souviens vraiment pas d'une histoire comme celle-là ?

Il semble réfléchir et, soudain, son visage s'illumine. Il se met même à sourire.

— Commissaire, je me souviens, maintenant. Quand vous avez dit : « Y avait personne » et tout. Ben, justement, si, y avait quelqu'un ! Quand elle est rentrée dans l'immeuble, là, la lumière s'est allumée et je crois bien que j'ai vu quelqu'un dans le hall avec elle.

— Tu crois ou t'es sûr ? C'était qui, ce quelqu'un, tu peux le décrire ?

— Ben, je l'ai vu vite fait… C'était une nana, je crois bien, mais la petite nana était devant elle, j'ai pas vu son visage ni rien mais, si, je suis sûr qu'il y avait une femme. Vous avez qu'à demander aux gens de l'immeuble, c'est votre job, ça, non ?

Jeanne réfléchit, il a l'air sincère mais elle sait bien qu'il ne faut pas croire ce que disent les dealers. Il a senti le vent du boulet et il est sûrement prêt à raconter n'importe quoi pour échapper à la mise en examen.

— Mouais… Tu ne te souviens vraiment pas de sa tête ? Ça m'aiderait un peu à faire mon job, comme tu dis.

Elle regarde Beikrich se concentrer et ça lui donne envie de rire. La dernière fois qu'il a essayé de se souvenir de quelque chose aussi fort, ça devait être au collège, en cours de maths. Et puis soudain, le déclic.

— Non, madame, je me souviens pas de sa tête mais je sais que la nana, elle a tendu les bras, genre pour l'accueillir ou un truc comme ça, et que la gamine, elle l'a suivie. Elles se connaissaient, ça, c'est sûr.

— Tu crois que tu saurais la reconnaître si tu la voyais ?

— Ben, ouais, je sais pas... Comme je vous disais, je l'ai pas vraiment bien vue, alors... Mais je veux bien essayer.

— OK, bon, ben, tu vas retourner un peu au calme en attendant... Mais on avance, Beikrich, on avance, c'est bien !

Le visage de son « invité » s'est assombri, la perspective de retourner en cellule de garde à vue ne l'enchante pas mais il a compris que s'il y en a une qui peut le tirer d'affaire, c'est la commissaire. Alors il ne bronche pas. En le regardant partir, Jeanne se dit qu'il est bien capable d'inventer toute cette histoire. Ce *deus ex machina* venu accueillir Gabrielle au petit matin lui semble bien improbable. Alors elle repense à la lettre que Sarah Cygnac a écrite pour la jeune fille et elle décroche son téléphone.

— Oui, c'est la commissaire Muller. Je pars en perquise. Il me faut deux gars et une voiture... Ben non, tout de suite !... Démerdez-vous !

Elle raccroche, se lève, enfile son manteau et vérifie que ses clopes sont bien dans sa poche. Elle ressent cette excitation caractéristique, celle qui la saisit chaque fois qu'elle est sur le point de faire une avancée importante dans une de ses enquêtes. Pourtant, après le fiasco du Cercle, elle sait qu'il va falloir que son intuition soit confortée par du concret. Elle appellera le juge des libertés dans la voiture, elle le connaît bien. C'est un des rares amis qui lui restent encore dans la maison. Et elle a désormais suffisamment d'éléments pour le convaincre de l'utilité de cette perquisition. Il l'autorisera à l'effectuer. Même sans l'accord de Mme Cygnac. Un accord que, au vu de leur dernier entretien, elle n'est vraiment pas certaine d'obtenir.

Chapitre 61

— Je veux appeler mon mari !

Sarah est assise dans le canapé du salon, elle regarde, incrédule, la commissaire Jeanne Muller et les deux officiers de police qui l'accompagnent.

— J'ai bien peur que ce ne soit pas possible, madame. Il est dix-sept heures et nous allons commencer la perquisition dans le cadre de l'enquête sur la disparition de Gabrielle Hardy-Lancôme. Y a-t-il d'autres personnes présentes dans l'appartement ?

Sarah semble complètement perdue.

— Je... Non, non, les enfants sont chez leurs grands-parents et mon mari est à son bureau... Mais pourquoi vous voulez faire ça ?... Je n'ai rien à voir avec la disparition de Gaby... C'est absurde !

— Ça, c'est justement ce que nous cherchons à savoir, madame Cygnac. Vous êtes certaine que vous n'avez rien à me dire sur Gabrielle avant que nous commencions ?

Sarah secoue lentement la tête de droite à gauche.

— Bon, messieurs, faites votre job. Madame, venez avec moi, vous allez nous indiquer le chemin. On va commencer par votre chambre.

Arrivée dans la pièce, Jeanne Muller observe attentivement le visage de la femme pendant que les deux flics commencent à fouiller les meubles, le bureau, la commode et la petite bibliothèque dans laquelle se trouvent des dizaines d'ouvrages de psychologie et de droit. Lorsque l'un des deux hommes s'approche de ces livres, Jeanne constate que les traits de Sarah Cygnac se figent soudain.

— Vous avez quelque chose à nous dire, madame ?

— Ne touchez pas à ces livres, ils sont à mon mari… Il est avocat, vous n'avez pas le droit.

Jeanne s'approche de la bibliothèque et observe les rayonnages. Elle retire un à un les bouquins lorsque son attention est attirée par un petit carnet à couverture de moleskine rouge écarlate. Elle s'en empare et le brandit vers le visage devenu blême de Sarah.

— S'il vous plaît, ne touchez pas à ce carnet… C'est à moi. Par pitié, laissez-moi, maintenant, allez-vous-en…

La commissaire ne répond pas. Elle feuillette le carnet sur les pages duquel l'écriture ronde et fine de Mme Cygnac s'étale en longues phrases ponctuées de points d'exclamation et de pointillés fragiles. Elle soupire en le refermant.

— Madame, préparez quelques affaires, vous allez venir avec nous. Vous allez pouvoir contacter votre mari. Et il est fort probable que vous ayez besoin qu'il vous envoie un de ses confrères…

Des larmes coulent lentement sur le visage de Sarah. Elle prend une petite valise et y entasse à la va-vite quelques affaires de rechange et sa trousse de toilette. Alors que la commissaire Muller replace un des livres qu'elle a ôtés de la bibliothèque, une carte plastifiée s'échappe des pages et tombe sur le sol. Jeanne la ramasse et la retourne.

— C'est à vous, cette carte ?

Sarah regarde l'objet et fait non de la tête.

— Ça doit être à Marc. Enfin, je suppose, c'était dans un de ses livres, non ?

— Je lui poserai la question… C'est un joueur, votre mari ?

— Comment ça ?

— Il joue ?… Au casino, dans des cercles de jeu, il fait des parties de poker ?

— Il a joué, oui, beaucoup. Après… après la disparition de notre fille, nous avons traversé une période très difficile. Mais c'est fini à présent… Pourquoi m'emmenez-vous ? Vous savez, ce qu'il y a d'écrit dans ce carnet… c'est une sorte d'exutoire. Ce que je pense, ce que j'ai en moi. J'ai besoin de l'écrire. Mais ce ne sont que des mots.

— Nous verrons ça. Je vais vous placer en garde à vue à partir de maintenant. (Elle regarde sa montre.) Il est dix-huit heures quinze. Vous pouvez appeler votre époux. Et si vous désirez être assistée d'un avocat, c'est le moment d'en trouver un.

Sarah saisit son téléphone portable et tente de joindre Marc. Elle tombe sur son répondeur.

— Marc, c'est moi… La police est venue, je suis placée en garde à vue… Je ne comprends rien. Ils vont m'emmener. Qu'est-ce que tu fais ? J'ai besoin de toi. Rappelle-moi vite.

Les deux femmes sont assises dans le salon pendant que les policiers finissent de fouiller l'appartement. Le téléphone de Sarah se met à sonner. Elle s'apprête à décrocher lorsque Jeanne lui retient le bras.

— Qui est-ce ?

— Marc… Je peux ?

— Oui, allez-y, mais soyez brève.

Sarah décroche.

— Oui… Oui… D'accord… En face de moi. D'accord.

Elle tend le téléphone à la commissaire.

— Oui, bonjour, maître… Calmez-vous. Pour l'instant, votre épouse est en garde à vue, nous allons l'emmener dans nos locaux. Je vous conseille de lui trouver un bon avocat… Voilà, c'est ça. Au revoir.

Elle se tourne vers Sarah et lui rend son téléphone.

— Alors, vous n'avez toujours rien à me dire à propos de Gabrielle ?

— Non, je ne sais rien et je ne vous dirai plus rien. Marc m'a conseillé de me taire. Il n'est pas à Paris aujourd'hui. Il va m'envoyer un de ses confrères.

— Comme vous voudrez. Mais il faudra bien que vous m'expliquiez… ça.

Elle tend le carnet rouge vers elle et l'agite sous son nez. Sarah regarde ailleurs et se mure dans un silence obtus. Au bout de trente minutes, les deux policiers reviennent dans la grande pièce. L'un d'eux tient dans la main une écharpe de laine grise.

— On a trouvé ça dans la chambre du fils. Il y a le nom de la gamine dessus, là, sur l'étiquette.

— Très bien, nous verrons si elle la portait ou pas le soir de sa disparition. Madame Cygnac, vous pouvez nous expliquer la présence de cet objet chez vous ?

Sarah regarde la commissaire sans répondre.

— Très bien, messieurs, on y va. Je suis certaine que quelques heures de réflexion dans nos murs aideront cette femme à retrouver la mémoire.

Lorsqu'ils sortent de l'appartement, Sarah est entourée par les deux policiers en uniforme. La porte d'en face s'ouvre soudain et Hélène Lancôme se précipite sur eux.

— C'est elle, c'est ça ? Qu'est-ce que tu as fait de ma fille ? Où est-elle ? Dis-le-moi !

Jeanne Muller écarte la voisine et fait signe au policier de descendre. Elle raccompagne Hélène dans son appartement.

— Je la place en garde à vue, vous ne devez pas intervenir. Soyez patiente, nous avançons à grands pas.

— Vous avancez ? Ah bon ? Et ma fille, où est-elle ? Ma petite fille…

— Nous ne le savons pas encore mais nous allons interroger Mme Cygnac et je suis sûre que nous allons apprendre de nouvelles informations. Faites-moi confiance.

— Je vous en prie, faite vite, commissaire, vous devez la retrouver. J'ai si peur…

En rejoignant ses hommes dans la voiture de police, la commissaire Muller se demande si elle mérite vraiment la confiance qu'elle a demandée à la mère de Gabrielle. Chaque heure, chaque minute qui passe, elle le sait, rendent plus ténues les chances de retrouver sa fille. Et entre un dealer au lourd passé et une femme marquée au plus profond de sa chair et de son esprit, elle n'est pas certaine d'avoir découvert entre quelles mains avides de sentiments et de pulsions trop fortes la pauvre gamine a pu tomber. Ni laquelle de ces deux options vaut mieux pour elle.

Chapitre 62

Hier soir ou ce matin, je ne sais plus, on est encore venu me voir. Le temps s'efface si vite entre l'angoisse et cette eau qui m'endort si rapidement… Je ne sais pas depuis combien de temps je suis là. D'ailleurs, je ne sais même pas où je suis. Je ne supporte plus ce bandeau sur mes yeux, j'ai l'impression qu'il me brûle. J'ai l'impression que tout mon corps me brûle. Je suis pourtant lavée, changée chaque jour, pendant mes périodes d'inconscience. Je sens cette insupportable odeur de lingette pour enfant, ça suinte par tous les pores de ma peau, cette saloperie saveur vanille ou un truc écœurant comme ça. Je pleure moins, sans doute parce que je suis trop épuisée ou déjà résignée. La dernière visite a été plus longue que d'habitude, la personne est restée derrière moi comme toujours, elle m'a nourrie mais ne m'a pas tendu la bouteille tout de suite.

Elle a caressé mes cheveux, mes épaules et puis elle a posé un baiser sur mes joues, puis un autre. J'ai eu peur, peur que ça aille plus loin. Les histoires épouvantables de filles enlevées, violées, torturées sont revenues à toute allure me percuter le cerveau. J'ai dit tout doucement :

— Non, s'il vous plaît, arrêtez, je ne veux pas...

Il s'est arrêté presque tout de suite. Puis de nouveau sa main a caressé mes épaules, mon visage, pendant d'interminables minutes. Ma mère me manque, Leila me manque, Sarah aussi et même Marie avec ses affreuses poupées et ses gâteaux. Je voudrais redevenir cette jeune nana presque insouciante qui a débarqué l'automne dernier, dans ce bel appartement, pleine d'illusions et de rêves. Je ne veux pas être cette junkie totalement désabusée, cette pauvre fille attachée, incapable de se nourrir et de se laver seule, qui se laisse caresser les cheveux contre des tartines de Nutella et de l'eau bourrée de somnifères. J'aurais dû écouter Sarah, pas Diane... Putain, il faut que j'arrête avec ça, avec mes « J'aurais dû », la seule question valable est : qu'est-ce que je vais faire pour me sortir de ce cauchemar ? Parce que, oui, Sarah m'avait dit de venir lui parler, de lui dire ce qui se passait dans ma vie. Elle avait tellement insisté, alors je l'ai fait, un peu, au début. Mais bon, j'avais honte pour l'histoire de Donatien. Et je ne pouvais pas tout lui raconter non plus, elle aurait pété les plombs, c'est sûr.

J'ai encore essayé de parler avec mon ravisseur. Il paraît qu'il faut leur parler, qu'il faut s'humaniser pour bien montrer qu'on n'est pas un objet, qu'on n'est pas leur chose. Enfin, c'est ce que j'ai lu sur Internet en allant me perdre sur les sites des fans de serial killers.

— Qu'est-ce que vous me voulez ? S'il vous plaît, j'ai peur, dites-moi quelque chose. Dites-moi ce que vous attendez de moi... Mes parents ont de l'argent, si vous en voulez. Je ne dirai rien à personne, promis. Laissez-moi partir, rentrer chez moi… S'il vous plaît.

J'ai dit ça tout doucement mais je n'ai pas pu m'empêcher de pleurer, à la fin. Pendant quelques secondes, j'ai cru que la personne allait me répondre, enfin me dire quelque chose. J'ai presque senti son hésitation et puis…

— Chut, chuut…

Le seul bruit humain que j'aie entendu depuis des jours, c'est ces putains de « chut » ! Si je m'en sors, je jure de tuer la première personne qui me dira ça. Après, j'ai bu de l'eau et j'ai sombré. Pourtant, il y a une chose qui me maintient, une chose sur laquelle je suis concentrée depuis le début. J'ai vu ça sur Internet, encore. C'était comme d'hab' un site de tarés « post-apocalyptique warrior krav maga » qui vous disait comment vous défaire de vos liens au cas où vous seriez enlevé, puis séquestré et entravé. Un truc dont je pensais n'avoir jamais besoin, dont personne ne pense avoir réellement besoin. Depuis le premier jour, chaque fois que je suis consciente, je fais des petits mouvements circulaires débiles, pendant des heures, pour tenter de détendre mes liens. Et, depuis quelque temps, je sens que ça marche, pour de vrai. Les petits cercles sont de plus en plus grands. Les cordelettes se distendent et moi, j'espère. Comme une dingue ! Je prie n'importe quel dieu de n'importe quelle religion pour que je puisse enfin arracher ce bâillon et ce bandeau qui me privent du monde. Et surtout pour que mes ravisseurs ne se rendent pas compte que mes liens deviennent, chaque jour, de plus en plus lâches. Parmi tous mes cauchemars quotidiens, le pire est celui dans lequel je me réveille pendant que l'on me masse les épaules, de plus en plus fort. Je me réveille et je m'aperçois que mes liens sont de nouveau serrés, à me couper la circulation, à mort. Et alors que je m'agite sur ma chaise de torture et que je me mets à geindre comme un animal blessé, des dizaines de mains touchent mon corps, me déshabillent puis me violent. Et à chacun de mes cris répondent des « chut, chut… » qui me vrillent les tympans et me rendent folle.

Chapitre 63

Marie les voit partir depuis la fenêtre de son salon. Sarah est encadrée par deux hommes en uniforme. Il y a une femme aussi, en civil. Elle a connu ce genre de choses. Il y a longtemps, elle aussi a été dans cette situation. Les policiers étaient peut-être moins prévenants, la justice plus dure mais elle sait ce qui peut attendre son amie. Elle a enfoui tout ça le plus profondément possible. Parce que « ça » est bien trop proche du drame originel. Mais depuis l'arrivée de Sarah, toutes ces choses remontent lentement à la surface comme les cadavres de noyés avec sur leur visage les stigmates d'une mort trop cruelle. Elle ne veut pas les revoir. Elle ne veut surtout pas revoir le visage de sa fille, plus jamais. Mais la souffrance de Sarah a réveillé la sienne avec une puissance considérable. Marie a entouré Sarah de toutes ses forces, l'a écoutée, a entendu ses pleurs, ses angoisses. Elle est devenue une sorte de déversoir du malheur, absorbant avec stoïcisme l'immense chagrin et la légitime douleur de Sarah. Car elle sait ce que la perte d'un enfant représente vraiment. Les autres ne le savent pas, jamais… Elle lui a tendu la main chaque fois qu'elle le pouvait, dès que le passé montrait son sinistre et mortifère visage. Et puis Gabrielle est arrivée.

Elle a observé des changements si rapides chez Sarah. Comme une sorte de renaissance. Son visage, tout son corps, même son souffle ont semblé soudain apaisés. La complicité avec cette jeune fille a été quasi immédiate. Passé les premières pudeurs et les timidités naturelles, elles ont tissé un lien fort, unique. Tout devait les rapprocher. Leur troublante ressemblance, l'étrange et surprenante gémellité de Clémentine et de Gabrielle, le besoin irrépressible de combler, pour Sarah, la faille émotionnelle que la disparition de sa fille a laissée béante. Au fur et à mesure de leur rapprochement, Marie a néanmoins senti naître une certaine inquiétude chez son amie. Et elle admet qu'elle-même a ressenti au fond une oppression de plus en plus forte, comme si une force invisible lui appuyait sur la poitrine. Elle sait ce que c'est. C'est la peur. Une peur irraisonnée, incontrôlable, celle de devoir perdre de nouveau un être adoré. Et, par ricochet, elle sait que si Sarah perd Gabrielle, elle-même perdra Sarah. Et ça, elle ne peut pas le supporter. Elle n'a rien pu faire, elle a assisté, par procuration, à la lente descente aux enfers de la jeune fille. Lorsqu'elle la croisait, elle n'a pu que constater la rapide transformation de l'adolescente. Sa perte de poids, ses cernes, ses absences… Cela l'a emplie de colère, colère contre ses deux mères qui ne voyaient rien, qui ne faisaient rien. Le même ressentiment que celui qu'elle a nourri contre Marc lorsqu'il a laissé Sarah seule face à son chagrin. Haine aussi contre ceux qui ont entraîné cette enfant dans des paradis artificiels qui se sont avérés être, comme toujours, de véritables enfers. En voyant monter Sarah dans la voiture, elle se dit qu'elle aurait dû intervenir bien avant, beaucoup plus vite…

Chapitre 64

— J'espère que cette fois vous ne vous êtes pas plantée, Jeanne.

François Herschell, le patron de la brigade des mineurs, se tient debout devant son bureau. Il tapote nerveusement sur sa grosse montre en or. Il a sa tête des grands jours. Il faut dire que quand il a croisé l'avocat de Sarah Cygnac, il a failli s'étrangler.

— Parce que maître Duviaduc-Vitalli, lui, il ne vous ratera pas.

L'avocat, imposant et médiatique, est arrivé deux heures à peine après le placement en cellule de la gardée à vue et il a fait son spectacle. De sa voix grave et chaude, il avait déjà commencé à plaider dans les couloirs de la brigade.

— Où est donc cette commissaire Muller ? Qu'elle m'explique un peu ce qui lui a pris de mettre en garde à vue une femme exemplaire, une femme qui a déjà dû surmonter tant d'épreuves… J'ose croire que nous avons de bonnes raisons pour le faire. Mais j'en doute, bien sûr.

La première audition a été tendue, le ténor du barreau a essayé de coincer Jeanne sur toutes les erreurs possibles de procédure mais la commissaire a blindé le dossier. Avec l'aide du procureur qui lui avait permis de passer outre certaines formalités.

— Je ne vois pas dans ce dossier l'autorisation écrite de ma cliente permettant la perquisition. Vous l'avez égarée ?

— Non, maître, je m'en suis passée…

— Tiens donc, et de quel droit ?

Jeanne a souri puis sorti un document du tiroir de son bureau.

— De celui-là. Devant la gravité des faits, le juge des libertés et de la détention m'a autorisée à faire cette perquisition sans l'accord de l'occupant.

— Oui, sans doute un de vos copains… Nous verrons ça plus tard.

Tout le reste de l'audition a été sur le même ton. Finalement, l'avocat a indiqué que sa cliente ne répondrait à aucune question avant qu'elle ait connaissance de toutes les charges requises contre elle. Bref, fin de non-recevoir. Jeanne s'est dit qu'elle en possédait suffisamment, des éléments… Ou pas. Mais ça valait le coup d'y aller. Toujours est-il que Duviaduc-Vitalli a fait autant de bruit en arrivant qu'en repartant et que cela a fait sortir de son bureau l'imperturbable Herschell. Il a salué rapidement l'avocat, qui l'a superbement ignoré. Et Herschell a directement filé dans le bureau de Jeanne. Bureau dans lequel il a continué à pérorer, suintant l'inquiétude et l'angoisse.

— Votre opération pathétique au Cercle ne vous a pas suffi ? Vous vous êtes déjà mis la moitié de l'intelligentsia parisienne à dos avec ce dossier et voilà maintenant que vous poursuivez en mettant cette femme en garde à vue. Vous savez qui est son mari, Marc Cygnac ?

— Un avocat, non ?

— Non, pas un avocat. L'avocat de toutes les plus grosses fortunes de la place de Paris, il connaît tout le monde et tout le monde le connaît. Essayez donc, vous, pour voir, de faire débarquer Duviaduc-Vitalli en moins de deux heures pour venir défendre un de vos proches… Mais vous allez avoir l'occasion de le rencontrer, ce Cygnac, il a demandé à vous voir.

— Ah bon ? Je l'ai déjà croisé, vous savez, un bien beau garçon… Et je ne suis pas obligée de le recevoir.

— Épargnez-moi vos commentaires de midinette et recevez-le, par pitié. Il va arriver dans quelques instants.

Jeanne a envie de dire non mais comme elle a quelque chose à demander à cet homme et qu'il est vraiment beau gosse, elle cède.

— OK, envoyez-le-moi dès qu'il arrive.

À peine quinze minutes plus tard, Marc Cygnac entre dans son bureau. Il est élégant, dans un costume bleu sombre très bien coupé. Elle remarque tout de suite sa montre de luxe lorsqu'il s'avance pour lui serrer la main.

— Merci de me recevoir, commissaire. Que s'est-il passé ? Pourquoi avez-vous mis mon épouse en garde à vue ? Enfin, c'est absurde, elle adore Gabrielle, elle serait bien incapable de lui faire le moindre mal.

— Je ne sais pas, maître, parfois, vous savez, l'adoration peut pousser à bien des excès. Et si j'ai fait ça, vous pensez bien que je possède des éléments le justifiant. Et puis, rassurez-vous, le confrère que vous avez dépêché sur place est d'une vigilance à toute épreuve.

— Oui… C'est un ami. Mais enfin, qu'est-ce que vous avez trouvé chez nous ?

La commissaire semble hésiter puis elle pose sur la table le carnet de moleskine rouge, guettant la réaction de Marc. Il secoue la tête, semblant minimiser cette découverte.

— Eh bien, quoi ? C'est son journal intime, Sarah y consigne ses pensées, ses états d'âme… Qui sont parfois excessifs, c'est vrai, mais après l'épreuve que nous avons vécue… Vous ne pouvez pas retenir ma femme simplement sur la foi de ce qui est écrit là-dedans.

— Tout le monde vit des épreuves, vous savez… Vous l'avez lu récemment ?

— Non, je n'ai pas pour habitude de fouiller dans les affaires de Sarah. Encore moins dans son journal intime.

— Vous auriez peut-être dû, nous n'en serions sans doute pas là. Mais il y a aussi autre chose que j'ai trouvé et dont j'aimerais vous parler. Je crois que ça vous appartient.

Elle pose sur la table la carte de membre du Cercle. L'avocat a un bref mouvement de recul et de surprise.

— … Oui, c'est à moi. Enfin, c'était à moi mais je ne joue plus. Je ne suis plus membre de ce club. Et quel rapport avec Sarah ?

— Peut-être aucun, mais je m'intéresse un peu aux activités de cette… petite entreprise.

Marc se ressaisit, il contre-attaque.

— Je ne suis pas là pour que nous évoquions ensemble votre soudaine passion pour le jeu. Pourrions-nous revenir à mon épouse ?

Jeanne reste imperturbable. Elle se recule sur sa chaise et pose tout doucement, l'une après l'autre, deux photos sur le bureau. Sur la première apparaît le visage souriant d'une jeune femme blonde d'une trentaine d'années. Sur la seconde, la même jeune femme, sur une table d'autopsie. On arrive à la reconnaître, bien que la moitié de son visage ait volé en éclats.

— Elle aussi fréquentait le Cercle. J'aurais bien aimé discuter avec elle de ma nouvelle passion, comme vous dites, mais je crois que c'est sérieusement compromis, non ?

L'avocat encaisse le coup, on a l'impression qu'il vient de recevoir un uppercut en pleine tête. Son visage est blême. Visiblement, il la reconnaît.

Chapitre 65

Quand Marc quitte les locaux de la brigade des mineurs, il se sent à la fois infiniment soulagé et terriblement anxieux. Il n'a pas réussi à recueillir beaucoup plus d'informations sur les éléments retenus contre Sarah mais il sait que son confrère et ami, Cédric Duviaduc-Vitalli, les obtiendra bientôt et qu'il fera tout ce qui est en son pouvoir pour sortir Sarah de là. Certes, il a le bras long, mais il a aussi compris que les charges qui pèsent sur sa femme sont lourdes. La commissaire Muller ne lui a pas laissé beaucoup d'espoir. On file vers la mise en examen. Comment ont-ils pu en arriver là ? Il ne peut pas croire que Sarah ait quoi que ce soit à voir avec la disparition de Gabrielle, c'est impossible, inconcevable. Elle adore cette gamine, la considère comme sa fille. Sa fille… ? Un serrement lui étreint le cœur, comme si une main glacée venait de traverser sa poitrine. Mais, justement, il sait qu'elle aurait tout fait pour protéger Gabrielle, à cause de ça. Une avalanche de pensées, de doutes se bousculent dans sa tête. Qu'a-t-il raté ? Peut-être ne s'est-il pas rendu compte qu'elle perdait pied de nouveau… Il devrait peut-être en parler avec Marie, elles se disaient tant de choses.

Oui, c'est ce qu'il va faire, et le plus tôt sera le mieux. Et puis, il y a aussi la vraie raison pour laquelle cette policière a bien voulu le recevoir. Quand elle a balancé la carte du Cercle sur la table, il a tout de suite compris que le seul motif pour lequel il était dans ce bureau, c'était le Jeu. Il sait que les flics ont fait une descente dans les locaux de l'établissement. Tout le monde l'a su, jusqu'au ministre. C'est donc elle qui a dû piloter cette opération. Une chance qu'elle ait pu garder une place dans la police. Il est bien placé pour savoir que le Cercle est fréquenté par des gens puissants, influents et déterminés. De ces gens qui, lorsqu'ils exigent des choses, ont l'habitude d'être obéis. Mais il faut croire qu'elle n'a pas lâché l'affaire.

Lorsqu'elle a posé sur son bureau les deux clichés de Chloé Montaigu, il n'a pas su cacher son malaise. Le visage disloqué de la jeune femme l'a replongé directement dans le sous-sol du Cercle. Il a presque senti l'odeur de poudre et de sang. Et il a craqué.

— Visiblement, vous connaissez cette jeune femme, n'est-ce pas, monsieur Cygnac ? Mais la seule vraie question est : est-ce que vous savez pourquoi on l'a retrouvée dans la Seine la tête explosée par une balle de revolver ?

Il n'a pas pu articuler un seul mot et a juste fait non de la tête. La commissaire a repris de plus belle.

— On m'a raconté une histoire terrifiante, incroyable sur le jeu que l'on pratique, entre initiés, bien entendu, au Cercle. Enfin incroyable… Qu'on aimerait surtout ne pas croire tant elle nous renvoie à la folie des hommes… Et des femmes, manifestement. Vous ne voyez vraiment pas de quoi je veux parler ?

Lui qui pensait pouvoir se maîtriser, qui a si souvent dû le faire devant des agents du fisc trop intrusifs, des clients trop arrogants, des juges trop malins, il a brusquement fondu en larmes. Même Jeanne Muller a semblé surprise. Mais c'est comme si le poids de sa culpabilité, l'énorme charge émotionnelle et toute l'adrénaline qu'il avait accumulées pendant le Jeu explosaient d'un seul coup. La commissaire s'est approchée et a posé une main sur son épaule.

— Aidez-moi à coincer cette bande de cinglés. Je ne peux rien vous promettre pour Sarah mais si vous m'aidez, je vous assure que je ferai tout ce que je peux pour que vous ne soyez pas inquiété. Qui sera la prochaine victime de ce jeu de fous ? Un autre désespéré ? Une autre Chloé ? Vous, peut-être ?... Il y a d'autres moyens pour sortir d'un cauchemar éveillé, je suis certaine que vous le savez. Aidez-moi, Marc.

Il ne lui avait fallu que quelques minutes pour reprendre ses esprits et il avait accepté de collaborer. Il avait pris son téléphone crypté et composé le numéro qu'il connaissait encore par cœur.

— Je connais le Jeu... Je souhaite participer à la prochaine partie... Je sais que je vous ai demandé de ne plus jouer mais je veux en faire encore une dernière... Oui... Mais je vais faire une mise très importante... Très bien, j'attends.

Il avait reposé le téléphone sur la table.

— Normalement, toute sortie est définitive... si j'ose dire. Mais ils vont rappeler. Ils prennent des commissions très importantes. Ils ne résisteront pas.

Trois minutes plus tard, le téléphone avait vibré. Marc avait ensuite donné à Jeanne l'adresse et la date de la prochaine partie. Grâce à ça, peut-être, il avait pu serrer Sarah dans ses bras. Quelques secondes d'intimité volées aux procédures. Quelques secondes pendant lesquelles ils n'avaient pas échangé un seul mot. Ils s'étaient embrassés, longuement. Puis il avait plongé son regard dans celui de sa femme, essayant de lire dans la verte profondeur de ses iris la certitude de son innocence. Il savait que Muller l'avait sciemment autorisé à voir sa femme, espérant sans doute que cette dernière cède, dans cette intimité retrouvée, de précieuses confidences. Mais lorsque Marc était ressorti, Jeanne l'avait interrogé du regard et il avait prononcé tout bas quelques mots :

— Elle ne m'a rien dit.

Et elle l'avait cru. Lorsqu'il arrive enfin chez lui, il hésite quelques instants avant d'appuyer sur le bouton de l'ascenseur. Finalement, il décide de s'arrêter au deuxième étage, celui de Marie.

Chapitre 66

Elle n'aura peut-être pas besoin de retrouver Adélaïde et Jessica, les deux gamines que Donatien de La Chartrie a séquestrées et violées. Même si on peut encore poursuivre Boris Davidoff, son complice, pour le jeune homme qu'elle a reçu dans son bureau, la procédure pénale s'est éteinte. Avec son décès. Elle relit le rapport de police qu'elle s'est fait envoyer par le commissariat du VIIIe. Une petite voiture noire, pas de plaque d'immatriculation relevée, des témoins choqués, imprécis… Juste un homme, Paul Villard, soixante-sept ans, qui affirme qu'une femme était au volant. « Je n'ai pas vu son visage mais ses cheveux, c'étaient ceux d'une femme, c'est certain. Elle avait une sorte de coiffure sophistiquée, vous voyez. » Jeanne regarde de nouveau la date de l'accident. La veille de l'arrestation de Sarah Cygnac. Il y a tous les jours des délits de fuite après des accidents corporels dans la capitale. Mais la boulangère a ajouté : « On dirait qu'elle l'a fait exprès, j'ai eu l'impression qu'elle accélérait quand ce pauvre jeune homme a traversé. » Elle fait venir Sarah. Elle a un visage de cendre, ses yeux magnifiques semblent éteints.

— Est-ce que le nom de Donatien de La Chartrie vous dit quelque chose ?

Sarah relève les yeux puis soupire.

— Je ne veux pas répondre à vos questions, mon avocat m'a dit…

— Arrêtez avec ça, Sarah, par pitié ! Je ne suis pas là pour vous enfoncer, je vous le promets. Et puis vous le faites très bien toute seule. (Elle feuillette le carnet rouge.) « Je ne supporterais pas qu'elle parte, qu'elle m'abandonne… Je hais sa mère, elle ne fait rien pour lui tendre la main, comment peut-on être aussi aveugle, aussi irresponsable… Elles ne méritent pas Gabrielle… Parfois, je rêve qu'elles meurent et que tu me reviens enfin… Si elle devait me quitter, je ferais tout pour la retenir près de moi, pour toujours… Je ne veux pas qu'elle souffre… » Et puis ces passages sur votre fille disparue : « Parfois, je me dis que Clémentine est revenue, enfin… Je ne t'abandonnerai plus, tu resteras pour toujours avec moi… Quoi qu'il arrive… Je ne peux pas te perdre une deuxième fois… J'en mourrais… » Et tout ça pendant des pages et des pages. Vous vous rendez compte de ce que vous écrivez, Sarah ?

Sarah semble oppressée, elle cherche quelque chose à dire pour défendre ces mots indéfendables.

— Quand j'écris dans ce carnet, je perds le contrôle. Je me laisse envahir par mes pulsions, mes pensées. Mais je me rends compte quand vous les lisez que ça peut paraître étrange…

— Étrange ? Non, pas seulement étrange, c'est accablant, Sarah. On a l'impression que la personne qui a écrit ça est capable de tout… Du pire. Et il y a autre chose. L'écharpe de Gabrielle, celle qu'on a retrouvée dans la chambre de Gaspard. Hélène Lancôme affirme que c'est celle que portait sa fille quand elle a quitté l'appartement le soir de sa disparition. Ajoutez à ça qu'un témoin dit avoir déposé Gabrielle au pied de votre immeuble, au petit matin, et vous comprendrez pourquoi vous êtes là.

— Mais elle peut se tromper, non ? Et Gaby venait souvent à la maison, elle a pu oublier cette écharpe... Tout simplement. Et votre témoin peut mentir. Si c'est lui qui a vu Gaby pour la dernière fois, pourquoi vous ne l'arrêtez pas, lui ?

— Nous l'avons fait. Et, oui... Hélène Lancôme a pu se tromper pour l'écharpe. Mais ça fait tout de même de drôles de coïncidences, non ? Alors maintenant, dites-moi, Sarah, je voudrais savoir si vous connaissez Donatien de La Chartrie.

— Non, je ne l'ai jamais vu mais... mais Gabrielle m'a parlé de lui, c'est vrai. Je ne le connais pas, pourtant je sais le mal qu'il lui a fait. C'est sûrement sa faute, ce qui arrive, vous devriez enquêter sur lui ! Sur lui et cette bande de drogués... C'est leur faute.

— Je l'ai fait, mais mon enquête doit s'arrêter là, en ce qui le concerne.

— Et pourquoi ça ?

— Parce qu'il est mort. Un chauffard l'a écrasé hier.

Cela n'a duré qu'un quart de seconde mais ça n'a pas échappé à Jeanne. Des années et des années d'auditions de suspects lui ont appris à lire chaque expression d'un visage, même les plus fugaces. Et celle qu'elle a vue sur celui de Sarah, si brève soit-elle, elle le sait, c'est un sourire.

Chapitre 67

— Bonjour, Marie, je ne vous dérange pas ?

Elle n'a pas souri lorsqu'elle a ouvert et constaté que Marc se tenait sur le pas de la porte. Elle l'invite à entrer d'un geste.

— Non, non, venez, je vous en prie.

Ils vont s'asseoir dans le salon. Il n'y a ni gâteau ni thé sur la table basse. Marie a l'air fatiguée, tendue. Un silence un peu lourd s'installe avant que Marc ne se décide à prendre la parole.

— Écoutez, Marie, je sais que vous ne m'appréciez pas, je sais ce que vous me reprochez mais j'ai changé, et ça vous le savez aussi. Aujourd'hui, je viens vous demander votre aide. Pas pour moi, pour Sarah. L'affaire est très sérieuse, la police la soupçonne d'être mêlée à la disparition de Gabrielle. J'ai demandé à maître Duviaduc-Vitalli de la défendre. C'est le meilleur mais je ne sais pas si cela suffira, vraiment.

Le regard de Marie s'est durci, elle a un geste rapide d'énervement.

— C'est absurde, imbécile… Sarah ne ferait jamais de mal à Gabrielle. Elle est comme sa propre fille. Pourquoi la police ne recherche-t-elle pas du côté de ses mauvaises fréquentations ? Et s'il y a des gens à blâmer dans cette histoire, ce sont plutôt vos voisines, qui ont laissé sombrer cette pauvre enfant. Comment peut-on être aussi… irresponsable !

Elle a comme craché ce dernier mot et l'avocat perçoit clairement la vague de colère qui submerge la vieille dame. Ses lèvres se sont pincées, sa respiration s'est accélérée et ses poings se sont serrés. Et il a cru déceler un léger accent étranger dans ses intonations.

— Oui, bien sûr, mais il y a des éléments à charge qui s'accumulent… Est-ce que Sarah vous a dit quelque chose, est-ce qu'elle aurait pu vous donner une information qui pourrait nous aider à la disculper ?

— Elle m'a parlé d'un garçon, Donatien. Un garçon qui aurait laissé tomber Gabrielle. C'est après ça qu'elle a commencé à décrocher. Sarah a essayé de lui parler, de la raisonner, mais vous savez ce que c'est, les jeunes filles, aujourd'hui. Elles n'ont plus de repères, pas de discipline et si en plus les parents démissionnent… Je suis certaine que votre femme a tout essayé pour la sortir de là, tout ce qui était possible. Mais je sais aussi qu'elle n'est pour rien dans sa disparition, qu'elle est incapable de faire du mal à Gabrielle, bien sûr. Je pourrai le dire à la police, si vous voulez.

Hélas, Marc sait qu'il faudra beaucoup plus que des témoignages de probité et la bienveillance de Marie pour aider Sarah. Il se lève et va vers la porte d'entrée. Marie l'accompagne. Au moment de le saluer, elle lui retient la main.

— C'est vrai, je ne vous aimais pas. Sarah était si malheureuse. Mais elle m'a dit que vous aviez changé. Je sais qu'elle n'a rien fait et je suis certaine que bientôt la police s'en rendra compte aussi. Gardez confiance, Marc, surtout gardez confiance.

La confiance en sa femme, il l'a, mais il connaît bien la justice et il sait qu'une fois la machine enclenchée, il est très difficile de l'enrayer. Un procès pourrait rendre folle Sarah. Elle est encore si fragile. Il l'imagine en détention provisoire dans sa cellule, hantée par les fantômes de Clémentine et de Gabrielle, rongée par la culpabilité. Cette image poignarde son cœur aussi sûrement que le ferait une dague d'acier trempé. Il doit tout faire pour la sortir de là mais plus le temps passe et plus il sait que seul un miracle pourrait encore la sauver.

De nouveau seule, Marie a repris place dans le salon. Elle regarde par la grande fenêtre, réfléchit à ce qu'elle pourrait faire pour aider son amie. Plus que son amie, elle la considère aujourd'hui comme sa propre fille. Ses yeux s'embuent de larmes mais aucune ne coule sur ses joues. Elle arrive encore à les contenir. Elle sait que la prison pourrait la fracasser, comme la déneigeuse a disloqué le corps de Matild. Elle ne laissera pas les choses recommencer, elle ne laissera pas le destin continuer à les torturer. Il ne peut pas gagner tout le temps. Brusquement, elle se lève et se dirige vers sa chambre.

Chapitre 68

— Ouais, commissaire, c'est bien possible.

— Quoi ?

— C'est bien possible que ce soit elle, la silhouette, les cheveux, tout ça, mais bon, je vous dis, il était tard et j'ai pas vraiment vu son visage, alors bon… Mais je dirais que, oui, c'est peut-être bien elle.

« Alors bon… Peut-être bien… » Merci, Abdel Beikrich, ça valait le coup de te sortir de cellule pour obtenir ça. Du coup, il y retourne. Puis elle décide d'organiser en urgence une séance de « tapissage » avec le témoin de l'accident de Donatien de La Chartrie. L'homme qui a affirmé que c'était une femme qui conduisait la petite voiture noire. Heureusement, elle a sous la main deux collaboratrices qui ont à peu près la même morphologie que Sarah Cygnac. Lorsque le type arrive, elle comprend tout de suite que c'est « le » moment de sa vie. Paul Villard, ingénieur des Ponts et Chaussées à la retraite, casier judiciaire vierge, veuf, père de trois enfants, deux filles, un garçon, grand-père de neuf petits-enfants, six filles et trois garçons. Bénévole au Secours catholique, correspondant pour le journal de la mairie de son arrondissement. Bref, s'il reconnaît Sarah, ça va devenir très compliqué pour elle. Il lui tend avec énergie une main enthousiaste et sèche.

— Bonjour, madame. C'est affreux, n'est-ce pas, ce qui est arrivé à ce pauvre petit jeune homme... Si je peux contribuer, d'une manière ou d'une autre, à retrouver le criminel qui a fait ça... Vous pouvez compter sur moi !

Les trois femmes sont alignées contre un mur derrière une large vitre sans tain. Elles tiennent chacune dans leur main un numéro. Le visage de Sarah Cygnac est dénué de toute expression. Elle semble ailleurs, très loin. Mais c'est exactement la consigne que Muller a transmise aux autres femmes : « Faites comme si vous n'étiez pas du tout concernées par cette histoire. » Cela donne l'étrange impression d'avoir trois inconnues attendant un bus à un arrêt anonyme. Le témoin les observe longuement, réfléchit encore plus longtemps. Puis se retourne vers Jeanne en secouant la tête.

— Je ne peux pas dire... Peut-être peut-on leur demander de se retourner ? Après tout, je ne l'ai vue que de dos.

— Bien sûr, monsieur Villard, pas de souci...

Elle actionne le bouton de son micro.

— Mesdames, merci de vous tourner face contre le mur.

Elles s'exécutent et Villard observe avec attention les trois nuques offertes à sa mémoire. Il frotte ses joues, soupire, réfléchit de nouveau. Il sait l'enjeu de cette comparution et veut apporter un juste témoignage à l'enquête. Soudain, il regarde Jeanne Muller dans les yeux et, d'une voix grave et posée, il prononce sa sentence.

— La numéro 2… Je suis certain que c'est la numéro 2… Oui, c'est elle.

La commissaire est maintenant dans son bureau, elle lit le dossier. Il y a des faiblesses, des incertitudes, des points à éclaircir. Mais aussi suffisamment de matière pour une mise en détention provisoire et l'ouverture d'une instruction. Elle sait qu'elle l'obtiendra, il suffit d'un coup de fil au procureur. Mais avant, elle décide d'appeler Duviaduc-Vitalli pour l'informer de sa décision, et des nouvelles charges qui pèsent sur sa cliente. Elle compose le numéro du portable de l'avocat, ce numéro qu'il lui a laissé avec un petit air dégoûté tout en lui demandant de ne pas en abuser…

— Bonjour, maître. Commissaire Muller… Je vous appelle pour vous informer que nous allons demander la détention provisoire pour votre cliente… Enlèvement, séquestration… Et, cerise sur le gâteau, pour assassinat également. Un des amis de Gabrielle Hardy-Lancôme a été écrasé volontairement par un chauffard. Et un témoin a formellement reconnu Mme Cygnac… Comment ça ?… Vraiment ?… Oui, très bien, dans une demi-heure, parfait.

Elle savait qu'elle ne pourrait pas déstabiliser l'avocat en l'informant des dernières avancées de l'enquête mais elle ne pensait vraiment pas avoir, en retour, ce genre de réaction. La dernière phrase de Duviaduc-Vitalli résonne encore dans sa tête.

— Laissez tomber vos charges grotesques, commissaire. Et n'allez pas encore une fois vous couvrir de ridicule en poursuivant ma cliente. Je viens de recevoir une information capitale qui devrait modifier radicalement votre stratégie. Je serai dans vos locaux dans trente minutes.

Jeanne regarde sa montre. Il lui reste peu de temps avant que la tempête Duviaduc-Vitalli ne vienne balayer ses certitudes et, peut-être bien, sa carrière.

Chapitre 69

L'avocat entre dans les locaux d'un air conquérant. Il se dirige directement vers le bureau de Jeanne. Au préposé qui tente de le stopper, il répond vivement.

— Je suis attendu par Mme Muller, n'essayez pas de me retenir, jeune homme. Cela fait trop longtemps que vous maintenez une innocente dans vos geôles.

L'allure de cet homme imposant et la grandiloquence de son style font hésiter le policier. Suffisamment pour que l'avocat puisse monter l'escalier et se précipiter dans le bureau.

— Bonjour, maître… Inutile de vous proposer d'entrer puisque vous l'avez déjà fait. Alors, de quel nouvel élément voulez-vous me parler ?

Il s'approche du bureau. Elle lit sur son visage la satisfaction à l'état brut lorsqu'il sort de sa sacoche une enveloppe kraft dans laquelle il saisit une photo qu'il dépose devant elle.

— C'est arrivé ce matin dans mon cabinet. Déposé « en ville », dans notre boîte aux lettres.

Jeanne regarde le cliché, c'est une photographie couleur imprimée sur une page A4. L'impression n'est pas de très bonne qualité pourtant elle reconnaît parfaitement le modèle. La jeune fille a un bandeau sur les yeux, sa bouche est pincée et ses cheveux hirsutes. Devant elle, on a posé un quotidien du soir, daté de la veille. Au bas de la page, écrit en noir, en lettres capitales : « VOUS VOUS ÊTES TROMPÉS DE COUPABLE. »

— Au moins, elle est en vie…

C'est la première pensée qui vient à la commissaire Muller et elle n'a pas pu s'empêcher de l'exprimer de vive voix.

— Oui, certes, c'est une première bonne nouvelle. La deuxième étant que je vais repartir d'ici avec ma cliente. Je vais vous laisser le courrier et l'enveloppe. Je vous donnerai le nom de la personne qui l'a manipulée. En plus de moi, bien sûr.

Il a l'air tellement sûr de lui – cette assurance à toute épreuve doit faire partie de sa méthode. Et cela a tendance à exaspérer Muller.

— Ah bon ? Et pour quelles raisons repartiriez-vous avec elle ? Cette photo appelle tout de même de nombreuses questions, non ? Pourquoi le ou les ravisseurs ont-ils pris la peine de vous envoyer ça ? Quel est leur intérêt de disculper Sarah Cygnac ? Pendant qu'elle est enfermée, ils sont tranquilles, non ? Et comment savaient-ils que vous étiez son conseil ?… Et puis, nous devons envoyer ce courrier au labo, faire des recherches ADN, authentifier le cliché, la date sur le journal… Vous êtes bien placé pour savoir que l'on peut faire ce que l'on veut avec une image. Je crains fort que cela prenne un peu de temps.

L'avocat a un sourire féroce.

— Vous prendrez le temps que vous voudrez et je vous souhaite de trouver des réponses à toutes ces passionnantes questions. Et aussi, bien entendu, d'aboutir le plus vite possible dans cette triste enquête. Vous savez, le genre de malade qui enlève des jeunes filles n'aime pas beaucoup qu'on lui vole la vedette, il aura sans doute voulu revendiquer son acte. Mais en attendant, Mme Cygnac sera chez elle et ce, dès ce soir. J'ai eu notre ami commun, Joël Vivier, au téléphone ce matin. Il vous aime bien, vous savez. Mais après le terrible échec du Cercle, il vous conseille la plus grande prudence. Rassurez-vous, le droit sera respecté. Nous nous acquitterons d'une caution pénale. Le juge d'instruction qui a été chargé de l'enquête ce matin même en a accepté et le principe et le montant… Et quand je pense qu'on dit parfois que la justice de ce pays est trop lente !

Jeanne a envie de pleurer de rage et d'impuissance, elle regarde le visage épanoui de Duviaduc-Vitalli et a envie de le gifler. Elle n'a pas le choix, elle va devoir céder si elle ne veut pas se retrouver au fin fond d'une province grise et triste à se morfondre entre deux dossiers sans intérêt. Bon, là, au moins, elle pourrait avoir un chien. En attendant, elle prend son téléphone.

— Oui, Muller. Préparez Mme Cygnac, elle va nous quitter… Oui, déjà. Elle a un avocat très efficace.

Duviaduc-Vitalli se rengorge encore. S'il l'osait, il siffloterait d'aise.

— L'enquête n'est pas pour autant terminée et votre cliente sortie d'affaire, maître. Nous allons vite nous revoir.

— J'espère bien, commissaire, je commence à trouver cette affaire très cocasse. J'ai hâte de confronter vos prétendus témoins à la réalité des faits. Ça nous changera. Bien entendu, nous resterons à votre disposition. Maintenant, si vous voulez bien m'excuser, je vais aller rejoindre ma cliente. Inutile de m'accompagner, je connais le chemin. Au revoir, commissaire, et merci pour votre diligence.

Elle ne répond pas et laisse partir l'avocat. Elle a envie de boire une vodka glacée, de fumer comme un pompier et de jouer avec Ducon. Pas le policier, le chien. Mais il est mort, tout comme sa dignité… Elle regarde sa montre. Il lui reste encore une chose à faire aujourd'hui, une chose qui pourra peut-être sauver cette journée de merde. Mais cette fois-ci, elle sera seule. Ils ont dit que ça commencerait à vingt-deux heures. Elle a largement le temps de rentrer chez elle. Et elle sait déjà que, ce soir, elle ne boira pas.

Chapitre 70

Hier, on est venu me nourrir, comme tous les jours depuis… je ne sais plus. Après, quand j'aurai perdu connaissance, on me nettoiera, on me changera et je me réveillerai avec cette putain d'odeur de lingette pour nourrisson. Je n'aurai jamais d'enfants, je le jure. Je ne veux plus jamais sentir cette odeur. Chaque fois, avant de boire l'eau et de m'évanouir, je remonte autant que je le peux les liens qui me serrent les mains. Je suis devenue une pro du tortillement de poignets… J'arrive maintenant à faire remonter les liens assez haut pour donner l'impression que je suis complètement entravée. Ce soir ou demain, je sais que je pourrai enfin me libérer et peut-être… C'est mon espoir, ma ligne de vie, ma bouée. La seule raison pour laquelle je ne me suis pas laissée mourir. Je ressens moins le manque, presque plus du tout. Heureusement. Je n'avais pas pu devenir à ce point accro, en aussi peu de temps. Quoique, quand on a envie d'oublier… Je me souviens du visage de Diane quand je m'enfilais toute cette merde, de sa voix ensorceleuse, de ses faux sourires de merde.

— T'inquiète, ma Gaby, c'est que des bons produits. Et franchement je te jure, on arrête quand on veut. Je l'ai déjà fait, vas-y tranquille, kiffe !

Pourtant, j'aurais dû le voir. Pourquoi Diane a-t-elle l'air si vieille ? Pas tellement physiquement, même si elle fait plus que son âge. C'est dans ses yeux, dans ses réactions, dans le regard qu'elle porte sur les autres et sur le monde en général. Dans ces moments-là, elle a un siècle, mille ans. On pourrait croire qu'elle est morte cent fois. Mais c'était la seule option que j'avais. Diane et ses potions maléfiques, ou la désolation absolue d'un premier vrai chagrin d'amour. J'ai choisi la magie noire. J'ai choisi l'enfer.

Hier, il s'est passé une chose étrange. Non, pas étrange, tout l'est depuis que je suis ici. Une chose nouvelle. On m'a enlevé mon bâillon pour que je mange mais, au lieu de me donner de l'eau ensuite, on m'a maintenu la tête droite. Dès que les mains se sont retirées de mon crâne j'ai voulu bouger, je cherchais la bouteille. Mais les mains m'ont de nouveau saisi le visage, m'ont immobilisée, avec fermeté. J'ai compris qu'il ne fallait pas que je bouge. On comprend vite quand on est à la merci de tout. Alors je suis restée immobile. Il y a eu deux flashs, très rapprochés. Je les ai bien vus, malgré mon bandeau. C'est comme si on m'offrait deux instants de lumière après des années d'obscurité. Je les ai absorbés, à fond, me promettant de retrouver un jour cette jouissance primale. Après, on m'a donné de l'eau. Je la bois, comme par instinct, comme un animal, m'assurant que mes mains ont bien l'air immobilisées. Je ne pourrai pas faire croire plus longtemps à cette illusion. Il faut que j'agisse, demain. Voilà, c'est ça, demain. Quoi qu'il advienne, quoi qu'il m'en coûte. Maintenant, je sais que je peux le faire, sans coke, sans rien, je peux le faire parce que c'est le seul moyen qu'il me reste pour être libre. Et si je m'en sors, j'irai voir Diane et Boris, j'irai voir Donatien et je jure que je leur cracherai à la gueule. Et après, j'embrasserai ma mère et Leila pendant des heures pour leur dire que je les aime plus que tout. Et j'appellerai mon père aussi, pour lui dire l'âge que j'ai vraiment et ce que je veux pour mon anniversaire. Et j'irai voir Ange pour lui expliquer ce que ça fait d'être violée, je lui hurlerai ça devant son lycée, je porterai une pancarte pour qu'il soit grillé à jamais. Je jure que si je m'en sors, je ferai tout ça. J'irai voir Sarah aussi, pour lui dire qu'elle avait raison et que trop m'aimer, ce n'est finalement pas si grave.

Chapitre 71

Elle se retient pour ne pas fumer dans sa voiture. Elle serait trop visible. Elle sent l'adrénaline monter en elle comme une grosse vague. Comme quand elle était petite, en Bretagne, ces vagues dont ses parents parlaient en prenant des airs mystérieux et inquiets, évoquant les « grandes marées » et des « coeff. 118-119 »… Elle appelle rarement les souvenirs de son enfance, parfois elle se demande même si elle a vraiment été une petite fille. Elle a l'impression d'être née adulte. Peut-être parce que ses parents sont partis trop tôt, peut-être parce qu'il est préférable que les parts d'ombre de cette période de sa vie restent enfouies dans le passé. Elle regarde le bâtiment très moderne qui abrite le centre de séminaires. Il est à deux pas de la grande halle de la Villette. À quelques centaines de mètres des anciens abattoirs de Paris. Ils ne pouvaient pas trouver mieux comme emplacement pour continuer le Jeu. Elle est là depuis presque une heure et quatre personnes sont déjà arrivées, à quinze minutes d'intervalle. Amenées par de grosses voitures sombres aux vitres teintées. Des Mercedes classe S Berline. Tant qu'à faire un dernier voyage, autant que ce soit dans les meilleures conditions possibles. Elle ne sait pas exactement quelle organisation criminelle se cache derrière ce jeu macabre mais ils ont visiblement de gros moyens. Et cela l'inquiète un peu. Elle n'a pas vu d'hommes de main près du bâtiment mais elle se dit que la zone est peut-être surveillée. Et sur ce coup-là, elle est seule. Elle n'a pas eu l'audace de solliciter de nouveau Joël Vivier pour mettre en place une autre perquisition. Mais elle lui a quand même envoyé un SMS, à l'instant.

« Le Jeu continue, je suis devant le centre de séminaires ZenAtWork, à la Villette. Les joueurs sont arrivés. »

À peine trente secondes plus tard, elle en reçoit un en retour.

« Ne faites rien, vous ne bougez pas, attendez mes instructions. »

En sortant de sa voiture, elle pose la main sur la crosse de son arme, pour se rassurer. Les invités sont tous entrés par un accès discret, sur le côté du bâtiment. C'est une simple porte vitrée, banale. Elle regarde rapidement s'il y a une caméra, ou un système d'alarme. Elle n'en voit pas. Mais ça ne veut rien dire. Cela fait vingt minutes que le dernier joueur est arrivé. *A priori* il n'y en aura pas d'autres. Marc Cygnac lui a dit qu'il n'avait jamais vu plus de quatre joueurs dans une même partie. Lui-même a finalement décliné. Elle approche son passe de la serrure. C'est un mécanisme simple et il ne lui faut pas plus d'une minute pour en venir à bout. Elle se retrouve dans un couloir desservant des bureaux de chaque côté. Elle imagine que cela doit se dérouler plutôt dans les sous-sols, dans un endroit suffisamment enterré pour que le bruit des coups de feu ne s'entende pas. Le problème, c'est qu'elle ne trouve pas d'escalier. Cela fait déjà cinq bonnes minutes qu'elle arpente le long couloir et aucune des portes qu'elle a ouvertes ne donne sur un passage vers les sous-sols du grand bâtiment. Soudain, alors qu'elle se dirige de nouveau vers la porte d'entrée, deux hommes arrivent. Elle a tout juste le temps de s'engouffrer dans un des bureaux. Elle a l'impression que son cœur va exploser et, terrible sensation, elle sent poindre une quinte de toux. Toutes ces putains de dizaines de milliers de cigarettes qu'elle s'est enfilées depuis qu'elle a vingt ans vont lui jouer le pire tour de sa vie. Plus rapide encore que le cancer. Dans un effort surhumain, elle arrive à maîtriser son envie de tousser et colle son oreille sur la porte. Les deux hommes discutent en marchant, l'un se met à rire. Comment peuvent-ils rire, alors que ce soir des hommes et des femmes vont se donner la mort, pour rien ? Une immense colère l'envahit. Elle n'arrive pas à comprendre ce qu'ils disent mais une voix lui est familière. La dernière fois qu'elle l'a entendue, elle proférait des menaces à son encontre, menaces qui avaient été mises à exécution dès le lendemain. Mais elle se souvient aussi de la colère froide que cette même voix contenait lorsqu'elle a renversé les livres de la bibliothèque. Ce timbre si particulier, c'est celui de Max Schindler, le patron du Cercle. Maintenant, elle a la certitude qu'elle n'est pas venue pour rien.

Elle entrouvre à peine la porte du bureau. Elle aperçoit leurs silhouettes juste avant qu'elles ne disparaissent par la dernière porte du couloir. Pourtant, cette même porte, elle l'a poussée, il y a quelques instants. Elle donne sur un local à photocopieurs. Trois grosses machines inertes qui attendent de dévorer des milliers de ramettes de papier pour des présentations que personne ne lira. Lorsqu'elle y pénètre à son tour, l'arme au poing, les deux individus ont disparu. Elle n'aime pas du tout les tours de magie, elle n'a jamais aimé ça. Elle trouve les magiciens presque aussi ringards que les clowns et elle pense que leurs mises en scène sont débiles et vulgaires. En plus, il y a toujours un truc. À elle de le trouver pour ce tour-là. Elle se concentre et contemple la pièce sombre. Il n'y a pas de porte à part celles de deux placards qu'elle a aussi ouvertes tout à l'heure. Elle n'avait rien remarqué d'anormal mais à ce moment-là elle ne cherchait pas un passage vers l'enfer. C'est dans le premier qu'elle trouve la solution. En passant sa main derrière les dossiers suspendus, elle sent presque immédiatement le petit interrupteur. Bien sûr, il faut le chercher pour le trouver mais quand on sait qu'il y a un truc… Elle prend une grande respiration et actionne le bouton. Au début rien ne se passe et puis, soudain, la paroi sur sa droite s'efface et laisse place à un escalier en colimaçon qui s'enfonce dans l'obscurité. S'il n'y avait pas cet enjeu incroyable, ces vies au bord de la folie, ces monstres qui organisent, en toute impunité, ces jeux de la mort et du hasard, elle trouverait ça presque drôle. Un peu comme dans un vieux *James Bond*… Mais là, elle n'a pas envie de rire, elle a juste le cœur serré et l'abdomen en béton quand elle descend les premières marches. Elle n'a aucune idée de ce qu'elle va trouver plus bas. Combien seront-ils, en plus des joueurs, combien de porte-flingues pour protéger leurs abominables jeux du cirque modernes ?

Elle avance avec une prudence extrême, une lenteur mesurée. Un coup de feu retentit. Il résonne dans tout l'escalier, progresse, marche par marche, envahit son cerveau et le perturbe comme une décharge électrique, comme un signal qui lui dirait : « Vas-y, fonce. » Elle prend son flingue, serre la crosse, essaie de se souvenir de ses exercices d'intervention il y a si longtemps. Regard circulaire, identifier les hommes armés, neutraliser les tireurs… Mais il y a aussi l'instinct, et celui-là, elle lui fait confiance, depuis toujours. Il l'a parfois trompée mais ne l'a jamais trahie. En bas de l'escalier, il y a une porte sous le seuil de laquelle une lumière froide et forte se mélange obstinément à l'obscurité. En s'approchant, elle sent l'odeur de la poudre puis, de plus en plus forte, celle du sang. Elle tire une balle dans la serrure et donne un violent coup de pied dans la porte.

Ses yeux mettent peut-être une demi-seconde à s'habituer à la soudaine clarté. Et le spectacle, dantesque, lui apparaît soudain. Deux hommes et une femme assis autour d'une table métallique, un homme en noir sur une estrade, le visage glabre et impassible. À sa gauche, Max Schindler, bras croisés et posture de sphinx. Étendu sur le carrelage, un homme en smoking blanc. Les trois quarts de son cerveau s'échappent du trou béant que la balle a creusé dans son crâne, se répandant au milieu d'une mare de sang. Regard circulaire. Elle vise l'homme en costume sombre et tee-shirt noir, il a déjà plongé sa main dans sa veste mais son geste n'ira pas plus loin. La première balle de Jeanne le touche à l'épaule et il bascule comme une toupie. La seconde vient se figer dans son front pour l'immobiliser définitivement.

— Police nationale, que personne ne bouge. Restez tous où vous êtes. Schindler, vous et votre guignol, allongez-vous sur le sol, tout de suite !

Les deux hommes commencent à s'exécuter pendant que les joueurs, eux, sont tétanisés. Une fois sur le sol, le patron du Cercle s'adresse à elle sur un ton bien trop calme.

— Décidément, commissaire Muller, vous ne lâchez jamais votre proie… Enfin, ce n'est pas si grave. Vous vous doutez bien que nous ne sommes pas seuls. Il y a au moins six hommes armés qui surveillent ce site. C'est d'ailleurs surprenant que vous soyez parvenue jusqu'ici. Il y aura des sanctions, bien sûr. Libérons donc nos invités de ce soir et discutons de tout ça calmement. Peut-être pourrions-nous vous laisser repartir… vivante.

Jeanne sent que ce qu'il dit concernant les hommes armés est vrai. Pour le reste de la proposition, elle sait qu'il ment. Elle s'approche de lui et lui colle son flingue sur la tête.

— C'est marrant, c'est la deuxième fois que je vous braque mon arme sur la tempe. Mais cette fois-ci, perdu pour perdu, j'ai bien envie de tenter ma chance. Je veux bien être charitable, je peux enlever la moitié des balles mais je vous préviens, je tirerai tout de même jusqu'à ce qu'une des cartouches soit percutée. Vous voulez jouer ?

— Vous êtes folle, Muller, vous allez crever ici.

— Alors on sera deux.

Son doigt se crispe sur la détente, elle sait exactement quelle force elle doit exercer pour que le percuteur se déclenche. Une main se pose alors sur son épaule. La voix du patron de la PJ lui explose l'oreille.

— Déconnez pas, Muller ! On a tout le périmètre en main, ils sont finis… C'est un très joli coup, commissaire.

Jeanne se redresse et range lentement son arme de service. Elle contemple Schindler. La peur, la vraie, a pris le dessus sur l'arrogance. Finalement, ce n'était pas complètement une journée de merde.

Chapitre 72

Hélène Lancôme est chez elle. Elle contemple le plafond blanc sur lequel le visage de sa fille disparue surgit régulièrement, comme dans un songe, pour l'appeler à l'aide. Depuis quelques jours, où qu'elle porte son regard, c'est Gaby qui apparaît, une Gabrielle épuisée, apeurée et parfois sans vie. Si cela continue, elle va crever de stress et d'angoisse, se dit-elle. Soudain, la sonnerie de son portable, posé sur la table basse, retentit. Elle sursaute, c'est comme un signal d'alarme qui résonne dans son crâne. Elle se précipite sur le téléphone.

— Oui… Bonjour, commissaire… Comment, une photo ? Hier… Merci, merci ! Et comment allez-vous faire… ? Est-ce que nous pouvons venir… ? D'accord… Quoi ? Libérée ? Mais pourquoi ?… Entendu. Au revoir.

Quand elle raccroche, son visage est en feu, son cœur cogne contre sa poitrine comme s'il voulait s'en échapper. Elle se met à crier :

— Leila, Leila ! La police a reçu une photo de Gabrielle ! Elle est vivante ! Mon Dieu, merci, elle est vivante.

Sa compagne se précipite dans la pièce et se jette dans ses bras.

— Elle n'est pas blessée ? Ils vont la retrouver alors ?

Hélène prend le visage de Leila dans ses mains, ses yeux sont emplis de larmes.

— C'était la commissaire Muller… Ils sont en train de faire analyser la photo, ils cherchent des traces d'ADN, des indices… Elle est vivante, Leila, vivante.

— Allons-y, tout de suite ! Prends tes affaires, je veux la voir.

— Non, attends, il y a autre chose…

La joie a laissé place, en un instant, à la colère sur les traits d'Hélène. Une colère épouvantable, une véritable rage.

— Ils ont libéré Sarah. On va peut-être la croiser, là, dehors, maintenant.

Leila l'invite d'un geste à venir s'installer à côté d'elle. Aussitôt assise, Hélène s'effondre totalement. Elles s'étreignent et restent silencieuses pendant de longues minutes.

— Mais comment ils ont pu la libérer ? Qu'est-ce qui s'est passé ?

— La photo a été déposée chez son avocat hier, pendant sa garde à vue… Muller m'a dit qu'elle n'avait pas eu le choix, que c'était compliqué. Mais enfin, merde, qu'est-ce qui est compliqué ? Sarah est folle, je suis certaine qu'elle peut nous apprendre encore des choses… Ils auraient dû la garder quand même, l'interroger jusqu'à ce qu'on retrouve notre fille…

Elle se lève d'un seul coup.

— Je veux lui parler, je veux qu'elle me dise ce qu'elle sait. Je veux qu'elle me le dise, dans les yeux.

Elles dorment si peu depuis la disparition de Gabrielle. Des nuits courtes entrecoupées de cauchemars et de crises d'angoisse et de culpabilité. Elles n'ont rien vu, rien compris. Pourtant, quand Leila réfléchit, elle se souvient des réveils difficiles de Gabrielle, de ses absences, de ses silences. Elle se dit qu'elle n'a surtout rien voulu voir et ça la tourmente continuellement, c'est pire que tout.

— Attends, chérie, ne fais pas de bêtises ! Laisse faire la police, ils vont la surveiller, ils vont progresser, il faut faire confiance à cette commissaire, je t'en supplie.

Leila veut la rattraper pour l'empêcher d'agir mais Hélène n'a pas le temps de rejoindre le hall d'entrée que leur sonnette retentit. Elle ouvre la porte, pose sa main sur sa bouche et recule, instinctivement. Marc et Sarah se tiennent là, devant elle. Leila arrive à son tour, interdite. Pendant quelques secondes, une lourde tension pèse sur les deux couples face à face. Mais Marc regarde Hélène et Leila avec bienveillance et leur demande :

— Nous voudrions vous parler… Quelques minutes ? Nous pouvons entrer ?… S'il vous plaît…

Leila pose sa main sur le bras de sa compagne. Ce contact, cette caresse infime qu'elle lui prodigue semble l'apaiser. Hélène se détend un peu, pas complètement. Et puis d'un seul coup, elle accepte.

— Venez… Je pense que nous avons tous besoin de nous parler.

Chapitre 73

Ils sont assis tous les quatre autour de la table de la salle à manger. C'est une table de marbre vert, une table Tulip de chez Knoll. Leila l'a toujours trouvée trop massive, presque trop lourde. Mais elle l'est pourtant bien moins que l'atmosphère qui règne dans la pièce. C'est glacial et en même temps tout pourrait s'enflammer à la moindre étincelle. N'y tenant plus, c'est Hélène qui ouvre les hostilités et se tourne vers Sarah.

— Qu'est-ce que tu veux nous dire ? Quoi que ce soit, tu ne crois pas que tu aurais pu nous en parler avant… ? (Sa voix se brise.) Avant que Gabrielle ne disparaisse ?… Et cette lettre que tu lui as envoyée ! Est-ce que tu te rends compte de l'effet que ça peut avoir sur une adolescente ? La commissaire nous a dit que dans ton carnet intime, c'était dix fois pire… Que pouvons-nous penser de toi, Sarah ? Qu'est-ce que tu crois, bordel ! Alors, maintenant, si tu as quelque chose à voir avec cette histoire, si tu sais ce qui s'est passé, parle tout de suite. Tu peux peut-être la sauver…

Le visage de Sarah est pâle comme un linceul, elle se mord les lèvres et semble au bord de l'évanouissement.

Marc veut prendre la parole, il commence sa phrase mais, d'une voix blanche, Sarah le coupe.

— Arrête, Marc, tu n'es pas mon avocat. Elle a raison, j'ai fait n'importe quoi, je m'en rends bien compte. Mais Leila, Hélène... Écoutez-moi, je vous jure que je n'ai rien à voir avec sa disparition. C'est juste que... Elle ressemble tellement à Clémentine. Je me suis laissé emporter par un rêve. Depuis que ma fille a disparu, je l'attends, vous comprenez ? J'attends qu'elle revienne. Je ne suis jamais allée sur sa tombe, sur ce trou vide. Alors quand vous êtes arrivées, quand je l'ai vue... Et cette coïncidence, leur date de naissance... Mon rêve prenait vie. Puis c'est devenu un cauchemar. Mais jamais je ne lui ferais de mal, c'est comme si elle était ma propre fille.

Leila sent que sa compagne est touchée, tout comme elle l'est elle-même, par les mots de cette femme meurtrie à jamais, par ce chagrin insondable qui la ronge en permanence, comme un cancer. Mais Hélène ne lâche rien.

— Mais enfin, Sarah, Gabrielle n'est pas ta fille. C'est *mon* enfant qui a disparu. Et pourquoi la police t'a-t-elle arrêtée ? On n'est pas mis en garde à vue pendant deux jours pour rien. Tu dois nous dire la vérité. Tu nous dois au moins ça !

Marc se tend, son instinct d'avocat prend le dessus. Il a envie de crier à Sarah de ne rien dire, de se taire. Il commence à croire que venir ici n'était pas une si bonne idée. Pourtant, il peut voir dans les yeux de sa femme du calme, presque de la sérénité. Comme si le fait d'avoir commencé à parler la sortait de ce monde d'illusions et de chimères qu'elle a créé de toutes pièces.

— J'ai écrit des choses terribles... sur vous. Mais je ne les pensais pas, j'étais plongée dans ma peine, dans le désespoir de voir Gabrielle m'échapper... Il y a autre chose aussi. La police a retrouvé une écharpe chez nous, une écharpe qui lui appartient...

Hélène réagit aussitôt.

— Oui, je sais. Muller nous a montré des photos... J'ai dit que c'était celle que portait ma fille ce soir-là. Je crois que c'est ça. Je suis presque sûre que c'était cette écharpe-là.

Marc intervient.

— C'est très important, Hélène. Être « presque sûre » n'est pas suffisant, il faut être certaine. Gabrielle venait souvent à la maison, elle a très bien pu oublier cette écharpe un autre jour. Et il y a ce témoin dont a parlé la police, celui qui dit avoir ramené Gabrielle. J'ai su par mon confrère que c'est un dealer notoire. Je suis désolé, mais je ne crois pas qu'on puisse se fier à sa parole. Il a très bien pu emmener votre fille ailleurs, la laisser à des complices. Dans l'espoir d'une rançon, qui sait ? Il faut absolument que la police creuse cette piste. Nous ferons tout ce qui est possible pour vous aider, vous devez nous croire.

Il voit nettement sur le visage d'Hélène que ses arguments ont porté. Il sait reconnaître ce genre de choses chez ses interlocuteurs. C'est même la base, la quintessence de son métier. Mais il comprend aussi qu'elle n'a pas encore complètement basculé, que l'ombre noire du doute plane encore sur elle. C'est à ce moment que Sarah se lève. Elle fait le tour de la table, lentement. On dirait qu'elle flotte au-dessus du sol. Puis, doucement, elle tend ses mains vers Hélène. Son visage est baigné de larmes.

— Je m'en veux tellement, Hélène, si tu savais. J'aurais dû insister auprès de toi, j'aurais dû mieux te prévenir de ce qui se passait, je n'ai pas su le faire… Pardonne-moi.

Marc observe le combat intérieur de leur voisine. La lutte entre la méfiance, la fatigue accumulée depuis plusieurs jours, la haine qu'elle a pu ressentir à leur encontre, l'immense émotion que le témoignage de Sarah a fait naître… C'est Leila qui fait finalement pencher la balance. Elle saisit la main de Sarah puis prend celle d'Hélène dans la sienne. Les trois femmes s'observent pendant quelques secondes avant de tomber dans les bras l'une de l'autre. Au bout de quelques secondes, Hélène se tourne vers Marc.

— Maintenant il faut foncer, Marc. Maintenant qu'on sait qu'elle est vivante, il faut que Muller concentre ses efforts sur ce dealer… Faites jouer vos réseaux, appelez l'avocat, retrouvez-la, Marc, par pitié retrouvez-la.

Chapitre 74

— Moi non plus, maître, je dois avouer, je ne crois plus vraiment à cette théorie. Hélène Lancôme m'a appelée, elle n'est plus sûre pour l'écharpe. Quant à mon témoin clé, il a gagné une nouvelle prolongation de sa garde à vue. Et, oui, je sais pour la voiture… Oui, oui, ça va, maître, je n'ai pas non plus besoin de vos sarcasmes. Et nous n'avons pas encore classé l'affaire pour votre cliente… C'est ça, à bientôt.

Jeanne balance rageusement son portable sur le bureau. Elle s'empare de son paquet de clopes, en sort une et la porte à sa bouche sans l'allumer. Elle perd la main, putain, c'est pas possible. Il faut qu'elle raccroche. Certes, le petit succès de la fermeture du Cercle et de l'arrestation de Schindler ont un peu redoré son étoile, mais l'enquête sur la petite Lancôme est criblée de trous. Et le pire est sans doute ce que vient de lui rappeler, goguenard, maître Duviaduc-Vitalli.

— Au fait, commissaire, vous pouvez aussi rayer de vos procès-verbaux le témoignage de votre monsieur qui affirme avoir vu ma cliente au volant de la voiture qui a écrasé le jeune La Chartrie. Ma cliente n'a jamais passé son permis de conduire et elle serait bien incapable de se servir d'un véhicule. Même mue par un terrifiant instinct de vengeance. Remarquez, laissez-le, si vous voulez. Ça nous donnera une occasion de rire chez le juge d'instruction. Et ce n'est pas tous les jours que ça arrive. Voilà, faites au mieux, commissaire, et à bientôt.

Elle a une nouvelle fois interrogé Abdel Beikrich, pendant des heures. Il ne démord pas de sa version.

— Je l'ai déposée, madame, je vous jure. Et il y avait cette dame, là. C'est tout, c'est la vérité, putain.

— Oui, oui, mais tu sais, Abdel, la vérité, ça va, ça vient. Surtout avec des types comme toi. Et sinon Donatien de La Chartrie, ça te parle ?

— Je sais pas, moi, c'est quoi, ce nom-là ?

Elle a pris une photo dans le dossier et l'a mise sous le nez du dealer.

— C'est lui, là, tu l'as déjà vu ?

Abdel hésite, il ne sait plus vraiment ce qu'il doit raconter pour se sortir de là. Il se tortille de nouveau sur sa chaise, semble réfléchir puis se lance.

— Ben oui, c'est le pote de Boris. Y sont toujours fourrés ensemble donc je l'ai déjà croisé, voilà, mais c'est tout, quoi. Pourquoi ?

— Il t'aurait pas fait un coup de travers, ce garçon, oublié de te payer, volé de la came, tu vois… Un truc que des mecs comme toi aiment pas, mais alors pas du tout.

Abdel est très inquiet tout à coup. Il fronce les sourcils, lève les mains au ciel.

— Mais qu'est-ce que vous dites, là ? C'est un gosse, il va pas me chercher des embrouilles, quand même. Et moi non plus… C'est quoi, le problème avec vous, putain ?

— Le problème, vois-tu, c'est qu'il a été écrasé en bas de chez lui par une voiture qui ne s'est pas arrêtée. Et *a priori*, c'était plutôt volontaire. Alors, tu vois, Abdel, moi j'ai rien contre toi. Même si t'es quand même un bel enculé de dealer qui refourgue de la dope à des gamins. Mais une jeune fille disparue que tu es le dernier à avoir vue et, dans la foulée, un môme assassiné qui était un de tes clients fidèles, ça fait beaucoup, vraiment beaucoup…

Il était retourné en cellule en gueulant comme un putois, disant qu'il n'avait rien fait, que les flics étaient tous pourris et racistes. Le topo habituel. Mais il était bien mûr pour la mise en examen. Elle reprend encore le dossier. Ils ont interrogé tous les occupants de l'immeuble. La plupart sont des cadres expatriés de la banque à qui appartient le bâtiment. Ils n'ont rien vu, rien entendu, ils ne rentrent chez eux que pour se coucher, se lèvent tôt puis partent au bureau. Et le vendredi soir, la plupart d'entre eux retournent en Suisse, aux Pays-Bas ou en Angleterre retrouver leur petite famille. Seule une dame très chic de soixante-dix ans, Marie de Minviel, veuve d'un des dirigeants de la banque, a affirmé connaître Gabrielle et être très peinée de sa disparition. C'est une amie proche de Sarah Cygnac et elle aussi a semblé bouleversée par cette affaire. Mais elle prend des somnifères pour dormir depuis des années et ne se lève jamais avant sept ou huit heures. Elle n'a rien vu le matin du samedi. Jeanne se prend la tête entre les mains… Et cette foutue analyse ADN qui ne revient toujours pas. Elle décroche son téléphone.

— Oui, c'est Muller. Qu'est-ce que vous foutez avec ma recherche d'ADN ?… Sur le courrier, merde, la photo de la petite disparue, Hardy-Lancôme ! Oui, je patiente…

Le mail de l'analyse ADN finit par arriver. Elle l'ouvre, le parcourt puis s'arrête sur la conclusion, le cœur battant. Elle secoue la tête et reprend une autre cigarette qu'elle ne fumera pas non plus. Décidément, sauf un petit miracle, cette affaire n'est pas près d'être résolue. Et les miracles, ça fait longtemps qu'elle n'y croit plus. Elle ferme les yeux et, immédiatement, c'est le visage de Gabrielle qui apparaît, les yeux bandés et la bouche entrouverte, comme un animal pris au piège.

Chapitre 75

J'ai envie de me laisser mourir. Ce matin, quand j'ai émergé de mon coma quotidien, mon sang s'est figé dans mes veines. Au moment où j'ai voulu bouger mes poignets, me sentir un tout petit peu plus libre, je me suis tout de suite aperçue que mes liens avaient été resserrés, à fond. Je crois que j'ai poussé un long hurlement étouffé par ce putain de bâillon, je crois que j'ai insulté la terre entière. J'ai pleuré de rage et d'impuissance et j'ai voulu disparaître dans le sol, à jamais. Alors, depuis ce matin, je recommence mes petits mouvements circulaires, comme un robot, comme une simple machine. Je ne suis plus qu'un mécanisme stupide, automatique, uniquement destiné à détendre ces cordages, répétant inlassablement ce même geste. Je ne suis concentrée que sur cette seule tâche. Baignant dans ma transpiration, dans cette insupportable et écœurante odeur de lingette. J'ai l'impression que je suis devenue plus efficace, que ça va plus vite… Ou peut-être est-ce ce que je veux le croire, à tout prix. J'ai quand même le sentiment que je gagne plus facilement mes millimètres de liberté. Mais c'est au prix d'une souffrance sans nom. Mes poignets me brûlent et chaque infime mouvement est une torture. Mais je ne peux pas m'arrêter.

Et si demain je me réveillais de nouveau avec ces saloperies de cordes encore plus resserrées, et si mon ravisseur m'attachait avec une chaîne ?... La première fois, il a pu croire que c'était un incident, que mes liens s'étaient relâchés avec le temps. Mais si ça recommence, il comprendra forcément. Et là, je n'aurai plus aucune chance de m'en sortir. Maman, par pitié, aide-moi ! Je te jure de bien me laver les dents, d'être très sage, de ne plus jamais te mentir, de ne plus prendre de drogue, de ne plus coucher avec tous les garçons que je croise... C'est drôle, non, cette surenchère de promesses ?... De la plus simple et enfantine jusqu'à cette dernière, absurde, obscène. C'est ce qu'a été ma vie, ces derniers mois, une accélération vertigineuse vers l'enfer. Je suis passée de l'enfance à ce qu'il y a de pire dans le monde des adultes, en un claquement de doigts, en un reniflement. Je comprends mieux pourquoi Leila et Maman n'ont rien vu : c'est allé si vite. Il paraît que je suis douée, surdouée, que j'apprends très vite, que je comprends trop vite... Quelle connerie. Si j'avais vraiment compris ce qui m'arrivait, je me serais enfuie en courant et j'aurais supplié mes parents de revenir à Marly. Bien fait pour toi, Gaby, tu n'as plus qu'à remuer tes poignets, plus qu'à souffrir comme une conne en priant pour qu'il ne revienne pas tout de suite. À cette pensée, je sens mon ventre se nouer, je m'arrête une seconde pour guetter le moindre bruit, le moindre frémissement qui annoncerait sa visite. Mais je n'entends rien et me remets à ma tâche de fourmi avec l'énergie du désespoir. La douleur est maintenant à la limite du supportable, comme si on me brûlait les poignets avec du métal chauffé à blanc. D'un coup, j'ai l'impression que ça devient plus facile, que mes mouvements sont plus rapides, plus fluides. Au même instant, je sens cette odeur si caractéristique, cette odeur de métal rouillé, l'odeur du sang. Mon propre sang qui, s'échappant de mes poignets meurtris, m'aide à détendre encore mes liens, comme un lubrifiant de cauchemar.

Chapitre 76

Marc embrasse sa femme sur la joue, avec une immense douceur. Ils sont assis dans le salon et ils se regardent comme ils ne l'ont plus fait depuis bien longtemps.

— J'ai appelé Jeanne Muller, Sarah. Hélène lui a passé un coup de fil, elle retire sa déposition concernant l'écharpe. Les charges tombent petit à petit et Cédric a dû porter l'estocade cet après-midi. Les choses vont s'arranger, tu vas voir…

— Ils vont retrouver Gabrielle, c'est tout ce qui compte…

— J'ai confiance en cette femme, cette flic ne lâche rien, crois-moi. Quand tout cela sera terminé, je te raconterai une histoire. Plus tard…

Sarah se blottit dans ses bras, puis elle se met à lui parler, doucement.

— Les enfants me manquent tant, je voudrais qu'ils reviennent vite. Tu iras les chercher dimanche, n'est-ce pas ?

Il hésite.

— Tu es certaine que ça va aller ? Tu ne veux pas te reposer encore un peu ?

Elle se redresse et le regarde avec gravité.

— Tu crois que je suis trop fragile, trop instable, c'est ça ? Dis-moi la vérité, Marc, est-ce que tu as cru un instant que j'avais quelque chose à voir dans sa disparition… ?

Marc ne peut plus mentir, mais il sait qu'il doit peser chacun de ses mots avec précaution.

— Quand j'ai lu ton carnet, tes phrases, c'est vrai que j'ai eu peur, Sarah. Tu disais des choses si fortes, si terribles… Et puis je me suis souvenu de la relation que tu avais avec elle, de ton amour, de ton inquiétude quand elle a commencé à faire n'importe quoi et j'ai su que tu ne pourrais jamais lui faire de mal. J'ai confiance en toi, mon amour. Et je sais qu'on va la retrouver.

Il la serre de nouveau dans ses bras puis l'embrasse sur la bouche.

— J'irai chercher Louise et Gaspard dimanche. Tu pourrais peut-être venir avec moi, ça ferait plaisir à mes parents. Ils n'ont pas arrêté de s'inquiéter pour toi, dès que je les avais au téléphone. Et il me reste encore une bouteille de Petrus à la cave. Je vais la leur apporter, papa sera ravi. Je descends la chercher. Si tu veux, on ira dîner dehors, pour profiter de ta liberté retrouvée.

Elle n'a pas très envie de sortir. Elle comprend Marc, mais la vie n'est pas redevenue normale, tout à coup. Elle accepte quand même, pour lui.

— OK, vas-y vite, je me prépare.

Dans l'ascenseur, Marc se dit qu'ils vont peut-être s'en sortir, redevenir une famille « normale », si tant est que cela existe. Mais pour cela, il faudra retrouver Gaby, à tout prix. Les caves de l'immeuble sont ultramodernes, la banque les a refaites à grands frais l'année dernière. Rien à voir avec les sous-sols sombres, humides et poussiéreux des immeubles haussmanniens traditionnels. Ici tout est propre, lisse, chaque propriétaire dispose d'un box de quinze mètres carrés parfaitement isolé, protégé par une lourde porte blindée. De véritables coffres-forts dans lesquels on peut régler la température et le taux d'hygrométrie. Un luxe rêvé pour les amateurs de vins ou les collectionneurs d'œuvres d'art. Il compose avec célérité le code qui doit désactiver la serrure électronique de sa cave. C'est au moment où la porte s'ouvre qu'il entend un premier cri.

Une décharge électrique lui parcourt le corps et il doit s'accrocher à la porte pour ne pas tomber. C'est un appel au secours, la voix d'une jeune fille, celle de Clémentine… Il pensait avoir enfin échappé à ses hallucinations, à ses cauchemars éveillés, mais ils l'ont finalement rattrapé. Et puis un nouveau cri, plus fort peut-être, le tire de son état de stupeur.

— Aidez-moi, quelqu'un, je vous en supplie, aidez-moi, s'il vous plaît.

Il titube, hagard, et se dirige vers l'endroit d'où proviennent les cris. C'est devant la porte du cinquième box qu'il s'arrête puis colle son oreille sur la porte.

— C'est toi, Gabrielle, c'est toi, mon Dieu !

— Marc ? Marc ? Oui, c'est moi, je suis là, je suis enfermée… Merci, merci, ouvrez-moi, s'il vous plaît, ouvrez-moi… J'ai mal, j'ai si mal…

Il réfléchit à toute vitesse.

— Gabrielle, Gaby, reste calme, je ne peux pas ouvrir la porte, je n'ai pas le code. Il faut que j'aille chercher de l'aide…

La jeune fille pousse un cri déchirant.

— Non, non, ne pars pas ! Par pitié, ne pars pas ! Il va revenir, s'il te plaît, reste avec moi.

Marc regarde son portable, le réseau est faible.

— Oui, pas de problème, je reste, ne t'inquiète pas, ma chérie, je suis là.

Il essaie d'appeler Sarah mais il capte mal, ils n'arrivent pas à se comprendre, elle a juste entendu le mot « Gabrielle », senti peut-être l'excitation dans la voix de Marc. Il lui envoie un SMS : « Gaby est là, enfermée dans une cave de l'immeuble… Celle de Marie. Appelle la police, préviens Hélène et Leila et rejoins-moi. Elle est vivante. »

Il entend la jeune fille pleurer de soulagement, chaque sanglot, étouffé par l'épaisseur de la porte, le bouleverse. Ils l'ont retrouvée !

Chapitre 77

Il ne s'est pas arrêté de lui parler, il ne sait plus ce qu'il lui a dit mais il a déversé un flot ininterrompu de paroles à cette enfant qui en manquait tant. Dès qu'il baissait la garde, dès que le rythme des mots diminuait, elle appelait comme une désespérée :

— Marc, tu es là ? Continue ! Reste là ! Parle-moi !

Il ne sait plus depuis combien de temps il se tient collé contre cette porte d'acier quand, enfin, il entend la voix de Sarah. Elle se précipite sur la porte.

— Gabrielle, ma chérie ? C'est toi ? C'est bien toi ! Nous sommes là, c'est fini, ne t'inquiète pas, la police va arriver. Tu n'as rien, tu vas bien ?

— Oui, ça va, à peu près, j'ai mal aux poignets, je… je saigne, mais ça va… Je suis où, s'il vous plaît ? Je suis où ?

Sarah regarde Marc avec étonnement, elle chuchote :

— Tu ne lui as pas dit ?

Il fait signe que non puis répond *mezzo voce* lui aussi :

— Non, il vaut peut-être mieux attendre qu'elle soit sortie… Mais qu'est-ce que tu as fait pendant tout ce temps ?

Elle secoue la tête d'un air désespéré.

— Je n'arrivais pas à joindre Muller, ni la police. J'ai laissé un message sur le portable de la commissaire. Mais je ne voulais pas descendre tant que je n'avais pas la certitude qu'ils viendraient. Hélène non plus n'était pas joignable et Leila n'était pas là… Mais elles m'ont rappelée, elles arrivent. C'était une torture pour moi aussi…

Elle se tourne vers la porte et met ses mains en porte-voix.

— Tu es dans l'immeuble, Gabrielle, dans notre immeuble, ma chérie. Tu as été enfermée dans une des caves.

— Mais qui m'a fait ça ? C'est qui, et pourquoi ?

— On ne sait pas pourquoi, Gabrielle… C'est la cave de Marie.

Marie… Il y a un blanc, un long silence. Derrière la porte, la mémoire de Gabrielle se remet en route. Sevrée de drogue et d'alcool, elle recouvre peu à peu ses souvenirs. La soirée chez Diane, le retour avec le type chelou qui n'arrête pas d'essayer de la peloter, l'arrivée dans le hall et puis Marie qui l'accueille, la prend dans ses bras. Souriante, prévenante. Marie qui la convainc de venir prendre un café chez elle avant de monter dans son appartement… Et puis plus rien, le trou noir.

Lorsqu'ils perçoivent enfin les premières sirènes de police, ils ne peuvent s'empêcher de sourire de soulagement.

— C'est bientôt fini, Gaby, les secours arrivent, on va te sortir de là, c'est terminé.

Trois minutes plus tard, des policiers en uniforme et des pompiers font irruption dans la cave. À leur tête, Jeanne Muller. Elle se dirige immédiatement vers Marc et Sarah.

— Dire qu'elle était là pendant tout ce temps !... Sous nos pieds. Marc, venez avec moi me montrer l'appartement de Mme de Minviel. J'ai mis des hommes devant l'immeuble, personne ne peut sortir.

Puis, s'adressant aux pompiers :

— Ouvrez-moi ce truc au plus vite et sortez cette gamine de là. Yann, Lucile, vous venez avec moi. Tu prends ton matos de serrurier, on va peut-être en avoir besoin.

Quand ils arrivent devant la porte de l'appartement de Marie, la commissaire Muller sonne avec insistance. Puis elle se met à frapper sur la porte avec le plat de sa main, de plus en plus fort.

— Police, ouvrez, madame. Ouvrez tout de suite !

Au bout d'une minute, elle fait signe à Yann qui se place devant la porte et sort ses passes.

— J'espère qu'elle ne s'est pas enfermée à clef parce que si c'est le cas, avec ce type de porte, tu peux déjà appeler les pompiers et leur demander d'apporter la grande échelle...

Mais finalement, le déclic de la clenche se fait entendre et le policier ouvre grand la porte.

— Restez derrière nous, Marc.

Il regarde les agents de police progresser dans le grand appartement en se couvrant les uns les autres, comme dans un film. Il a du mal à imaginer une femme de soixante-dix ans surgir l'arme au poing pour faire un carton, mais après tout, il ne la voyait pas non plus séquestrer une enfant pendant plusieurs jours... Soudain, Jeanne lève la main, juste devant l'entrée du petit salon.

— Ne bougez pas, madame, je vous arrête pour l'enlèvement et la séquestration de Gabrielle Lancôme.

Le buste de Marie repose sur le guéridon, tout le haut de son corps est avachi sur le petit meuble. Jeanne ne remarque pas tout de suite la tache brune qui s'agrandit peu à peu sous les pieds de Marie. Elle s'approche de la suspecte, elle soulève doucement ses épaules puis recule précipitamment alors qu'un flot de sang s'échappe de sa gorge et vient inonder le plateau en merisier.

— Vite, appelez une ambulance !

Mais le voile brumeux de la mort a déjà envahi les yeux de Marie de Minviel. Dans sa main inerte, la grande lame du couteau de cuisine qu'elle a utilisé pour se trancher la gorge ne lui a laissé aucune chance.

Chapitre 78

Jeanne est à son bureau. En face d'elle sont assis Joël Vivier, le patron de la police judiciaire, et François Herschell, chef de la brigade de protection des mineurs. Le premier a l'air nettement plus détendu que l'autre.

— Beau boulot, Jeanne ! Entre le Cercle et la petite Hardy-Lancôme, on va pouvoir recommencer à réfléchir à la suite de votre carrière.

La commissaire Muller soupire.

— Ma carrière ?… Pour ce qu'il en reste… Et puis ne vous emballez pas, Gabrielle, c'est surtout de la chance. Si Cygnac n'était pas descendu à la cave, si la petite n'avait pas miraculeusement réussi à se défaire de ses liens puis à arracher son bâillon, qui sait quand on l'aurait retrouvée.

— C'est justement la question que je me pose. Cette Marie, elle ne l'aurait pas séquestrée à vie, non ? Qu'est-ce qu'elle cherchait au juste ?

Jeanne prend le dossier vert posé sur son bureau. Il est assez épais, plein de vieux documents jaunis par le temps et l'inutilité.

— Suzanne Bach, c'est son vrai nom. Elle est née en Allemagne de l'Est et y a vécu sa première vie. Elle perd son mari d'un cancer quand elle a trente-deux ans. Puis, cinq ans plus tard, sa fille, Matild, âgée de quatorze ans. Dans un accident de voiture. Voiture qu'elle conduisait. À l'hôpital, elle poignarde le médecin qui lui a annoncé le décès de son enfant. Le toubib s'en sort *in extremis*, elle prend huit ans ferme, sort au bout de six et là, *pfuiittt*… On perd sa trace. Trente ans plus tard, Suzanne Bach est devenue Marie de Minviel, mariée à un banquier depuis vingt-cinq ans. Ils n'ont pas eu d'enfants. Lui est décédé d'une crise cardiaque juste après avoir pris sa retraite. Il laisse un confortable patrimoine, y compris leur bel appartement. Tout se passe bien jusqu'à ce qu'elle pète les plombs et séquestre Gabrielle dans sa cave pendant cinq jours.

— Merci pour ce résumé… Mais ça n'explique toujours pas pourquoi elle a fait ça.

— Pourquoi, pourquoi… *That's the question !* Elle n'a rien laissé, pas de lettre, pas de carnet intime. Mais regardez. (Jeanne leur tend un document.) C'est la photo de sa fille décédée. Le cliché n'est pas très bon mais la silhouette, le regard… Il y a quelque chose de Gabrielle, non ? Sinon, moi, j'ai une autre théorie. Marie et Sarah étaient très proches. Sarah a pu faire part à son amie de son immense détresse. De sa terrible inquiétude quant aux errements de Gabrielle, de sa peur panique de la perdre… Elle a perdu sa propre fille, Marie a perdu la sienne… Peut-être que Marie a voulu sauver la gamine malgré elle, lui offrir une cure de désintoxication un peu rude, la soustraire à l'influence pour le moins néfaste de ses nouveaux « amis » ? Peut-être a-t-elle aussi voulu sauver Sarah, qui a l'âge qu'aurait eu sa propre fille ? Il y a de la folie, de l'amour, du désespoir et beaucoup de peur dans leurs histoires réciproques. En tout état de cause, on sait que c'est Marie qui a envoyé la photo de Gabrielle à Duviaduc-Vitalli, son ADN a été retrouvé sur le cliché. Évidemment, quand j'ai reçu les résultats de la recherche, un ADN féminin non répertorié, je me suis dit que cette histoire devenait très compliquée. On sait aussi qu'elle a loué la voiture qui a servi à écraser le jeune Donatien. Elle a prétexté un accident avec un chien pour justifier les dégâts. Cette femme avait une mission : protéger Sarah à tout prix, sauver et venger Gabrielle. Après, je ne sais pas comment elle s'en serait tirée pour expliquer tout ça une fois qu'elle aurait laissé sortir la petite. Mais franchement, je crois qu'elle s'en foutait complètement.

— Alors pourquoi s'est-elle donné la mort ?

— Je ne sais pas... Elle avait ressorti une photo de sa fille, celle que je vous ai montrée. Elle était posée sur le petit guéridon. Peut-être qu'elle était fatiguée, tout simplement. Qu'elle ne voulait pas revivre un nouveau procès. On ne le saura probablement jamais.

Le directeur de la PJ se tourne vers Herschell.

— Excusez-moi, François, je voudrais m'entretenir avec Jeanne quelques instants, pourriez-vous nous laisser ?

Herschell quitte le bureau avec un masque d'amertume et de colère sur le visage. Il jette un regard noir à Jeanne qui lui sourit benoîtement.

— Bon, Jeanne, je ne vais pas y aller par quatre chemins. Herschell est depuis trop longtemps à son poste et il faudrait lui ouvrir un brin les chakras, qu'il voyage un peu. Est-ce que le job vous intéresse ? Si c'est le cas, il est pour vous.

Elle ne dit rien. Elle regarde la photo de la petite Matild, elle repense aux familles qu'elle a entendues depuis qu'elle est dans cette brigade, aux regards des enfants surtout, à leur tristesse, à leur peur, à leurs blessures.

— C'est gentil, Joël, mais je ne crois pas en avoir ni l'envie ni le courage. J'en ai marre de toute cette merde. Si vous voulez vraiment me filer un coup de main, trouvez-moi un petit commissariat bien tranquille dans un endroit bien calme. Ça suffira à mon bonheur.

Le patron de la PJ semble d'abord déçu puis il se met à sourire.

— Vous aurez toujours le don de me surprendre, Jeanne, et ça c'est ce que j'aime chez vous. Comptez sur moi, je vais voir ce que je peux faire.

Elle le regarde partir dans son beau costume gris et se demande pourquoi elle n'a jamais croisé un homme comme lui dans sa vie amoureuse. Sans doute parce que son chien s'appelait Ducon… Elle range le dossier de Marie dans son bureau mais au moment où elle referme le tiroir, elle éprouve une drôle de sensation, une sorte d'amertume qu'elle connaît bien, le goût de l'inachevé.

Chapitre 79

Ça fait deux mois que nous sommes revenues à Marly. J'ai encore des cicatrices sur les poignets mais je n'ai plus mal. Je ne suis pas allée cracher sur Boris et sur sa sœur. J'ai pleuré, un peu, la mort de Donatien. J'ai embrassé maman et Leila pendant des heures et je leur ai dit que je les aimais. J'ai même appelé mon père pour lui dire qui j'étais vraiment. Je ne suis pas encore allée voir Ange mais je le ferai. Je me sens forte, je n'ai plus peur. Je puise peut-être cette force de mes terribles expériences. « C'est comme ça qu'on avance », a dit mon père. Quelle phrase à la con. J'espère qu'on peut aussi avancer plus calmement… Aujourd'hui, il fait super beau. Dans l'immense parc de notre maison, il y a des fleurs partout, des insectes qui font un boucan d'enfer, des oiseaux qui s'amusent à se poursuivre dans un ciel sans nuages. Et puis il y a Marc, Sarah, Gaspard et Louise.

Nous sommes tous assis dehors, autour de la table en métal. On attend que les côtes de bœuf terminent de cuire sur le barbecue Weber que Leila a acheté ce matin. « L'autre était trop vieux, notre viande mérite ce qu'il y a de mieux ! » Ça fait du bruit, ça crépite, ça sent super bon. Au fait, je ne mange plus de Nutella. Ça me rappelle trop la cave de Marie. Maman a l'air contente de revoir nos anciens voisins mais je sens bien que ce n'est plus comme avant. Elle m'a dit que pendant que j'étais prisonnière, les choses avaient été compliquées, avec Sarah. Qu'elle avait été arrêtée, soupçonnée... Sarah me regarde encore, pendant tout le déjeuner. Ça ne me gêne pas. J'ai compris qui elle voyait vraiment en m'observant. Si je peux l'aider, un peu, à avoir moins de chagrin, vraiment ça ne me dérange pas. Le portable de Marc se met à sonner, il regarde l'écran puis remet le téléphone dans sa poche. Sarah s'en étonne.

— C'était qui ?

— Rien... Je rappellerai, après le déjeuner. Priorité à la côte de bœuf ! Leila, tu veux de l'aide pour la découpe ?

— Tu penses qu'une femme ne peut pas couper la viande toute seule... Espèce de macho !

— Holà, c'était juste pour être sympa ! Mais si je peux y échapper, je te laisse faire bien volontiers.

Gaspard joue sur son iPad bien que son père lui ait déjà dit au moins quatre fois de le ranger. Je le trouve plus renfermé qu'avant, ce môme. Il ne décolle les yeux de son écran que pour regarder sa mère qui, elle, ne le regarde pas. Quand je vois ça, je me demande soudain : pourquoi les enfants n'obéissent-ils pas à leurs parents ?... Parce que ça semble simple, en vrai, vu de loin. Les parents disent ce que doivent faire les enfants, et les enfants obéissent. Mais même les petits enfants ont leur libre arbitre. Ils ont des désirs, des envies, ils sont curieux, ils veulent explorer le monde qui s'offre à eux. Sans contrainte, sans obstacle. Ils testent la réalité de l'univers, ils grandissent et se font leur propre expérience. Et parfois, ça fait mal, ça blesse. Parfois, ça tue… Personne n'y peut rien. On ne peut pas passer sa vie à tenir la main de ses enfants. C'est comme ça.

Au dessert, Hélène apporte une tarte aux prunes.

— Et voilà, ce sont des fruits du verger, on est en plein dans la saison. Régalez-vous.

Marc s'est levé pour couper la tarte sous le regard moqueur de Leila.

— Cette demeure est merveilleuse, Leila. Vous l'avez depuis longtemps dans votre famille ?

— C'est mon arrière-grand-père qui l'a achetée… Depuis, à chaque génération, on bosse comme des tarés pour pouvoir l'entretenir. Mais c'est vrai que c'est unique.

— Et vous avez combien de terrain ?

— En comptant le parc, le bois et les vergers, on doit avoir presque deux hectares. Mais arrête un peu de saliver, Marc, tout n'est pas constructible. Et ce n'est pas à vendre.

L'avocat se met à rire.

— Ce n'est pas pour moi. Mais si un jour te vient l'idée de prendre une retraite anticipée, j'ai quelques amis promoteurs avec qui tu pourrais faire affaire.

— Arrête, Marc, s'exclame Sarah, t'es pénible à toujours penser à ton business, on est dimanche… Gabrielle, après le dessert, tu veux bien m'emmener visiter le verger ? Je pourrais peut-être cueillir quelques-unes de ces délicieuses prunes. Si ça ne vous dérange pas, bien sûr…

Leila lui répond en souriant.

— Pas de souci, Sarah, prends-en autant que tu peux, ça m'évitera d'avoir encore à faire des dizaines de pots de confiture !

Est-ce que j'ai vraiment envie de marcher jusqu'au verger sous ce cagnard ? Est-ce que je veux vraiment faire une balade avec Sarah ? Je ne sais pas, mais je crois que peut-être, je lui dois bien ça, que je ne l'ai jamais vraiment remerciée. Alors je dis :

— Oui, bien sûr, bonne idée.

Après le café, nous partons toutes les deux, avec un grand panier en osier. Au bout de cinq minutes nous sommes déjà loin de la maison. Il faut passer par le petit bois pour aller au verger. Il fait plus frais, sous les arbres. Nous n'avons pas échangé un mot encore. Soudain, je prends sa main et elle se met à me parler. Elle me demande comment je vais, si ça se passe bien à l'école, si j'ai de nouveaux amis. À un moment donné, je me lance.

— Tu sais, Sarah, je voulais te dire juste merci pour ce que tu as fait, pour ce que tu as essayé de faire quand je suis partie en vrille. Je ne t'ai pas écoutée, je n'écoutais rien, je n'entendais rien. Alors vraiment, merci…

— Chuuut… Chut… Ce n'est rien, ne me remercie pas, Gaby.

Mon cœur vient de s'arrêter. En un instant, je suis dans la cave, attachée, les yeux clos par un masque, la bouche fermée par un bâillon. Un frisson glacé parcourt tout mon corps. J'ai l'impression que je vais étouffer, perdre la raison. Je m'arrête de marcher, j'arrache ma main de la sienne et je la fixe, avant de hurler.

Chapitre 80

Jeanne a appuyé au moins dix fois sur ce foutu interphone. Manifestement, les Cygnac ne sont pas chez eux. Après avoir laissé un message à Marc, elle remonte dans sa voiture. Mais pourquoi ne répond-il pas ? Et pourquoi n'a-t-elle pas demandé avant au Dr Flachat de regarder le rapport d'autopsie ! Ça fait deux mois qu'elle se réveille la nuit, deux mois qu'elle se dit qu'il y a un truc qui cloche. Une de ses intuitions à la con qui ont toujours pourri son sommeil… et sa vie. Elle l'avait pourtant ressentie, le jour où elle avait classé le dossier, cette petite sensation de brûlure au fond du ventre. Ce malaise permanent. Alors elle s'était décidée à envoyer le dossier au légiste en lui demandant de bien vouloir regarder si rien ne le choquait.

— Qu'est-ce qui se passe, commissaire ? Vous avez un doute ? On a mal au ventre, on a du mal à dormir… ? Vous savez que je ne soigne pas les vivants, moi. Je fais parler les morts, c'est tout.

Ils se connaissent depuis longtemps, lui et elle. Il adorait la chambrer mais au fond, il l'aimait bien. Elle ne remettait jamais ses analyses en doute, même quand elles venaient percuter de plein fouet les conclusions d'une enquête. Et ça, ça lui plaisait.

— Qui a pratiqué l'autopsie de cette Mme de Minviel ?

— C'est Bazon…

— Ah… OK. Vous savez que si ce mec autopsiait un type vivant, il ne s'en rendrait même pas compte.

Oui, elle connaît la réputation du Dr Bazon mais elle sait aussi que les légistes aiment bien s'envoyer des scuds. C'est si rare, les toubibs qui ne se serrent pas les coudes entre eux. Il faut dire que eux leurs patients ne portent jamais plainte…

— S'il vous plaît, doc, regardez ce dossier et dites-moi ce que vous en pensez. Vous serez un ange.

— On le sera tous, un jour ou l'autre. Même vous. OK, envoyez-moi ça.

Il l'avait rappelée dès le lendemain. Et avait adopté un ton tout à fait joyeux pour lui annoncer les fruits de son labeur.

— Encore un beau dossier qui va venir alourdir le triste palmarès de Bazon ! Dites-moi, qu'est-ce qui vous fait croire que cette femme s'est suicidée ?

— On l'a retrouvée seule, dans son appartement. Elle avait encore le couteau dans la main. Elle savait qu'on venait l'arrêter, elle a certainement entendu les sirènes. Sa culpabilité ne faisait aucun doute.

— Ah… alors, elle était peut-être coupable. Mais elle ne s'est pas suicidée.

— Comment le savez-vous ?

— Eh bien, déjà, le mode opératoire. Ce n'est pas celui que choisissent les femmes en général. C'est même très rare. Mais, bien sûr, ça ne suffit pas… Non, le plus gênant, voyez-vous, c'est que cette femme était droitière.

— Et alors ? Moi aussi, je suis droitière…

— Eh bien, essayez de vous égorger et vous verrez que vous passerez le fil de votre lame de gauche à droite. Bien sûr, ne le faites pas, hein, Muller. Or, ici, l'incision a été faite de droite à gauche, c'est évident. Enfin, pour un bon légiste…

— Ouais… Mais bon, dans ces conditions, quand vous êtes prête à vous donner la mort, vous pouvez peut-être changer vos habitudes une dernière fois ?

— Certes… Mais il y a autre chose. La profondeur de l'incision. C'est trop profond pour une automutilation. La lame est allée jusqu'aux cervicales ! Le meurtrier devait être juste derrière elle et il n'y est pas allé de main morte. Il voulait être certain de ne pas rater son coup. Je vous envoie mon rapport dans la journée. Au fait, la prochaine fois, demandez directement à ce que ce soit moi qui fasse le boulot, on gagnera du temps.

Jeanne est assise dans sa voiture, une cigarette à la main. Son téléphone se met à sonner. C'est Cygnac.

— Vous avez retrouvé votre téléphone ?… J'ai une question à vous poser, réfléchissez bien. Lorsque vous avez retrouvé Gabrielle, est-ce que votre femme vous a rejoint tout de suite, à la cave, quand vous l'avez prévenue ?… Aussi longtemps ? Et vous ne vous êtes pas demandé ce qu'elle avait foutu ?… Et là, où êtes-vous ? Et Sarah, elle est avec vous ?… Il y a combien de temps ?… Ne les laissez surtout pas seules !… Votre femme représente peut-être un danger pour Gabrielle ! Donnez-moi l'adresse, je vous envoie du monde !

Elle appelle le commissariat de Marly-le-Roi et écrase l'accélérateur de sa Maserati…

Chapitre 81

Mon hurlement a stoppé net Sarah, qui me regarde sans comprendre.

— Qu'est-ce qui se passe, Gaby, qu'est-ce que tu as ?

— Tu y étais aussi… C'est ça, n'est-ce pas ?

— De quoi parles-tu ?

— Tu es venue dans la cave, tu savais… Tu étais sa complice, vous m'avez séquestrée, toutes les deux !

— Mais enfin, Gabrielle, qu'est-ce que tu racontes ?

— Quand tu as dit : « Chut… chut… » C'était exactement la même chose… Là-bas, dans la cave. C'était toi, putain, Sarah, je sais que c'était toi ! Et ton parfum, comment j'ai pu ne pas le reconnaître… ? Même s'il était masqué par cette odeur infecte de lingette. Mais comment tu as pu me faire ça ?

Le visage de Sarah se durcit, elle s'approche de moi et me serre le bras.

— Il le fallait, Gabrielle. On l'a fait pour toi, pour te sauver ! Tu étais en train de sombrer complètement et personne ne disait rien ! On voulait que tu te soignes, que tu restes avec nous. Quand Marie m'a appelée, ce matin-là, elle t'avait déjà donné des somnifères.

Tu dormais profondément. Tu étais si belle… Mais je voyais bien sur ton visage les ravages de la vie que tu menais… On devait le faire, tu comprends ?

Je me dégage violemment.

— Mais tu es folle, Sarah ! Complètement cinglée… Tu te rends compte de ce que vous m'avez fait subir ? C'était horrible, j'ai cru mourir. J'avais peur, j'étais seule.

— Je suis venue te voir tous les jours. Je… je n'avais pas le choix, tu sais. Je ne pouvais pas te laisser partir, je ne pouvais pas te perdre. Ça ne pouvait pas recommencer… Pas cette fois-ci !

Ses yeux se voilent, j'ai l'impression qu'elle est ailleurs, très loin. Elle m'a repris le bras et me serre de plus en plus fort.

— Tu me fais mal ! Lâche-moi… Je ne suis pas ta fille, je ne suis pas Clémentine ! Je ne le serai jamais !

— Tais-toi ! Ne parle pas d'elle ! Jamais, tu m'entends !

Cette fois, elle a crié et ses lèvres tremblent. Elle commence à me secouer, elle me fait vraiment peur.

— Sarah, écoute-moi… Clémentine est morte, tu dois l'accepter…

Son regard est devenu fixe, ses traits se sont figés. Pendant quelques instants, j'ai eu l'impression qu'elle tentait de revenir à la réalité. Mais ça devait être trop dur. Elle pousse un cri terrifiant qui me paralyse et puis elle se jette sur moi. Elle me renverse sur le sol, elle m'écrase de tout son poids. Je sens ses mains qui entourent mon cou.

— Arrête, Sarah, mais qu'est-ce que tu fais… ? Arrête !

— Je t'avais dit de ne pas en parler… Pourquoi tu fais ça ? Pourquoi tu fais ça ? On aurait pu être si heureuses.

Ses mains se resserrent, je sens ses doigts durs qui s'enfoncent dans ma chair, je ne peux déjà plus parler. Bientôt, je le sais, je ne pourrai plus respirer… Juste avant de perdre connaissance, j'entends un cri strident. Je reconnais cette voix et, dans un dernier souffle, je chuchote :

— Maman…

Puis un coup de feu, comme un coup de tonnerre, et je tombe dans les vapes.

Chapitre 82

Quand je reviens à moi, je suis dans l'ambulance. Maman et Leila sont avec moi. Je n'arrive pas à parler. Je veux dire quelque chose mais elles me font signe de me taire.

— N'essaie pas de parler, Gabrielle, ne dis rien. Plus jamais je ne te laisserai, ma Gaby.

Je veux parler mais quand j'ouvre la bouche, une douleur terrible me cisaille les cordes vocales. J'arrive quand même, dans un sinistre croassement, à articuler quelques mots.

— Est-ce qu'elle est… ?

Leila me prend la main et me caresse le front. J'adore ce contact, sa douceur.

— Non, elle a été emmenée à l'hôpital. Les pompiers et les policiers ont dit qu'elle s'en sortirait. Mais c'est toi qui comptes, Gabrielle, maintenant. Dès que tout ça sera terminé, dès qu'on le pourra, on va partir d'ici. On va recommencer, loin, on va essayer d'oublier tout ça.

Je commence à m'endormir, je ne peux plus lutter. « On va essayer d'oublier tout ça »… Et comment je pourrais oublier, moi ? Oublier le regard de Sarah quand elle essayait de m'étrangler, oublier cette cave, ses mains, ses caresses et ses baisers, toute cette folie. Oublier les liens qui rentraient dans ma chair ? Oublier Diane et ses excès, oublier la perversité de son frère, de Donatien ? Ne plus penser à ces corps anonymes que j'ai caressés, à la drogue, à mon corps maltraité, offert, refusé. Je ne pourrai jamais l'oublier, je le sais. Ce que j'espère simplement, c'est que cette main qui tient la mienne, je pourrai la serrer encore, toujours, quand je le voudrai, pour longtemps. Et que, le jour où elle se desserrera à jamais, je pourrai à mon tour prendre la main d'un enfant et la serrer. Pas trop fort, juste assez pour qu'il sache qu'il pourra toujours la retrouver.

Chapitre 83

Dans la chambre 5B de l'unité hospitalière spécialement aménagée, Sarah est assise sur son lit. Ses grands yeux verts fixent le médecin qui finit de l'examiner et un sourire étrange est figé sur son visage.

— Madame Cygnac, vous m'entendez ? Pouvez-vous me répondre ?

Mais le Dr Rousseau n'attend pas vraiment de réponse. Cela fait trois ans qu'il soigne cette patiente. Enfin, qu'il soigne… Qu'il tente de la raccrocher un peu au monde, de la faire revenir de l'endroit lointain où elle s'est réfugiée depuis si longtemps. Mais pour l'instant, il n'y est pas arrivé. Et il reste vigilant. Cette femme, malgré les apparences, est dangereuse, même s'il doute qu'elle soit encore capable de faire le moindre mal. Elle reste prostrée toute la journée, fixant le miroir, ne disant pas un mot. Même son mari, qui venait pourtant régulièrement la voir, a espacé peu à peu ses visites. Il se souvient d'un des derniers passages de ce grand type élégant au regard si triste.

— Docteur, dites-moi la vérité, vous croyez que vous arriverez à quelque chose ? Elle ne réagit pas, pas même quand je lui parle de nos enfants, que je lui montre des photos… Il n'y a rien, plus rien dans son regard. Rien que ce foutu sourire à la con !… Excusez-moi.

Le Dr Rousseau lui a dit la vérité, il ne sait pas s'il arrivera un jour à la guérir. Et ce n'est pas seulement à cause de l'impact de la balle des policiers, dont un des éclats s'est figé dans la partie droite du cerveau de sa patiente. Peut-être que cela a contribué à son état catatonique mais le psychiatre est persuadé que si Sarah Cygnac ne veut pas rejoindre le monde réel, c'est parce que celui dans lequel elle se trouve est moins cruel.

Lorsqu'il quitte la chambre, le soleil commence à descendre sur l'horizon. Petit à petit, les ombres gagnent leur combat sur la lumière. Sarah ne bouge toujours pas. Son regard est perdu dans le vide. Et puis lentement, ses mains se soulèvent et elle les avance devant elle. La petite fille qui se tient maintenant debout, devant son lit, lui sourit. Elle doit avoir dix ou onze ans. Elle tend à son tour les mains vers Sarah. Puis elle s'approche d'elle et vient se réfugier dans ses bras. Sarah lui caresse les cheveux, la tête, elle l'embrasse et des larmes coulent sur ses joues. Elle se met à parler, si doucement que personne d'autre que l'enfant ne peut l'entendre.

— Mon bébé, tout va bien. Je ne te quitterai plus jamais… mon amour, ma petite Clémentine.

Dans le miroir de la chambre, seul le corps de Sarah se reflète, ses bras entourent le néant et ses mains caressent le vide. Mais dans son monde à elle, il n'y a plus d'absence, plus de souffrance. Dans son monde, il y a juste son enfant, enfin retrouvée.

Épilogue

L'eau qui cingle son visage, sans cesse. Glacée, dure, cruelle, et puis le hurlement du vent… Les éclairs qui viennent illuminer, pour une seconde ou deux, la désolation du monde. Des nuages si noirs qu'ils arrivent même à se détacher du ciel sans lune. Comme si leur noirceur était encore plus profonde que celle de la nuit. Comme des ectoplasmes nocturnes qui viendraient défier la nature. Sarah ne distingue plus rien, pas même la différence entre le ciel et la mer. Les deux se sont ligués contre eux et s'agitent avec la même démence. Elle s'accroche à la barre comme si c'était le seul lien qui la retenait encore à la vie. Elle aperçoit parfois, à la faveur d'un éclat de lumière, son mari qui se bat, comme elle, contre un ennemi bien trop grand pour eux. Elle le maudit et, dans la même seconde, supplie le ciel de l'épargner. Elle se vomit elle-même d'avoir accepté cette traversée. De n'avoir pas su, une fois de plus, dire non à l'énergie absurde de Marc. Elle ne sait pas depuis combien d'heures, combien de siècles ils luttent contre un titan pour qui ils ne sont rien. Rien d'autre que de misérables insectes pris dans une toile bien trop grande pour eux. Parfois, elle s'endort, elle sombre dans un microsommeil aussitôt pulvérisé par la fureur de la nature. Combien de temps encore ce navire va-t-il supporter les assauts déments de cette mer déchaînée ? Combien de temps avant que ses enfants et elle ne coulent dans l'eau froide, au milieu des débris de leur vaisseau disloqué ? C'est pour eux qu'elle tient, pour eux qu'elle s'accroche à cette maudite barre qui tourne comme une enragée.

Soudain elle perçoit une voix familière. Elle n'arrive pas à y croire, elle ne peut pas y croire ! Et pourtant…

— Maman, maman, on a tellement peur, viens nous voir… Maman, s'il te plaît !

C'est certainement le vent et la fatigue qui provoquent des hallucinations. Ses enfants sont à l'abri, dans ce bateau insubmersible. Ils vont survivre, elle leur a interdit de sortir. Ils veillent l'un sur l'autre, ce sont des anges. Pourtant, maintenant, elle devine, plus qu'elle ne voit vraiment, la petite silhouette bringuebalante qui s'approche d'elle, balayée par de terrifiantes bourrasques. Clémentine s'accroche comme elle le peut aux bouts et aux cordages. Terrifiée, Sarah hurle :

— Rentre tout de suite, Clémentine ! Retourne à l'intérieur ! Vite, je t'en supplie ! Tu ne peux rien faire ici.

Elle a l'impression de crier dans un mur de coton, que sa voix s'éteint aussitôt sortie de sa bouche. L'ombre de sa fille, luttant contre les éléments, vient vers elle, portée par l'espoir fou que sa mère puisse apaiser la fureur du ciel. Un éclair transperce la nuit. Elle voit le visage de Clémentine, sa peur et ses larmes, qu'elle devine au milieu des paquets de mer. Elle lâche la barre et se précipite vers elle.

— Prends ma main, mon cœur ! Ne la lâche pas, quoi qu'il arrive ! Serre-la fort !

Comme deux entités fusionnées, elles se dirigent vers l'escalier qui mène au carré. Elles en sont à un mètre à peine quand Sarah voit la déferlante scélérate. C'est une colline immense qui se rue sur le bateau à toute vitesse, une masse sombre, avide, furieuse.

— Vite, vite, rentre. Par pitié, rentre.

— Maman, j'ai peur, ne me lâche pas !

La vague est déjà sur elles, elle va les dévorer dans un instant. Sarah saisit la main de sa fille avec toute l'énergie qui lui reste. Elle lui crie en plein visage :

— Fonce dans le carré, tout de suite !

— Non, non, ne me lâche pas, reste avec moi !

Mais Sarah n'entend plus rien, plus rien d'autre que le vent et la mer déchaînés. Soudain elle retire sa main de celle de Clémentine et la pousse de toutes ses forces vers le carré, au moment précis où la vague s'abat sur le bateau. La ligne de vie de Sarah la retient suffisamment longtemps pour qu'elle puisse voir le corps de sa fille englouti par les eaux noires dans un déferlement de bruit et de fureur. Elle hurle comme une démente, juste avant que son corps et son esprit ne s'abîment dans le néant.

Remerciements

Merci à mes enfants pour les petites inquiétudes et les grands bonheurs qu'ils m'offrent au quotidien.

Merci à Céline Thoulouze pour avoir, comme toujours, tenu avec bienveillance et fermeté la main de ce nouveau bébé.

Composition et mise en pages
Nord Compo à Villeneuve-d'Ascq

Imprimé en France par CPI
en mai 2022
N° d'impression : 3048524

Pocket – 92 avenue de France, 75013 PARIS

S31590/03